FVA

Claire Beyer in der Frankfurter Verlagsanstalt

RAUKEN, Roman
ROSENHAIN, Sechs Geschichten von fünf Sinnen
REMIS, Roman
ROHLINGE, Roman
REFUGIUM, Roman

Claire Beyer

REFUGIUM

Roman

FRANKFURTER VERLAGSANSTALT

Für Guido

Prüfungen erwarte bis zuletzt.
J. W. von Goethe

REFUGIUM

Irgendwann in die Stille hinein fragte das Mädchen, was Claudia denn malen wolle, worauf sie dem Kind die ehrliche Antwort gab, dass ihr nichts einfiele und sie auch keine Ideen mehr habe. »Dann beginne einfach mit der Sonne!«, schlug die Kleine vor. »Rechts oben im Bild.« »Die ist aber verschwunden«, meinte Claudia nachdenklich. »Das ist doch nicht schlimm«, strahlte Gwendolyn, »mal einfach den Himmel, der ist immer und überall da!«

***

Der Fuchs war in dieser Nacht nicht gekommen. Claudia registrierte es erstaunt, als sie vom Küchenfenster nach draußen sah, denn die Mülltonne stand an ihrem Platz und der Deckel lag ordentlich darauf. Nicht ungewöhnlich, dass das Tier im Sommer Tage, manchmal auch Wochen fortblieb. Nur jetzt, während des Winters, war das noch nie vorgekommen. Und es war, die Zeitung hatte es geschrieben, der kälteste Winter seit Jahren. Sie schaute zum Thermometer und streckte gähnend die Arme zur

Seite. Weil das Telefon geläutet hatte, war sie lang vor ihrer Zeit aus dem Schlaf gerissen worden. Läuten. Stille. Läuten. Schließlich war sie aufgestanden und hatte unwillig nach dem Apparat gegriffen. Aber zu spät. Den Morgenrock über die Schulter geworfen, stand sie unschlüssig vor der Anrichte und betrachtete den Garten. Ein Anruf zu dieser Zeit? Sie fror, bemerkte, die Heizung war nicht angesprungen. Entschlossen warf sie ihren Anorak über den Morgenmantel, zog ein Paar Socken an und schlüpfte in ihre Stiefel. Dann steckte sie das Mobilteil des Telefons in die Tasche und stieg in den Keller. Immer wieder gab es Probleme mit der automatischen Steuerung des Gasbrenners. Sie drückte den Starterknopf, aber bis der Heizkranz zündete, verging geraume Zeit. Es hätte mit dem Bimetall zu tun und sei zur eigenen Sicherheit, hatte Robert ihr erklärt. War er der frühe Anrufer gewesen? Entgegen der Abmachung hatte er sich am Vorabend nicht gemeldet und wollte das offenbar vor Arbeitsbeginn nachholen. Sicher, um ihr mitzuteilen, welches außergewöhnliche Ereignis ihn vom Telefonieren abgehalten hatte. Software, sie kannte das. Zurück in der Wohnung setzte sie behände Wasser auf, bestrich einen Zwieback mit Kirschmarmelade und legte ihn auf einem Teller ab. Es war ihr letztes Glas mit den selbst eingekochten Früchten, und sie ging sparsam damit um. Kaum hatte sie das Mobilteil auf die Station gestellt – als hätte es darauf gewartet –, setzte der Klingelton ein.

Sie nahm ab. Einem Moment herrschte Stille, dann eine Frauenstimme:

»Frau Feldwehr? Frau Claudia Feldwehr?«

Ohne ihre Antwort abzuwarten, gab sich die Anruferin als Michaela Sauter, Assistentin der Geschäftsleitung in der Firma ihres Mannes zu erkennen. Sie schien aufgeregt, verhaspelte sich bei der nächsten Frage. Ob denn Herr Feldwehr anwesend – da sei – oder ob sie wisse, wo er erreichbar wäre.
Claudia reagierte nicht. Das muss ein Versehen sein, dachte sie, und als Frau Sauter erneut nachfragte, sagte sie das auch. Dann, lauter, als sie es beabsichtigte:
»Mein Mann ist auf Fahrzeugerprobung in Schweden, das wissen Sie doch!«
Wieder herrschte Stille. Kurz darauf hörte Claudia, dass am anderen Ende der Leitung heftig diskutiert wurde, konnte dem Gespräch aber nicht folgen. Als sie ansetzte, der Anruferin eine Frage zu stellen, wurde sie unterbrochen: Dann handle es sich wohl um ein Missverständnis, sie möge die frühe Störung entschuldigen, und mit einer Floskel wurde das Gespräch beendet.

Claudia sah auf das Display. *Anrufer unbekannt.* Sie wählte umgehend sämtliche Nummern ihres Mannes, konnte ihn aber auf keiner erreichen. Schließlich schrieb sie eine SMS, dass er sich dringend bei ihr melden solle. Während sie auf eine Antwort wartete, betrachtete sie erneut die Mülltonne, die im diffusen Licht der Dämmerung jede Farbe verloren hatte. Wo nur der Fuchs geblieben war?
Ich muss verrückt sein, völlig verrückt, schoss es ihr durch den Kopf. Irgendetwas stimmt nicht mit meinem Mann, und ich mache mir Gedanken über ein verschwundenes Tier! Sie schrie die Worte in den Raum und erschrak über

ihre eigene Stimme, die nun ebenso fremd und schrill klang wie nach der Verletzung, die sie sich vor Tagen zugezogen hatte. Mit wasserweichen Händen war sie an der blechernen Kante eines Tabletts entlanggefahren und hatte sich eine blutende Wunde beigebracht. Mehr als die aufklaffende Fingerkuppe hatten sie ihre gequälten Laute erstaunt. Und nun wieder. Das bin nicht ich, dachte sie und legte ihre Hand auf die Lippen. In der anderen hielt sie noch immer das Telefon, der verbundene Finger verdeckte fast die gesamte Tastatur. Suchend starrte sie auf das dunkle Gerät. Sie verstand es nicht! Heutzutage war jeder erreichbar. Selbst ein Toter konnte geortet werden. Bei diesem Gedanken schluckte sie heftig, und Tränen liefen ihr übers Gesicht. Das passierte ihr oft in letzter Zeit. Grundlos und ohne Vorwarnung.

Sie nahm das Wasser vom Herd und sah, dass auf dem Zwieback eine Stubenfliege saß. Wo die bloß herkommt, mitten im Winter, rätselte sie und wischte ihre Tränen weg. Sie überließ dem Insekt das Gebäck und bestrich eine neue Scheibe, biss aber nicht hinein. Viele Gründe sind denkbar, warum Robert sich nicht bei mir meldet, beruhigte sie sich. Abwarten, einfach abwarten. Im ganzen Haus war es still. Es war, als überlegten die Wände mit ihr. Sie brühte den Tee auf. Vom Foto über der Anrichte blickten die Eltern ihres Mannes vorwurfsvoll auf sie herab. Claudia hatte nie verstanden, warum ausgerechnet diese missratene Aufnahme dort an der Wand hing. Die Augenpaare der Abgelichteten schienen jedem ihrer Schritte zu folgen, und manchmal kam es ihr vor, als tuschelten die beiden über sie. Sie hatte sich überreden lassen, zu ihm zu ziehen, aber es war das Haus seiner Eltern gewesen und geblieben. Und nach deren Tod war im unteren Stock kein neues Möbelstück mehr angeschafft worden. Robert hatte sich vehement gegen jede Veränderung gesperrt. Er habe im Beruf mit so vielen Neuerungen zu kämpfen, dass er sie bitte, den Wohnbereich so zu belassen, wie sie ihn vorgefunden hätte. Jeder Sessel und jeder Schrank erinnerte ihn an seine Kindheit, und mit jeder Veränderung würden Vater und Mutter mehr und mehr verschwinden, bis sie zuletzt ganz aus seinem Gedächtnis gelöscht wären. Die Möbel erzählten doch eine Geschichte! Robert hatte gesprochen und das Foto der Eltern so liebevoll betrachtet, dass sie nicht dagegen angekommen war. Claudia kam es seither vor, als schaue das Paar triumphierend auf sie herab. Sie hätte das Bild während Roberts Wintererprobung umdrehen oder abhängen können. Aber sie hatte sich anders entschieden. Jeden Tag sollten die Alten sehen, dass sie lebte. Das war ihre Rache. Und auch, dass sie gleich nach der Beerdigung die Spitzendecken entfernt hatte. Die Gebrauchsspuren auf Tisch und Anrichte waren längst deutlich zu sehen. Robert sagte nichts dazu, aber er stöhnte über jede neue Schramme. Wenn er da war, polierte er das alte Holz. Sie dagegen wischte jetzt den kreisrunden Wasserfleck, den ihre Teetasse neben der Basisstation des Telefons hinterlassen hatte, einfach mit der Hand weg.

Etwas musste passiert sein. Robert rief nicht zurück. Sie würde mit ihren Söhnen telefonieren müssen. Als wollte sie das hinauszögern, suchte sie noch einmal nach einer Spur des Fuchses.

Unfähig, etwas zu unternehmen, stand sie vor dem Fenster und schaute unentwegt nach draußen. Der Garten gehört mir, dachte sie, wenigstens das! Sie hatte eigenhändig die Wurzeln der Büsche herausgerissen und einen Häcksler angeschafft, damit ihr Mann erst gar nicht auf die Idee kam, auch nur eine einzige der elterlichen Pflanzen wieder einzubuddeln. Hohe Thujen versperrten ihr jetzt die Sicht, aber keiner, der die Straße entlangging, konnte in ihren Garten schauen. Sie hatte sich damals für diese Strauchart entschieden, weil ihr der Name *Lebensbaum* gefiel, dachte sie bitter. Robert hatte ihr die Neubepflanzung ebenso generös überlassen wie deren Finanzierung! Es war nicht nötig gewesen, ihr Sparkonto dafür aufzulösen, aber selbst an diesem Morgen sah sie das Geld besser angelegt als für jede andere, jemals getätigte Anschaffung. Die grünen Zinsen waren gewachsen und hatten freudiger als ihr Ehe-Geflecht die Zweige der Sonne entgegengereckt. Wie oft hatte sie Robert um Unterstützung gebeten, aber er hatte keine Lust auf Gartenarbeit verspürt. Als die beiden Söhne klein waren, hatte er ihnen immerhin eine Schaukel aufgestellt. Inzwischen waren die Seitenteile verrostet und die Sitzbretter morsch und brüchig. Sie konnte sich trotzdem nicht entschließen, das Gestell entfernen zu lassen. Die Eisenstangen bilden den Rahmen für einen Roten Ahorn, der sich feingliedrig und genau mittig einfügte. Mein Ehrgeiz, einen Jahreszeiten-Garten zu kultivieren, hat sich wie so vieles andere erschöpft, und das, obwohl ich die Farben der Blüten über alles liebe, dachte sie wehmütig. Bei ihrem früheren Hausarzt hatte jahraus, jahrein ein Strauß frischer Blumen auf dem Schreibtisch gestanden. Wenn so ein buntes Arrange-

ment einem Patienten auffallen würde, sei der schon fast geheilt, hatte er ihr einmal verraten.
Zunächst würde sie Magnus anrufen, er war der Ältere. Er mochte es nicht, bei der Arbeit gestört zu werden – seiner Aussage nach arbeitete er ständig –, *aber eine ungewöhnliche Situation erfordert ungewöhnliche Maßnahmen*. Magnus liebte markige Sprüche, und obwohl ihr seine trivialen Weisheiten meist auf die Nerven gingen, erinnerte sich Claudia gerade an diese. Er war Broker einer internationalen Großbank in Frankfurt und lebte seit vielen Jahren in einem Loft, wie er den ausgebauten Dachboden einer ehemaligen Industriehalle nannte. Ohne Frau und Kind, dafür aber mit sieben PCs und genügend Platz für sieben weitere. Schon einer genüge, um eine Firma zu plätten, hatte er ihr einmal stolz erklärt, und mit allen gemeinsam reiche es zu einer Revolution. Magnus war manchmal einfach nur schamlos, war ihr Gedanke dazu gewesen.
Sie erreichte ihn zu Hause, ihr Ältester meldete sich verschlafen oder verkatert oder beides zusammen. Nein, er wisse nichts und habe Vater schon seit Wochen nicht gesprochen, geschweige denn in den vergangenen Stunden. Wie spät es eigentlich sei? Sie solle jetzt bloß nicht die Pferde scheumachen. Vater melde sich bestimmt bald. Im Moment habe er keine Zeit, sich darum zu kümmern, überhaupt keine.
»Kannst du nicht versuchen, ihn mit deinen Computern aufzuspüren?«
Damit, so habe er doch einmal gesagt, finde er selbst einen Regenwurm im brasilianischen Urwald. Schließlich versprach Magnus, sich um die Angelegenheit zu kümmern.

Ihr überarbeiteter Sohn und seine Versprechungen! Dann also Torben. Sie erreichte ihn an seinem Arbeitsplatz an der Universität in Tübingen, doch auch er wusste nichts über den Verbleib seines Vaters zu berichten. Immerhin nahm er sich die Zeit, ihr zuzuhören, und versprach einen Rückruf am Abend.

Darauf konnte sie nicht warten. Roberts Eltern schienen derselben Meinung zu sein. Claudia sah, wie sie ihre Stirn in tiefere Falten gelegt hatten, und darüber hinaus spürte sie die stechenden Blicke auf ihrer Haut. Sie beeilte sich, unter die Dusche zu kommen. Das Wasser war inzwischen so warm geworden, dass sie es wagen konnte, sich darunterzustellen.

»Personalabteilung, Arjeplog, Schweden. Sie sprechen mit Michaela Sauter.«
Claudia hatte die Telefonnummer wie auch die Personaldaten den Unterlagen ihres Mannes entnommen, die er auf seinem Schreibtisch *Für alle Fälle* bereitgelegt hatte.
»Haben Sie meinen Mann inzwischen erreicht? Hier ist Claudia Feldwehr.«
Zunächst wieder diese Stille, dann aber sofort der Hinweis, dass sie weiterverbunden werde. Der Chef wisse mehr, sie selbst könne ihr eigentlich gar nichts über die Angelegenheit sagen, und wie zum Beweis war die Leitung mit einem Mal tot. Kein Mozart, kein Bach, überhaupt kein Pausenton. Claudia wollte schon auflegen, als sich eine Stimme meldete. Sie konnte den genannten Namen jedoch nicht verstehen. Leider, sagte ihr Gesprächspart-

ner, könne er ihr absolut nicht weiterhelfen. Er sei nur darüber informiert worden, dass Ingenieur Feldwehr gestern und auch heute nicht im Büro erschienen war. Das wäre fast in einem Desaster geendet, da die Versuchsreihen der Wintererprobung ohne die von ihm erhobenen Daten nicht hätten fortgesetzt werden können! Im Moment habe sich das Problem erledigt. Ein Kollege habe den Laptop mit den Daten in der Wohnung ihres Mannes gefunden.

»Damit kommen wir fürs Erste klar. Allerdings fehlt von Herrn Feldwehr noch immer jedes Lebenszeichen. Der bisherige Kenntnisstand ist, dass Ihr Mann vor zwei Tagen mit einem unserer Testwagen zu einer außerplanmäßigen Nachtfahrt aufgebrochen ist. Mehr weiß ich nicht, aber das klärt sich bestimmt auf.«

»Und das Auto? Wurde sein Auto gefunden?«

»Nein, tut mir leid, das auch nicht. Wir sind aber auf der Suche.«

»Warum erfahre ich erst heute davon?« Claudia war laut geworden. »Sie hätten mir sofort Nachricht geben müssen!«

»Das habe ich doch hiermit getan! Außerdem kann ich am Telefon keine Auskünfte geben, und das bisher Gesagte bewerte ich bereits als ein Entgegenkommen meinerseits. Sie wissen ja nicht, was hier los ist, wenn Abläufe nicht reibungsfrei funktionieren. Dann ist das meine Verantwortung! Ich hoffe jedenfalls sehr, dass ihr Mann nur kurzfristig eine, sagen wir Auszeit genommen hat, einen Tag Urlaub zum Beispiel. Vielleicht hatte er einen Schaden am Fahrzeug und konnte uns noch nicht benachrich-

tigen. Sobald wir eine Information bekommen, melden wir uns!«
»Was heißt, eine Auszeit? Wo gibt es so was! Und wenn er eine Panne hatte, wieso ruft er dann nicht an?«
»Mit dem Funknetz ist das in Nordschweden nicht so einfach. Norrland ist in diesem Punkt bei weitem schlechter versorgt als das übrige Schweden. Wir bleiben jedenfalls in Kontakt, und ich versichere Ihnen, Sie werden sofort informiert, sobald wir etwas erfahren. Spätestens morgen früh hören Sie wieder von mir – von uns.«

Das Gespräch war beendet, ohne dass sie seinen Namen in Erfahrung bringen konnte. Noch einmal versuchte sie die Verbindung herzustellen, aber es nahm keiner mehr ab. Sie öffnete die Terrassentür, sog die kalte Luft ein und musste husten. Das Elsternpaar in der Douglasie antwortete mit seinem hässlichen Geschrei, während der dicke rote Kater scheinbar nur auf den Moment gewartet hatte, in dem sie aus der Tür trat. Sie fütterte ihn täglich, aber er dankte es ihr nicht. War sie nicht schnell genug, schlug er seine großen Pranken in den Karton mit Trockenfutter und riss ihn auf. Das habe ich davon, ging ihr durch den Kopf, es gibt keinen, an den ich mich wenden kann. Ein kreischendes Elsternpaar und ein undankbarer Kater, das ist alles. Von den Söhnen ganz zu schweigen. Ob sie ihren Nachbarn anrufen sollte?
Zurück im Zimmer suchte sie nach ihrem Adressbuch, fand es schließlich unter dem zerfledderten Telefonregister. Nicht ein Name, der sie ansprach, keine Person, die sie hätte anrufen können. Ob sie doch ihren Nachbarn ...? Sie

entschied sich dann aber, ihn während seiner Geschäftszeiten nicht zu stören.

Es war früher Nachmittag geworden, und Claudia hatte jetzt trotz aller Unruhe Hunger bekommen. Sie spülte die Tasse ab, schaute im Kühlschrank nach, fand aber nichts, worauf sie Appetit hatte, und warf die Tür wieder zu. Sie lehnte sich gegen die Heizung und versuchte, Ordnung in ihre Gedanken zu bringen. Wie Robert in Schweden lebte, entzog sich ihrer Kenntnis, sie war nie dort gewesen. Gemeinsam hatten sie es auf ihre Flugangst und den mühseligen Landweg geschoben. Aber es war mehr als eine Ausrede, sie beide wussten es. Claudia kannte nur Fotos der kleinen Wohnung, die Robert während dieses Winters bezogen hatte. Ob er sie in all den Jahren hintergangen hatte? Nicht wieder dieser Gedanke! Wie oft hatte sie sich in den vielen Jahren seiner Auslandstätigkeit mit ihrer Eifersucht herumgeplagt. So lange, bis aus ihrer Angst Gleichgültigkeit geworden war. Und jetzt?
Mit Sicherheit hatte Robert mit der Firma kein falsches Spiel getrieben. Schon sein Vater hatte dort sechsunddreißig Jahre als Maschinenschlosser gearbeitet. Zwar konnte Robert diese unvorstellbare Treueleistung als Quereinsteiger nicht mehr erreichen, aber dass auch er bis zur Rente bleiben wollte, stand für ihn immer außer Frage. Die Arbeit gefiel ihm, die Auslandaufenthalte sowieso, die Firmenphilosophie war schon seit der Gründung beispielhaft, und die Honorierung der Arbeit lag weit über dem Durchschnitt. Seine Hoffnung, Magnus oder Torben würden diese Familientradition fortführen, zerschlug sich

allerdings. Keiner der beiden hatte am Ingenieurwesen Freude. In erster Linie, dachte Claudia, wollten sie der Kontrolle des Vaters entkommen.
Sie musste etwas essen. Kurz nach 14 Uhr würde Christian Heger vorbeischauen. Bevor er seine Apotheke nach der Mittagspause öffnete, kam er jeden Tag kurz vorbei. Claudia bestrich einen dritten Zwieback und aß endlich. Die Marmelade, die sie aus großen, schwarzen und zuckersüßen Früchten des eigenen Gartens eingekocht hatte, war nun fast aufgebraucht.

Heger kam pünktlich wie immer. Mit dem Buch *Winter in Maine* unterm Arm klopfte er an die Terrassentür und trat, da sie entriegelt war, sofort ein. Er wärmte seine Hände an der Heizung und wollte sein angekündigt kritisches Urteil über das eben gelesene Buch loswerden, doch dann hielt er inne. Sie sei so blass, ob sie sich denn gut fühle?
»Robert ist verschwunden, einfach so. Er hat sich nicht bei mir gemeldet, und auch die Personalabteilung in Schweden sucht ihn. Seltsam, oder?«
Heger schlug ihr vor, nochmals in der Firma anzurufen, zumindest, um mehr Details zu erfahren. Claudia zögerte einen Moment, und er sah auf seine Uhr. Er müsse den Laden, wie er die Apotheke nur nannte, öffnen, käme aber abends nochmals vorbei.
»Und Ihre Söhne ...?«
Claudia schüttelte den Kopf. Das Buch hatte sie auf die Kommode im Flur gelegt. Dort lagerte alles, was in die Bibliothek zurück musste. Ihre eigenen Exemplare dagegen räumte sie, hatte er sie gelesen, in die Regale zurück, die

sich wie ein Lindwurm durch den ganzen oberen Stock schlängelten. Heger verließ sie mit dem Versprechen, für sie da zu sein.

Über Nacht war Bewölkung aufgekommen, die Temperatur war gestiegen, und es regnete. Selbst das Wetter spielt verrückt, dachte Claudia. Wasser troff von den Bäumen und schoss in Sturzbächen von der Dachrinne in die Regentonne. Dass der Deckel des Müllbehälters auch an diesem Morgen geschlossen war, nahm sie dankbar zur Kenntnis. Es gab Angenehmeres als schwimmenden Abfall.

Ihr erster Blick hatte am Morgen Telefon und PC gegolten. Es fanden sich keine Nachrichten, nicht einmal ein Versuch war gemacht worden, sie zu erreichen. Sie schaute zum Kalender. Es war Dienstag, planmäßig sollte Robert am Freitag nach Hause kommen. Im vierzehntägigen Rhythmus gab es einen Heimflug übers Wochenende. Zurück ging es dann am Montagmorgen. Vielleicht war es richtig, bis dahin zu warten, überlegte sie, vielleicht war er schon auf dem Weg zu ihr. Sie verwarf den Gedanken. Mitten in ihre Grübelei läutete das Telefon. Auf dem Display stand *Heger*. Als sie den Namen las, wurde ihr plötzlich bewusst, dass er nicht vorbeigekommen war. Er meldete sich entschuldigend, erkundigte sich nach ihr und ob es Neuigkeiten gebe.

»Kann ich Ihnen irgendwie helfen, Claudia? Wie geht es Ihnen? Tut mir leid wegen gestern, ich hab’s einfach nicht mehr geschafft, vorbeizuschauen. Konnten Sie schlafen? Was werden Sie jetzt tun?«

Es ginge ihr gut, soweit es in dieser ungewissen Lage, diesem Parforceritt zwischen Hoffen und Bangen, eben möglich sei. Und geholfen habe er ihr schon mit seiner Nachfrage. Dass ihre Söhne sich ebenfalls nicht gemeldet hatten, verschwieg sie.

»Ich weiß nicht, was ich tun soll! Abwarten vielleicht, zumindest eine Stunde oder zwei, dann rufe ich wieder in Schweden an. Andererseits, die hatten mir ja versprochen, Nachricht zu geben. Jedenfalls danke ich Ihnen!«

»Für was auch! Sie erreichen mich auf dem Handy, oder besser, ich komme vorbei!«

Sie würde anrufen, versprochen.

Nach einer Stunde, während der sie nur aus dem Fenster gestarrt hatte, wählte sie die Nummer von Frau Sauter und wurde von ihr ohne weiteren Kommentar an Herrn Wiedemann weitervermittelt. Endlich ein Name. Claudia kannte den Mann, wusste zumindest, wer er war. Wiedemann, ein sportlicher Endzwanziger, ein junger Controller, der, anders als Robert, ganzjährig in Schweden arbeitete. Im Winter lief er mit Langlaufskiern zum Arbeitsplatz, joggte im Sommer ins Büro oder benutzte sein Liegerad, einen *Langlieger*, was anfangs für amüsiertes Erstaunen gesorgt hatte. Aber, wie ihr Robert erzählt hatte, ließ Wiedemann sich davon nicht beirren. Auffallen, sich abheben, forsch auftreten und die Nase immer am Trend. Während Claudia wartete, stocherte sie mit einem Schürhaken im Kamin herum und schob Aschehäufchen zusammen. Eine Angewohnheit, die Robert in Rage brachte. Nach sechsmaligem Läuten meldete sich eine Männerstimme. Wiedemann verneinte die Frage nach neuen Fakten. Umso überraschter war Claudia, als er sie bat, umgehend nach Schweden zu kommen. Es hätten sich Fragen ergeben, die er nicht am Telefon mit ihr erörtern wolle. Er bitte sie eindringlich und würde sich um Ticket und Unterkunft kümmern.

»Fragen? Was meinen Sie damit?« Claudias Stimme drohte zu kippen. Sie kämpfte heftig gegen die Tränen an.

»Wir können das vor Ort besser besprechen.«

»Ich verstehe das nicht, soeben sagten Sie, es gebe keine neuen Informationen über den Verbleib meines Mannes, gleichzeitig aber soll ich nach Arjeplog kommen. Das ergibt keinen Sinn, überhaupt keinen. Aber«, erklärte sie, etwas ruhiger geworden, »ich überlege mir das und melde mich wieder.«

»Bestens. Heute ist Dienstag. Sollten Sie morgen oder übermorgen fliegen, müssten Sie das Frau Sauter mitteilen, auch nach Feierabend. Ich gebe Ihnen ihre Handy-Nummer. Sie kümmert sich dann um alles. Und sobald wir von Ihrem Mann hören, rufen wir Sie an.«

Claudia schaute durch die Terrassentür in den Regen. Die Vögel mussten gefüttert werden, und der rote Kater hockte bestimmt auch schon da. Sie zog ihr Regencape über und stieg in die Gummistiefel. Das Vogelhäuschen stand neben der Douglasie. Auf dem Weg dorthin war sie im morastigen Untergrund einige Male fast stecken geblieben. Aber kaum hatte sie das Futter gestreut, kamen die Gartenbewohner tropfnass an. Meisen, Amseln, ein Kleiber, Rotkehlchen und Spatzen. Sonst betrachtete Claudia dieses Schauspiel immer mit Freude, aber an diesem Morgen nahm sie kaum etwas davon wahr. Ihre Tempelkatze, wie sie den roten Kater liebevoll nannte, brachte sich allerdings so sehr ins Spiel, dass ihr nichts übrig blieb, als auch ihm Futter zu geben. Wem oder zu welchem Haushalt er gehörte, wusste sie nicht. Aber so dick und gesund, wie er aussah, hatte er nicht nur ein Heim, sondern auch eine spendable Nachbarschaft, zu der offensichtlich auch sie gehörte. Vorwurfsvoll versperrte er ihr die Tür und führte sich auf, als leide er an einem Hungerast. Claudia war unkonzentriert, und der Kater hatte leichtes Spiel. Nach drei kräftigen Hieben seiner Tatze stellte sie das ganze Paket einfach auf der Terrasse ab, stieg über Katze und Karton und verschwand im Badezimmer.

Unter der Dusche ließ sie so lange heißes Wasser auf sich einprasseln, bis der Kessel leer war. Dabei entschied sie sich, nach Lappland zu fliegen, so bald wie möglich. Mit ihrer Flugangst musste sie eben klarkommen. Sie würde Heger anrufen und sich von ihm ein Beruhigungsmittel geben lassen. Wenn sie die empfohlene Dosis verdoppelte, könnte sie den Flug vielleicht schlafend überstehen. Wenn – könnte – würde! Claudia dachte daran, dass ihr Vater Konjunktive oft mit dem Spruch *Hättest du dir Enten gehalten, wären dir die Hühner nicht ertrunken* kommentierte. Ihr Vater. Sich zweimal auf die Oberschenkel geklopft, aufgestanden und gewirbelt, so war er gewesen. Schluss um! Wie konnte er einfach so sterben. Von einem auf den andern Moment. Und sie machte sich noch Gedanken über die Abschürfungen, die er sich beim Fall zugezogen hatte. Nach seinem Tod war es, als müsse sie das eigentliche Leben üben, und sie kam nie wirklich dahinter, wie es ohne ihn funktionieren konnte.

»Zwischen euch passt kein Blatt«, hatte ihre Mutter oft gesagt. Aber der Tod ist ein Nichts. Er hatte dazwischengepasst.

Claudia beeilte sich. Jetzt, wo der Entschluss gefasst war, konnte es nicht schnell genug gehen. Michaela Sauter versprach, alles würde geregelt. So kannte Claudia die Firma ihres Mannes. Alles wird geregelt! Nur, wie regelt man das Verschwinden eines Menschen? Claudia war nahe dran, ihrer Gesprächspartnerin diese Frage zu stellen, unterließ es aber. Robert war der zuverlässigste Mensch, den sie kannte. Er würde einfach durch die Tür treten und ein *Hallo, ich bin wieder da!* rufen. Aber auch das sagte sie nicht.

Noch während sie mit dem Telefon in der Küche stand, klingelte es an der Haustür.

Durch das milchige Glas erkannte sie nur den Umriss ihres Besuchers, wusste aber sofort, wer es war. Wie immer, wenn er unvermittelt vor ihr stand, erstaunte sie seine Schönheit. Nicht attraktiv, nicht gut aussehend, sondern schön. Früher hatte sie ihn mit ungläubigem Erstaunen angestarrt, und als ihr das bewusst wurde, jeden direkten Blickkontakt gemieden. Unter normalen Umständen hatte sie sich unter Kontrolle. Er aber lächelte ihre Verlegenheit einfach weg. Claudia bot ihm einen Espresso an, den er ablehnte. Er habe einen Termin mit dem Architekten, müsse gleich zurück. Sie nähmen für den geplanten Wintergarten Maß, damit der Anbau mit der ersten Frühjahrssonne angegangen werden könnte. Claudia hörte gar nicht richtig hin, berichtete ihrerseits von der geplanten Reise nach Lappland und bat den Apotheker um ein Beruhigungsmittel für den Flug. Sie rechne nicht mit einem längeren Aufenthalt. Erzählte mit Roberts Worten vom schwedischen Winter, von meterhohen Schneebergen, die sich rechts und links der Straße türmten, von Verwehungen, die ganze Landschaften unter sich begruben, von tonnenschweren Rentieren, die auf den Fahrbahnen stehen blieben und einfach nur glotzten. Auch nach Generationen hätten sie noch immer nicht kapiert, dass ein Auto für sie höchste Gefahr bedeute. ... Ohne darauf einzugehen, sich überhaupt dafür zu interessieren, verabschiedete sich Heger. Er müsse jetzt wirklich los. Das Medikament bringe er vorbei. Versprochen.

Claudia wählte die Nummer von Magnus erst am späten Vormittag. Bis dahin hatte sie nur vor dem erkalteten Kamin gesessen und dabei zornig auf die Asche eingeschlagen. Sie benutzte das Handy, um das Festnetz freizuhalten. Obwohl sie damit rechnete, auf den Anrufbeantworter zu treffen, meldete sich Magnus zu ihrem Erstaunen sofort. Mit dem Standardsatz, er habe gerade bei ihr anrufen wollen und sie wäre ihm zuvorgekommen, begann das Gespräch. Claudia informierte ihn über den geplanten Flug.
»Findest du das nicht ein wenig übertrieben?«, fragte er, laut geworden. »Also, nein, was willst du denn damit erreichen? Ihn in den verschneiten Wäldern suchen? Wahrscheinlich hat ihn ein Abenteurer in sein Zelt eingeladen, und die beiden lassen es sich gutgehen.«
Da Claudia die Anspielung nicht witzig fand, ruderte er zurück. Natürlich verstehe er ihre Sorge, auch er habe sich seine Gedanken gemacht.

»Weißt du was?«, sagte er plötzlich. »Ich komme vorbei. In zwei Stunden bin ich bei dir.«
»Und deine Arbeit? Du bist doch sonst unabkömmlich.«
»Das geht schon. Ist im Moment ziemlich ruhig.«
»Magnus, sag jetzt bloß nicht, dass es auch bei dir Probleme gibt!«
»Was heißt denn auch? Nein, nein, es ist alles in Ordnung. Ich nehme mir eben mal ein paar Tage frei. Was ist ungewöhnlich daran?«
»Nichts. Dann komm einfach, ich freu mich auf dich.«
Sie hatte nicht die Kraft, zu widersprechen, und bat ihn noch, Torben zu benachrichtigen. Dann beendete sie das Gespräch.

Während ihrer Ehe war sie nie alleine verreist, zumindest nicht ins Ausland. Einmal fuhr sie zur Mutter-Kind-Kur nach Österreich, aber das zählte nicht, und zudem hatte Robert sie und die Jungs damals hingebracht. In den Urlauben blieben sie meist zu Hause, weil ihr Mann Garten und Haus genießen wollte, was sie zu verstehen suchte. Er war ja ständig fort!
Während des Packens stellte sie fest, dass sie kaum Kleidungsstücke besaß, die für die Gegend um den Polarkreis geeignet waren. Sie wählte die wärmsten Jacken, die sie finden konnte, und wollte das Fehlende in Schweden besorgen. Und notfalls mit der Post nach Hause schicken, falls beim Heimflug der Platz nicht reichen sollte. Mitten in diesen Überlegungen begann sie zu weinen. Erschrocken, als hätte sie mit ihren Tränen das Unglück bereits herbeigerufen, zwang sie sich, an anderes zu denken. Sie hatte

doch vor längerer Zeit einen Schwedischkurs im Internet ersteigert und mit Freude begonnen, die Sprache zu erlernen. Und Robert hatte sie gebeten, ihr ein Märchenbuch der Brüder Grimm in schwedischer Sprache mitzubringen, was er mit befremdlichem Erstaunen tat. Es fiel ihr leichter, beim Lernen auf vertraute Inhalte zurückzugreifen. Auch dem Französischen hatte sie sich, neben dem Lehrbuch, auf diese Weise genähert.

Die Reisetasche war fast gefüllt, als das Telefon läutete. Endlich! Auf dem Weg zum Apparat überlegte sie, dass, sollte es Robert sein, sie ihm sagen würde, sie sei fast schon auf dem Weg nach Lappland! Aber er war es nicht.

»Michaela Sauter hier. Frau Feldwehr, ich habe einen Flug für morgen früh, 9 Zero, gebucht. Ab Stuttgart. Das Ticket können Sie am Counter abholen. Die Maschine landet am frühen Nachmittag in Arvidsjaur, allerdings mit Zwischenstopp in Hannover. Aber Sie können sitzen bleiben. Guten Flug! Ach ja, dass ich's nicht vergesse, die Reisekosten übernehmen selbstverständlich wir. Was Ihre Unterkunft anbelangt, erfahren Sie das Weitere von Herrn Wiedemann vor Ort. Er bespricht auch das Übrige mit Ihnen.«

»Nein, warten Sie einen Augenblick!«

Claudia wollte sich nicht schon wieder abspeisen lassen, doch die Assistentin war auch dieses Mal schneller. Sie hatte einfach aufgelegt. Als ob sie Angst vor meinen Fragen hätte, dachte Claudia. Ärgerlich ersparte sie sich aber den sofortigen Rückruf, auch weil sie das Auto von Magnus hörte, der vor die Garage fuhr. Er besaß einen Porsche, das Motorengeräusch war unverkennbar.

Als Magnus durch die Tür trat, erschrak Claudia. Ihr Junge sah blass und abgemagert aus, unter den Augen zeigten sich dunkle Schatten. Mit den Jahren wird er seinem Vater immer ähnlicher, dachte sie, auch wenn dessen Gesichtsfarbe in der Regel frischer war als die seines Sohnes. Zumindest galt das an diesem Morgen.

»Wenn es für dich in Ordnung geht, bleibe ich einige Tage hier im Haus. Solange du in Schweden bist. Oder ist das ein Problem?«, ging Magnus die Begrüßung offensiv an.

Claudia war so überrascht, dass sie zunächst nur nickte. Das Schweigen stand auf beiden Seiten. Schließlich wollte Claudia es doch wissen.

»Was ist mit deinen Computern?« Sie fragte, als handle es sich bei ihnen um Haustiere, die versorgt werden müssten.

»Alles im Griff. Ein Kollege kümmert sich ums Business. Ich brauche mal Ruhe, und außerdem macht mich das mit Vater ja nicht gerade locker. Ich halte hier die Stellung und zur Not gibt es ja noch den da!« Er klopfte auf die mitgebrachte Tasche, in der sich ein Laptop befand. »Wo steht dein PC?«

Die Frage war an sich überflüssig, hatte sich Magnus doch um die Installation der Programme gekümmert. Magnus. Kein Jahr verging ohne Sorgen. Den Führerschein, der ihm wegen wiederholter Geschwindigkeitsüberschreitung für acht Monate entzogen worden war, hatte er erst seit kurzem zurückerhalten. Aber er war unbelehrbar. In der Auszeit hatte er sich einen neuen Porsche geleistet und war, gegen jede Warnung, mit dem Wagen zur Zulassungsstelle gefahren, um dort die Fahrerlaubnis mit breitem

Grinsen entgegenzunehmen. Die Unternehmung war gutgegangen, aber Claudia signalisierte er damit, dass er seine Lektion noch nicht gelernt hatte. Wenn sie davon anfing, lachte er sie charmant aus. Schließlich sei er fast dreißig Jahre alt und trage die Konsequenzen alleine. Blaue Briefe an sie kämen sicher nicht mehr.

In ihrer momentanen Situation kam ihr allerdings gelegen, dass er motorisiert war. Er konnte sie zum Flughafen bringen, und das war angenehmer, als in aller Frühe die Anfahrt mit dem Taxi antreten zu müssen. Das ist kein Problem, beantwortete er ihre Bitte, gerade dafür sei er doch gekommen. Und um alles andere kümmere er sich auch.

»Aber könntest du mir bitte etwas Cash dalassen, in der Eile habe ich mein Geld zu Hause vergessen, dumm von mir. Für Benzin«, fügte er wie beiläufig hinzu.

Hatte sie es bisher geahnt, jetzt wusste sie, er steckte in Schwierigkeiten. Nachdenklich gab sie ihm einen Betrag, von dem sie annahm, dass damit seine Unkosten mehr als gedeckt seien. Ein weiteres Geldgeschenk würde es nicht mehr geben. Sie hatte zu viele schlechte Erfahrungen gemacht. Selbst wenn er im Geld zu schwimmen schien, bezahlte Magnus ihr nie etwas zurück. Robert anzupumpen, hatte er dagegen nie gewagt. Der hätte entschieden von ihm verlangt, bei finanziellen Engpässen die Luxusgegenstände, mit denen er sich so großzügig umgab, zu verkaufen. Und dass Robert es ernst damit meinte, wusste Magnus.

Als Hegers ältester Sohn mit dem Medikament auftauchte, war Claudia enttäuscht. Aber vielleicht war es besser, dachte sie im nächsten Moment, dass sich die beiden Männer nicht begegnen.

Magnus war zeitig aufgestanden, früher noch als sie. Von ihm war ein Frühstück gezaubert worden, über das sie nur staunen konnte. Claudia aß mit gutem Appetit und vergaß während dieser wenigen Frühstücksminuten den Grund ihrer Reise, die Bedenken, die Magnus betrafen, und ihre Sorgen um den Flug. An diesem Morgen war ihr Sohn umwerfend amüsant, und während der knappen halben Stunde, die sie gemeinsam frühstückten, erfuhr sie mehr über ihn als in den vergangenen Jahren zusammen.

Auf der Fahrt zum Flughafen aber schwiegen sie. Es war dunkel und neblig, außerdem war vor Straßenglätte gewarnt worden. Magnus fuhr dennoch zügig, und sie erreichten den Flughafen weit vor der Zeit. Er brachte sie zum Check-in-Schalter und wollte selbstverständlich bei ihr bleiben, bis die Maschine abhob. Sie aber bat ihn zu gehen. Er drückte sie zögerlich an sich und verschwand nur langsam in den Menschenmassen.

Sie solle die Flugangst abarbeiten, hatte ihr Heger schon früher geraten, ein guter Tipp dazu sei, den Maschinen bei Start und Landung zuzusehen. Claudia machte sich auf den Weg zur Aussichtsterrasse. Vom frühen Morgen an konnten Besucher dort erleben, wie die Kolosse abhoben und lärmend über Köpfe und Hausdächer hinwegglitten. Die Turbinen fauchten auch nach der Landung noch, als wehrten sie sich gegen das Abschalten. Und zwei Ängste scheint das menschliche Gehirn nicht gleichzeitig ver-

arbeiten zu können. Jedenfalls galt das für Claudia. Die Sorge um Robert gewann dieses Duell.
Sie verließ ihren Aussichtspunkt und ging in Richtung der Schalter. Als sie die Kontrollen hinter sich gebracht hatte und das Gepäck aufgegeben war, wurde es plötzlich einfach. Sie folgte der Ausschilderung und schließlich einer Gruppe junger Männer, die, inklusive des Firmenlogos, die gleichen Jacken trugen wie ihr Mann, wenn er unterwegs war. Alle waren jung, durchtrainiert, ernst und fuhren mit Sicherheit entweder mit Langlaufski oder dem Rennrad zur Arbeit. Sie fühlte sich zwischen der Firmencrew ziemlich deplatziert und wurde doch von keinem der andern Reisenden beachtet. Manche unterhielten sich, wenige hatten ihren Laptop aufgeklappt, und einer war eingeschlafen, jedenfalls hatte er die Augen geschlossen.
Das Warten bis zum Start dauerte eine Ewigkeit. Claudias Blick ging immer wieder zur Anzeigetafel, aber auf ihr tat sich nichts. Einmal hatte sie sich bei ihrem Sitznachbarn erkundigt, ob sie sich wirklich im richtigen Terminal befinde, und er hatte es ihr bestätigt. *Arvidsjaur*. Endlich stand der Name da. Und dann ging alles schnell. Die Busfahrt, der Einstieg ins Flugzeug, das Verstauen des Handgepäcks und das Anschnallen. Es war ihr erster Start.

Im Gegensatz zu allem, was sie sich vorgenommen hatte, verfiel sie, noch bevor die Triebwerke gestartet wurden, in eine dumpfe Reglosigkeit. Sie wurde geradezu katatonisch, und blieb, verkrampft, wie sie war, in eben dieser Haltung bis zur Zwischenlandung in Hannover sitzen. Nur beiläufig nahm sie wahr, dass der Fensterplatz neben ihr geräumt und wieder besetzt wurde. Der neu zugestiegene Fluggast, offenbar ein Inder, sprach sie in perfektem Deutsch an. Er erklärte ihr, dass die Tragflächen enteist werden müssten und dass in Hannover neue Passagiere für den Flug in den Norden hinzukämen. Wenn sie wolle, würde er den Platz mit ihr tauschen. Obwohl sie kaum auf ihn reagierte, ließ er sich nicht beirren und redete ohne Unterlass auf sie ein. Es sei so schön klar heute, wenn sie Glück hätten, könne sie vom Fenster aus das wunderschöne Blau der Ostsee betrachten und gleich darauf nahe Stockholm die phantastischen Schärengärten. Später dann die Wälder und zugefrorene Seen, denn was im Winter wie ein Feld oder eine Wiese aussehen würde, sei in den meisten Fällen ein See.

»Es gibt in Schweden sechsundneunzigtausend Seen. Und alle haben einen Namen. Die andere Hälfte des Landes besteht aus Wald!«

Nur Elche, die könne sie aus dieser Höhe nicht ausmachen, dafür flöge die Maschine zu hoch. Er arbeite in Arjeplog. Ob sie wisse, wie der Ort zu dem größten Testzentrum der Automobilwirtschaft in Skandinavien geworden sei? Purer Zufall. Zuvor war die Blechkarawane hundertfünfzig Kilometer nördlicher unterwegs gewesen. Dann habe einer der Techniker eine vereiste Start- und Landebahn für Kleinflugzeuge entdeckt.

»Auf einem See, stellen Sie sich das vor.«

Er redete wirklich ununterbrochen. Aber ohne dass es ihr bewusst geworden war, hatte sich ihre Starre gelöst und in Nervosität verwandelt. Sie war sogar in der Lage, vom angebotenen Essen zu probieren. Es schmeckte nicht einmal schlecht.

»Die Fluggesellschaften verhalten sich beim Essen antiproportional zur Entwicklung der Körpergröße. Je länger die Menschen werden, desto kleiner werden die Portionen! Äh, essen Sie Ihren Nachtisch nicht?«

Sie schüttelte den Kopf.

»Arbeiten Sie auch in Arjeplog, oder machen Sie Urlaub? Ach, nein, Letzteres streichen Sie bitte! Wer so viel – sagen wir – Respekt vor einem Flug hat, steigt nicht freiwillig in eine Maschine. Außerdem geht es mich nichts an. Aber entschuldigen Sie, mein Name ist Hanno von Loose. Und wenn Sie sich jetzt wundern, mich hat nicht der Storch, sondern ein Elefant gebracht.«

Claudia schmunzelte. Sein Alter war schwer zu schätzen, zwischen dreißig und fünfzig war alles möglich. Seine Haut war glatt und glänzend und zeigte ein wunderschönes Dunkelbraun. Von gleicher Farbe waren seine Augen, die vor einem weißen Hintergrund strahlten. Sie nannte ebenfalls ihren Namen, verschwieg aber den Grund ihres Flugs.

»Ich rede und rede, und nun haben Sie meinetwegen die Schären verpasst. Unverzeihlich. Kann ich das wiedergutmachen und Sie zu einem Drink einladen?«

Erst jetzt bemerkte Claudia, dass sie ihr Ziel schon fast erreicht hatten. Sie wolle nicht unhöflich sein, müsse sein Angebot aber ablehnen. Sie würde erwartet und werde nicht lange in Schweden bleiben.

»Ich gebe Ihnen trotz allem meine Telefonnummer. Falls es Probleme gibt, können Sie mich jederzeit anrufen.«

Die Durchsage, sich anzuschnallen und die Sitze senkrecht zu stellen, kam über den Lautsprecher. Claudia sah nur kurz auf die Visitenkarte. Loose arbeitete in der Firma ihres Mannes! Der Landeanflug begann. Sie krallte sich in die Seitenlehne, schloss die Augen.
»Kennen Sie Pippi Langstrumpf? Oder die Kinder von Bullerbü? Wer hat's geschrieben? Und von wem ist das Dschungelbuch? Wie viele Seen, sagte ich, gibt es in Schweden? Was fand am 6. Dezember 1957 statt? – So, jetzt können Sie den Gurt öffnen!«
Mit seinen Fragen hatte er geschafft, sie von ihrer Angst vor der Landung abzulenken.
»Sie sollten Flugangstseminare leiten, Herr von Loose, da könnten Sie eine Menge Geld verdienen! Mir haben Sie sehr geholfen. Danke dafür! Übrigens ...«
»Nein, es ist an mir, mich zu bedanken. Sie waren meine erste Kundin und eine wunderbare Patientin – wer weiß, wenn die mich im Büro nicht mehr haben wollen, sattle ich um. Und meine Referenz hole ich mir dann bei Ihnen ab.«
Überraschend zügig verabschiedete er sich von ihr.

Die kleine, überschaubare Ankunftshalle war schnell erreicht worden, was Claudia sehr entgegenkam. Im Airport Arvidsjaur hatte alles in einem Raum Platz, der so groß war wie eine mittlere Turnhalle. Vom Flugzeug bis dorthin waren es nur wenige Schritte gewesen, und doch entwickelte die Kälte schon in dieser kurzen Zeit eine Kraft, die Claudia nicht für möglich gehalten hatte. Das Atmen schmerzte so sehr, dass sie ihren Schal vor den Mund zog.

Die Sonne schien zwar vom diesigen Himmel herab, zeigte jedoch keinerlei wärmende Wirkung.
Im Gebäude war es warm, und sie konnte sich problemlos orientieren. Gleich neben dem Laufband befand sich ein Kiosk, in dessen Zeitschriftenständern Tageszeitungen in schwedischer, deutscher und englischer Sprache darauf hinwiesen, dass man auf internationales Publikum eingestellt war. Manche Süßigkeit in den Auslagen kannte sie vom heimischen Möbelhaus, vor allem die Zimtschnecken in Plastikbeuteln. Aber erst hier, auf diesem winzigen Flughafen-Areal, wurde ihr bewusst, dass sie Roberts Welt betrat. Hier war er jede zweite Woche angekommen, vermutlich hatte er sie von hier angerufen, während er auf das Gepäck wartete. Sie musste wissen, dass alles gutgegangen war. Auf diesen Anruf hatte sie nach jedem Flug bestanden. Tränen, schon wieder! Sie trocknete sich schnell Augen und Nase, so sollte sie keiner sehen, besonders nicht Loose, der seine Koffer bereits ergattert hatte. Er winkte von weitem und steuerte auf den Ausgang zu. Ihre Gepäckstücke kamen als letzte aus der dunklen Höhle herbeigefahren, als sie sich umschaute, hatte sich der Pulk der Wartenden schon aufgelöst. Nur noch wenige Personen standen in kleinen Gruppen vor dem Kiosk oder verabschiedeten sich voneinander. Und auch die verließen jetzt das Gebäude und stiegen in einen Reisebus.

»Frau Feldwehr? Ich bin Michaela Sauter. Herzlich willkommen! Hatten Sie einen guten Flug?«
Die junge Frau war geradewegs auf sie zugekommen. Als

Claudia nickte, gab sie ihr die Hand und griff gleich nach dem Koffer.

»Das Auto steht vor der Tür, wenn Sie nichts dagegen haben, fahren wir gleich los. Herr Wiedemann erwartet Sie bereits.«

Sie gingen auf eine Mercedes-Limousine zu, in der zwei Männer saßen. Der auf dem Beifahrersitz saß, stieg aus und bot ihr seinen Platz an. Claudia lehnte dankend ab. Sie erinnerte sich, den Mann im Flugzeug und beim Aussteigen gesehen zu haben. Er hatte während des Flugs auf dem Platz vor ihr gesessen.

Frau Sauter steuerte den Wagen. Keiner ihrer drei Mitfahrer schien an einer Unterhaltung interessiert, was Claudia nur recht war. Sie schaute aus dem Fenster. Der Flughafen lag in der Nähe von Arvidsjaur, sodass die Stadt schnell erreicht und ebenso schnell durchfahren war. Frisöre, Schuhgeschäfte, Läden, Boutiquen und Lokale waren eng zusammengebaut, als wollten sie sich gegenseitig wärmen.

Nach der Stadtgrenze war die Straße von Birken, Fichten und Kiefern gesäumt, die dicke Schneepolster auf den Zweigen trugen. Zwischendurch kam der Wagen an gerodeten, ebenen Flächen vorbei, gefrorenen Seen, wie Claudia nach Looses Belehrungen annahm. Und immer wieder passierten sie Gefahrenschilder, auf denen ein Elch abgebildet war.

Die Straße führte nun kerzengerade durch den Wald. Die Stille im Auto, ja, das stille Luxus-Auto, das keinen Motor zu haben schien, verstärkte Claudias aufkommende Müdigkeit. Sie wollte an Robert denken, aber es gelang ihr nicht. Über die schwarzweiße Welt da draußen hatte sich ein grauer Schleier gesenkt und lullte sie gnädig ein. Sie fühlte sich wohl, schaute aus halb geschlossenen Lidern den Bäumen zu, die auftauchten und wieder verschwanden. Schattenrisse aus einem Buch, das sie gewillt war, zu lesen. Sie fiel in einen leichten Schlaf, träumte dabei von den Tieren ihres Gartens, die schwebend den Wagen begleiteten. Es erstaunte sie ebenso wenig wie der Umstand, dass sie es so mühelos geschafft hatten, über die Ostsee zu kommen.

Claudia erwachte, als das Auto von der Hauptstraße abbog und in eine hell beleuchtete Nebenstraße hineinfuhr. Der Weg führte an Zäunen vorbei, die grell ausgeleuchtet waren. Unterbrochen wurden die Absperrungen von Wachhäuschen und Schildern, auf denen – *Durchfahrt – Fotos – Filmen – Parken – Betreten verboten* – stand. Vor den jeweiligen Einfahrten ins Firmengelände warnten rot-weiße, sperrige Balken, auf die sich eine ganze Armada von Kameras richtete.

»Ein Hochsicherheitstrakt!« Claudia sagte es laut. Die anderen schienen urplötzlich aus ihrer Gedankenwelt aufzutauchen. Keiner jedoch ging auf ihre Bemerkung ein, vermutlich kannten sie diese oder ähnliche Reaktionen auf das dargebotene Schauspiel. Ohne zu blinken, bog Frau Sauter in eine Einfahrt ein und hielt vor der geschlossenen Schranke.

Der Pförtner war in diesem Fall eine junge Frau, die adrett und kompetent wirkte. Frau Sauter parkte zwischenzeitlich den Wagen, die beiden Mitfahrer passierten die Kontrolle, und Claudia bekam ein Formular in die Hand gedrückt, auf das sie ihren Namen, die Adresse und den Grund ihres Besuchs eintragen sollte. Bei Letzterem war sie unsicher. Sie wandte sich hilfesuchend nach Michaela Sauter um, die gerade rechtzeitig zurückgekommen war.

»Schreiben Sie einfach: Termin bei Herrn Wiedemann, das genügt!«

Claudia erhielt ein weißes Schildchen, auf dem ihr Name stand. Sie sollte es gut sichtbar an ihrer Kleidung anbringen. Die Pförtnerin half ihr dabei. Dann folgte sie Sauter über viele Gänge. Rechts und links standen vereinzelt Türen offen, und Claudia sah in den Räumen jede Menge technischer Gerätschaften stehen und Angestellte, die sich um Monitore versammelt hatten. Überall standen silberne Transportboxen, alles war von unzähligen Strahlern in gleißendes Licht getaucht. Nie schaute jemand auf, als sie vorübergingen. Claudia war irritiert, folgte aber dem schnellen Schritt ihrer schweigsamen Lotsin.

Die geschlossene Tür, vor der sie schließlich haltmachten, unterschied sich von außen durch nichts von den andern, hinter ihr aber erwartete Claudia eine völlig andere Welt. Das Licht war gedämpft, freundliche helle, bunte Polstermöbel – gepunktet und gestreift – bestimmten den Raum, dazu gab es eine Bücherwand, die wirklich Bücher und keine Akten enthielt. Am Fenster stand ein Schreibtisch aus dunklem Rauchglas, der im Raum zu schweben schien. Hier wies nichts auf Arbeit hin. Frau Sauter bat Claudia, in einem der Sessel Platz zu nehmen, und verabschiedete sich mit unverbindlichen Floskeln. Schon nach kurzer Zeit trat großgewachsen Wiedemann in den Raum und

bat Claudia, mit ihm zu kommen. Sie gingen über eine Treppe ein Stockwerk nach oben.
Dort gab es kaum noch Türen. Auf dem Flurboden lag dunkles Schiffsparkett. Der Gegensatz zum vorherigen Stockwerk, wo Linoleum und darauf ein robuster, grünblauer Läufer lag, hätte nicht größer sein können. Wiedemann ging bis zum Ende des Gangs, öffnete eine Tür und ließ ihr den Vortritt. Claudia erschrak, kaum dass sie den Raum betreten hatte. An einem Fenster vor ihr standen drei Männer, einer von ihnen trug eine Polizeiuniform. Ihr wurde übel, sie musste sich setzen. Irgendwer brachte ihr ein Glas Wasser, das sie hastig hinunterstürzte. Sie nahm keinen der Namen wahr, die Wiedemann ihr nannte. Dann verabschiedete er sich von Claudia und verließ wortlos das Büro.

»Frau Feldwehr, wir haben Sie hergebeten, weil uns der Aufenthalt Ihres Mannes noch immer nicht bekannt ist. Könnte es sein, dass er in der Zwischenzeit nach Hause kam und nur vergessen hat, uns zu benachrichtigen?«
Der Polizist hatte ihr diese Frage gestellt.
»Mein Mann ist nicht nach Hause gekommen! Denken Sie wirklich, ich wäre sonst hier?«, fragte sie empört.
Nach dem ersten Schock gewann sie die Kontrolle zurück. Und weshalb Polizei? Wurde ihr etwas verschwiegen? Sie sprang vom Stuhl auf. Der Polizist ergriff erneut das Wort: Kommissar Per Kostkola von der Norrland Polis, er habe einige Fragen an sie, sie soll doch bitte wieder Platz nehmen. Als habe er das auswendig gelernt, sprach er, in sehr gutem Deutsch, leise und konzentriert und in einem

leicht singenden Tonfall. Wann sie das letzte Mal Kontakt zu ihrem Mann gehabt hätte, wollte er wissen. Claudia beantwortete die Frage nach kurzem Überlegen. Wiederholte dann ihre Frage, weshalb ein Polizeibeamter anwesend sei, und drohte damit, erst dann wieder etwas zu sagen, wenn sie wisse, um was es hier überhaupt gehe.

»Ihr Gatte hat sich am Samstagabend zu einer Testfahrt entschlossen, obwohl das nicht in seinem Dienstplan stand. Er ist von dieser Fahrt nicht zurückgekehrt. Zunächst suchten Kollegen in seiner Wohnung nach ihm, und als er auch auf seinem Mobiltelefon nicht zu erreichen war, entschloss sich die Firmenleitung, die Polizei einzuschalten. Meine Dienststelle wurde am Montagnachmittag unterrichtet, und wir haben sofort eine umfassende Suchaktion eingeleitet. Gegen Mitternacht entdeckten unsere Beamten hinter einer freigeräumten Haltebucht für Busse einen Toten. Seine Identität ist nicht geklärt, es handelt sich aber definitiv nicht um Ihren Mann. Das steht fest! Und wir wissen auch, dass der Tote Opfer eines Verkehrsunfalls wurde. Wie es zu seinen tödlichen Verletzungen kam, wird gerade untersucht. Weil es in der Nacht heftig geschneit hat, ist die Spurenlage extrem schlecht. Mehr kann und darf ich Ihnen nicht sagen, außer, dass Ermittlungen wegen Fahrerflucht gegen Ihren Mann eingeleitet wurden und natürlich, dass weiter nach ihm gesucht wird!«

Claudia sank auf ihrem Stuhl zurück und presste eine Hand über den Mund, als wollte sie einen Schrei, ein Weinen oder ein hysterisches Lachen unterdrücken. Die Männer vermieden es, sie anzuschauen. Außer dem Kommissar hatte keiner der anderen etwas gesagt.

»Warum vermuten Sie, dass Robert etwas mit dem Unfall zu tun hat? Das muss ein Missverständnis, ein unglücklicher Zufall sein! Mein Mann würde nicht ... niemals ...«
Der jüngste der Männer unterbrach sie.
»Keiner behauptet, dass Ihr Mann der Unfallfahrer ist. Nur ist in diesem Fall ein Zusammenhang nicht auszuschließen.«
Per Kostkola setzte sich nun direkt vor Claudia.
»Sie müssen die Konten Ihres Mannes überprüfen, ob von Montag bis heute Abbuchungen getätigt worden sind oder ob andere Unregelmäßigkeiten vorliegen. Natürlich nur, wenn Sie über eine Vollmacht verfügen. Sollte das nicht der Fall sein, muss ich um Amtshilfe bitten. Das kostet viel Zeit.«
Kostkola kam ihr noch näher:
»Dann, wenn Sie nichts dagegen haben, würde ich mir jetzt gern Ihr Mobiltelefon ansehen. Sie bekommen es auch sofort wieder zurück.«
Wortlos holte Claudia das Handy aus der Manteltasche und reichte es ihm über den Tisch. Erst jetzt fragte einer Anwesenden, ob sie nicht den Mantel ablegen wolle. Aber Claudia fror. Und obwohl sie wusste, dass es sich um die Kälte von innen handelte, die mit keinem Kleidungsstück zu erwärmen war, behielt sie ihren Mantel an. Der Kommissar drückte zwischenzeitlich auf der Tastatur herum, als handele sich um sein eigenes Gerät. Er brummte, starrte auf das Display, drückte wieder. Was er denn zu finden glaube? Von diesem Apparat hatte sie vor ungefähr zwei Monaten das letzte Mal mit ihrem Mann gesprochen.

Ich müsste Magnus anrufen, oder Torben, ging ihr durch den Kopf. Meine Güte, hoffentlich hat er die Nummern nicht gelöscht. Wegen der Kurzwahlbefehle, die Robert ihr eingerichtet hatte, würde sie sich bestimmt an keine der Nummern erinnern. Sie bekam ihr Telefon wieder ausgehändigt, dieses Mal war das Brummen eindeutig als enttäuschte Reaktion zu werten.
»Wie stand es um Ihre Ehe?«, fragte Kostkola und sah auf die Wand, als stünde dort die Antwort.
Wie er das meine, versuchte Claudia der Frage auszuweichen.
»Gab es Probleme, finanzieller Art, emotionaler Art. Ich meine damit zum Beispiel, gab es eine andere Frau, hier in Schweden?«
Spielt der Kommissar Katz und Maus mit mir, oder will er mich aus der Reserve locken, dachte sie; in was nur bin ich hier hereingeraten.
»Muss ich Ihnen antworten?«, fragte sie zögernd.
»Fahrerflucht ist kein Kavaliersdelikt. Und wer weiß schon, um was es hier noch alles geht. Es ist also gut für Ihren Mann, wenn Sie uns sagen, was Sie wissen.«
Claudia aber beharrte darauf, dass in ihrer Ehe alles in Ordnung gewesen sei und sie nichts von finanziellen Problemen oder einer anderen Frau wisse. Sie schüttelte heftig den Kopf dabei. Nicht ohne sie noch einmal an die Bankdaten zu erinnern, verließ Per Kostkola schließlich das Zimmer.
»Ist Kostkola Finnland-Schwede, oder woher kommt der Name?«
Der Ältere stellte die Frage.

»Das ist hier nicht relevant!«, sagte plötzlich eine Stimme aus dem Nichts, und Claudia kannte sie.

Das Büro, in dem sie sich befanden, war sehr geräumig. Ein schwerer, dunkler, antiker Schreibtisch, sie vermutete, Mahagoni, bestimmte den Raum. Das Schiffsparkett des Flurs setzte sich im Raum fort, wurde aber hinter der Tür von rot-schwarzen Intarsien verziert, die eine Windrose bildeten. Hell beleuchtete Glasvitrinen, die mit Automodellen der Edelklasse bestückt waren, dienten zwischen Schreibtisch und der Besprechungsecke als transparente Raumteiler. Im Zimmer standen vier Djinn Chairs verteilt, einer bunt, die anderen grün, rot und schwarz. Zum Fenster hin, deutlich an der mit Buchstaben bedruckten Rückwand zu erkennen, standen nochmals zwei sogenannte Blofeld-Sessel. Wer dieses Zimmer eingerichtet hat, musste ein Cineast sein, denn die Sitzmöbel stammten allesamt aus legendären Filmen wie *Clockwork Orange* oder einem der *Bond*-Serie. Claudia kannte die Fabrikate, weil Magnus beim Einrichten seines Lofts von nichts anderem gesprochen hatte und zeitweise kiloschwere Prospekte angeschleppt hatte, in denen sie abgebildet waren. Dass sie mit ihrer Vermutung richtiglag, zeigten die schwarzweißen Fotografien an der Stirnwand. Auf postergroßen Fotos waren Filmszenen aus Klassikern wie *Im Westen nichts Neues, Stadt der Lichter* oder *Der dritte Mann* abgebildet. Die Lampen des Raumes waren so angebracht, dass ihr Licht auf die Plakate, das Parkett und den Schreibtisch fiel. Der Fensterbereich dagegen lag im Dunkeln, weil die Stehlampen, die davor standen, nicht angeknipst waren.

Die Stimme, die Claudia vernommen hatte, gehörte zu Hanno von Loose. Er war aufgestanden und mit ausgestreckten Armen aus der unbeleuchteten Ecke des Raums auf sie zugekommen. Claudia fühlte sich von ihm hintergangen. Er musste schon im Flugzeug gewusst haben, wer sie war und was sie hier erwarten würde. Loose deutete Claudias Enttäuschung richtig. Seine schüchterne Begrüßung zeigte es. Und die Entschuldigung ließ nicht lange auf sich warten. Als er sie angesprochen hätte, sei er sich zunächst nicht im Klaren gewesen, mit wem er es zu tun hatte. Erst als sie sich gegenseitig vorstellten, habe er es gewusst. Kurz hätte er überlegt, sich ihr zu erkennen zu geben, sei dann aber davon abgerückt.

»Das Flugzeug ist nun wirklich nicht der richtige Ort für Offenbarungen, gleich welcher Art sie auch sein mögen. Sie mit der Situation zu konfrontieren, ohne dass Sie eine Rückzugsmöglichkeit gehabt hätten, erschien mir mehr als unpassend. Außerdem handelt es sich bei diesem Fall um ein, gelinde gesagt, sensibles Problem. Die Konkurrenz wartet auf einen solchen Fauxpas, und es gab genügend Konkurrenz in den Sitzreihen. Es ist so, dass wir angehalten sind, einen Skandal um jeden Preis zu vermeiden. Er kann Jobs kosten. Schon meine Anwesenheit im Flugzeug dürfte den einen oder anderen Mitreisenden verwundert haben. Offen gesagt, die Sache mit Ihrem Mann schlägt hohe Wellen. Ich war deswegen in der Firmenzentrale zum Rapport bestellt. Man sieht nicht gern, wenn unser Equipment verschwindet.« Und natürlich sei man auch darüber besorgt, dass ein Angestellter vermisst wird, fügte er schnell hinzu. Er hoffe also sehr, sie werde ihm verzeihen. Er machte eine schnelle Handbewegung, und die beiden anderen Herren zogen sich ohne weitere Erklärung zurück. Loose bat Claudia ans Fenster. Bevor sie über alles reden würden, solle sie sich ein wenig ausruhen, und dieser Platz, er deutete auf die Blofelds, eigne sich hervorragend dafür.

Nach einer kurzen telefonischen Anweisung brachten zwei junge Männer je ein Tablett mit Tee, Kaffee, Saft, Wasser und Keksen. Sie servierten auf einem runden Tischchen, das Claudia zuvor nicht aufgefallen war. Zum Schluss stellten sie noch zwei Kerzen in die Mitte, die, gelb und blau, die Landesfarben von Schweden zeigten.

»Eine unangenehme Geschichte«, begann Loose das Gespräch. »Claudia, ich darf Sie doch so nennen? Ich bitte Sie, mir eine Einschätzung der Situation aus Ihrer Sicht zu geben, da ich Ihren Mann nicht sehr gut kenne und mir sein inneres Wesen nicht vertraut ist. Wäre es denn möglich, dass er, setzen wir diese Extremsituation voraus, Fahrerflucht begehen könnte? Ich würde ja für jeden meiner Männer die Hand ins Feuer legen. Robert ist Testfahrer! Ein Profi! Anders gesagt, für mich ist der Vorwurf unvorstellbar. Zwar gibt es ja hin und wieder Unfälle, erstaunlich wenige nur, angesichts der Witterungsverhältnisse, wenn ich das hinzufügen darf, aber die regeln wir äußerst kulant, und Personen sind dabei noch nie zu Schaden gekommen. Gerade deshalb schätzen wir die Lage so dramatisch ein. Wir haben bei denen, die man allgemein »die Öffentlichkeit« zu nennen pflegt, nicht nur Befürworter unserer Arbeit hier in Nordschweden. Zum Glück ist unser Verhältnis zur Polizei und anderen öffentlichen Stellen gut. Und ich bin überzeugt, dass man den Fall bald lösen wird. Wir wissen eigentlich gar nichts. Ihr Mann ist von der außerplanmäßigen Nachterprobung nicht zurückgekehrt, gleichzeitig ist ein Mensch verletzt worden und gestorben, was sehr, sehr tragisch ist. Und beides muss, ja, ich gehe so weit zu sagen: wird nicht ursächlich zusammenhängen. Sie erwähnten bereits, dass es manchmal Zufälle gibt ... Entschuldigen Sie, ich rede wieder viel zu viel. Deshalb schlage ich Ihnen Folgendes vor: Da die Wohnung Ihres Mannes von der Polizei nicht freigegeben ist, werde ich Sie für die nächsten Tage in dem Haus meiner lieben Freundin Birgitta unterbringen. Sie hat immer ein oder zwei Zimmer für mich bereit. Die Hotels sind zu dieser Zeit ausgebucht und die Privathäuser fast ausschließlich vermietet. Ihr Mann hat es sicher einmal erwähnt: Während der Wintererprobung ziehen viele Einheimische in ihre Sommerhäuschen oder in Wohnwagen und überlassen ihr Zuhause uns Autotestern. Für gutes Geld versteht sich. Mit den Einnahmen aus der Vermietung können sich die Leute hier einiges leisten, auf das sie sonst verzichten müssten. In dieser Region gibt es ja so gut wie keine Arbeitsplätze, seit die Bleimine geschlossen wurde. Aber zurück zu Birgitta. Birgitta Wilhelmsson heißt sie mit vollem Namen. Ich verspreche Ihnen, Sie werden sich dort wohlfühlen. Birgitta spricht unsere Sprache ausgezeichnet. Sie hat drei – oder waren es fünf – Jahre in Deutschland gelebt. Nein, jetzt weiß ich es wieder, sie hat mit ihrem dritten Ehemann fünf Jahre in Norddeutschland gelebt. Bei ihr kann man schon etwas durcheinanderbringen. Sie lässt Ihnen jeden Freiraum, wenn Sie das wünschen, und dort können Sie in aller Ruhe über meine Fragen nachdenken. Ist das in Ordnung?«

Claudia war aufgestanden und ans Fenster getreten. Im fahlen Licht sah sie, dass zwischen den zweigeschossigen Hallen der Schnee ebenso weggeräumt war, wie im Bereich der Straße und der Parkplätze, die sie einsehen konnte. Sie entdeckte die Schneeberge vor einem kleinen Wald, der noch innerhalb des Geländes lag. Davor hatte jemand ein Vogelhäuschen aufgestellt. Ob sich in diesen Breiten im Winter überhaupt Vögel aufhielten?

Robert und – Fahrerflucht? Wer kennt den anderen schon wirklich, dachte sie, und was bedeutet *inneres Wesen*? Das Streben, die Triebe, Wünsche und Sehnsüchte eines Menschen, oder seine Fehlbarkeit? Sein Wille, zu überleben? Sie konnte Looses Frage nicht beantworten. Über dreißig Jahre war sie mit Robert verheiratet, kannte ihn noch länger. Doch fast zwei Drittel dieser Zeit hatte er in Schweden gelebt. Die beiden Wochenenden pro Monat. Einen Tag brauchten sie, um sich aneinander zu gewöhnen, und den anderen, um sich auf den Abschied einzustellen. Und dann waren da auch noch die Jungs, die ihren Vater in Beschlag nahmen. Er genoss die wenigen Stunden, die er mit ihnen verbringen konnte, und fügte sich in dieser Zeit ganz ihren Wünschen. Der harte Teil der Erziehung blieb ihr. Robert hatte die Kinder verwöhnt, sie war die Vernünftige, hatte es eingesehen und hingenommen. Aber ihr Verdienst war es gewesen, die beiden erfolgreich durch die Schule zu bringen. Claudia fielen die überfälligen Telefonate ein, die sie mit den Söhnen führen wollte, und verdrängte den Gedanken gleich wieder. Sie hatte Angst davor, mit ihnen zu reden, fast so, als trüge sie die Schuld an allem. Viel lieber würde sie jetzt in einem Hotel übernachten und mit sich alleine sein. In Roberts Wohnung wäre sie auf keinen Fall gegangen, auch wenn die Polizei sie freigegeben hätte! Es blieb nichts anderes übrig, als das Angebot Looses anzunehmen. Hier gab es weit und breit keine andere Stadt, noch nicht einmal ein Dorf. Sie erinnerte sich daran, wie erstaunt sie beim gemeinsamen Kartenstudium mit Robert darüber gewesen war, dass in dieser Gegend kaum Menschen lebten. Nur weites, unbesiedeltes Land! Nein, im Moment wollte sie nur noch eine warme Dusche und ein Bett mit einer Zudecke, die sie über den Kopf ziehen konnte. Sie bat Loose, zu Birgitta gefahren zu werden. Seine Frage ließ sie, dem Vorschlag gemäß, unbeantwortet.

Während sie zum Wagen gingen, betrachtete Loose seinen deutschen Gast. Dass er Claudia im Unklaren darüber gelassen hatte, welche Brisanz sich hinter dem Verschwinden ihres Mannes und damit auch dem Verlust des Testwagens wirklich verbarg, fand er notwendig und richtig. Besser, sie wusste nicht zu viel. Ihre Anwesenheit ermöglichte ihm den unmittelbaren Zugang zu ihr, hoffte er jedenfalls. Wenn erst einmal der Verdacht aufkam, dass interne Informationen in falsche Hände gelangt sein könnten, hätte das Konsequenzen, die er sich gar nicht ausmalen durfte. Feldwehr war doch nicht zufällig ausgerechnet in diesen Wagen gestiegen. Die jahrelange Entwicklungsarbeit für seinen größten Kunden lag bei einem Diebstahl auf dem Präsentierteller. Ein Freibrief, um Geld zu verdienen und Existenzen zu vernichten! Der tote Fotograf mit seinen zweifelhaften Kontakten nach Fernost passte da genau ins Bild. Loose schüttelte unmerklich den Kopf. Er musste die Kontrolle zurückgewinnen. Das nahm er sich vor, als er galant die Wagentür hinter ihr schloss.

Die kleine Stadt Arjeplog mit ihren knapp 2200 Einwohnern war noch immer weihnachtlich beleuchtet, obwohl der Januar längst angebrochen war. Loose, der sich im Fond neben sie gesetzt hatte, beschrieb die beiden einzigen Sehenswürdigkeiten: die kleine Kirche aus dem 17. Jahrhundert und das überaus liebevoll eingerichtete Silbermuseum, ein Heimatmuseum der besonderen Art. Dann verließen sie das Zentrum auch schon wieder. Den Einkaufsmarkt dürfe er nicht vergessen!

»Da trifft sich alles, was hier oben unterwegs ist. Und weil die Crews aus Korea, aus Italien, Spanien, Bayern und Deutschland kommen, führt er ein grandioses internationales Angebot.«

Aber er wolle nicht zu viel versprechen. Sie solle einfach mal hingehen.

Der Wagen fuhr plötzlich langsamer, es ging eine Anhöhe hinauf, und die unerhörten Temperaturen hatten für zusätzliche Glätte gesorgt. Loose deutete auf die vor ihnen auftauchenden neonbeleuchteten Schilder eines Lokals. Er hoffe, sie zum Essen einladen zu dürfen, bevor er sie zu Birgitta bringe. Claudia, die aller Sorgen und Aufregungen zum Trotz Hunger hatte, stimmte überrascht zu. Loose wies seinen Chauffeur daraufhin an, den Wagen zu parken und sich vom Fahrdienst abholen zu lassen. Dem verdutz-

ten Mann erklärte er, den Wagen später selbst fahren zu wollen.
Wärme und Leichtigkeit, das war Claudias erster Eindruck, als sie den Gastraum betrat. Sie fühlte sich erstaunlich wohl, überließ Loose die Auswahl der Menus und Getränke. Er wählte eine Suppe mit frischen Kräutern und als Hauptgang einen Lachs. Dazu verschiedene Salate vom Buffet. Als Getränk hatte er sich für Claudia einen leichten, fruchtigen Weißwein empfehlen lassen und zuvor noch ein Glas Champagner als Aperitif vorgeschlagen. Er selbst trank Wasser.
»Wenn mich Kunden zum Trinken verführen wollen, lehne ich immer aus religiösen Gründen ab. Ich gehörte einer nordindischen Glaubensgemeinschaft an, die Alkohol verbietet, sage ich. Das wird ohne Ausnahme akzeptiert. Ich bin nur froh, dass noch keiner die Sache hinterfragt hat, denn ich bin christlich getauft und auch so aufgewachsen! Jedenfalls bin ich mit dieser Strategie bislang um unbedacht abgeschlossene Verträge herumgekommen!«

Zurück im Auto, einem großen, sanft schnurrenden BMW, nahm er den Faden des vorigen Gesprächs nochmals auf.
»Geschäftsleute sind Jäger, wie unsere Vorfahren. Sie schießen auf alles, was sich nicht gut genug tarnt oder die Flucht ergreift. Nur hat das, was heute gejagt wird, nicht mehr vier Beine, sondern einen Eintrag im Handelsregister. Lauern, abwarten, angreifen. Und statt einer Schleuder werden die zur Waffe mutierten Zahlen benutzt. Aber ich sehe schon, ich langweile Sie.«

Ein Blick auf Claudia, die aus ihrem Seitenfenster ins Dunkle sah, schien seine Annahme zu bestätigen. Sie aber war nicht gelangweilt, sondern in höchstem Maße unruhig. Die Ungewissheit um Robert, überhaupt die ganze Situation, die sie hier vorfand, nahm ihr fast den Atem. Vermutlich lag es auch am Alkohol, dachte sie. Zwei Gläser Wein und ein Aperitif waren ungewohnt viel für sie. Offenbar zu viel.

Loose versuchte unterdessen, das Radio zu bedienen. Er bearbeitete den Bordcomputer, aber anstatt einen Sender eingestellt zu haben, schoss Spritzwasser auf die Scheiben, ging die Innenbeleuchtung an, verriegelten sich nacheinander die Türen, wofür sich zum Ausgleich das Handschuhfach öffnete. Claudia, die seine ungeschickten Versuche, Ordnung ins System zu bringen, schweigend beobachtet hatte, fing zu lachen an. Mitten im Chaos der blinkenden Lämpchen und Warnhinweise hielt er, was auf der unbefahrenen Straße kein Problem war, den Wagen an, stellte den Motor ab und startete ihn neu. So würde er das immer machen, erklärte er ihr. Die Elektronik sei noch sehr verbesserungsfähig, entrüstete er sich lachend. Nein, in Wahrheit gehöre der Wagen seinem Chauffeur, der kenne sich damit aus.

»Ich selbst habe gar kein Auto, nur einen Elefanten, wie es sich für einen Inder gehört!«

Dann bogen sie in eine Seitenstraße ein und hielten gleich darauf vor einem hell beleuchteten Haus, das in gelber Farbe angestrichen war. *Tomte*. Sie kannte die Märchenfigur, die auf der Treppe vor der Eingangstür stand, weil sie ihren Kindern oft Geschichten dieses schwedischen

Wichtes vorgelesen hatte. Torben und Magnus liebten den Kleinen mit der viel zu großen Mütze, die sein Gesicht bis zur Nase verbarg. Vielleicht auch deshalb, weil sie ihnen erklärt hatte, Tomte würde auf ihren Vater aufpassen, wenn er unterwegs sei.

Ein gelbes Haus, von außen und von innen. Glühbirnen und unzählige Kerzen tauchten den Flur in die Sonnenfarbe und ließen ihn leuchten. Loose und Claudia wurden von Birgitta Wilhelmsson hereingebeten, sie mit einer leichten Umarmung, Loose mit einem Kuss auf die Wange. Er verabschiedete sich jedoch gleich wieder, er habe noch eine Besprechung, würde sich aber morgen bei ihr melden. Oder Wiedemann. Als er die Treppe hinabstieg, wäre Claudia ihm am liebsten nachgelaufen. Die Vorstellung, hier zu übernachten, war ihr unangenehm.

Birgitta Wilhelmsson hielt sich nicht lange mit Formalitäten auf. Sie deutete Claudia an, ihr zu folgen, ging auf einer knarrenden Holztreppe voran und brachte sie in einen Raum, der ebenso in gelbes Licht getaucht war, wie der Rest des Hauses. Ein Quilt, der das Bett bedeckte, und ein zweiter, der an der Wand hing, waren die einzigen bunten Flecken des ansonsten ganz in Weiß gehaltenen Zimmers. Kerzen leuchteten in hohen, dicken Glasbehältern, und auf dem Schreibtisch stand eine Vase mit einer gelben, voll aufgeblühten Rose. Birgitta Wilhelmsson schob den Wandquilt zur Seite, und Claudia erkannte, dass sich hinter ihm eine Tür verbarg, die in ein kleines Badezimmer führte und mit einem riesigen Heizstrahler ausgestattet war. Auf einem Holzhocker, der aussah, als hätte ihn jemand mal eben aus ein paar Ästen zusammengebunden, lag hoch aufgestapelt eine große Anzahl bunter Handtücher.

Claudia war ihrer Gastgeberin stumm gefolgt und suchte noch immer nach einer Entgegnung auf Birgittas Begrüßung. Sie verwirrte, dass ihre Gastgeberin sie von Anfang an geduzt hatte, ohne irgendeinen Widerspruch zuzulassen. Sie betrachtete ihre Gastgeberin unauffällig. Birgitta Wilhelmsson musste zwischen siebzig und fünfundsiebzig Jahre alt sein. Doch sie war zeitlos schön, wie es auch eine Greta Garbo gewesen war. Sie hätte Gretas Schwester sein können, vielleicht war sie *die Garbo* auch in Person, hatte ihren Tod lanciert und war untergetaucht, um vor ihrer Popularität zu fliehen. Birgitta stellte profan die Reisetasche auf den Boden, drückte ihr einen Schlüssel in die Hand, und ehe Claudia reagieren konnte, war ihre Gastgeberin aus dem Zimmer. Die Holztreppe knarrte nur ein wenig unter ihrem federnden Gang. Claudia löschte augenblicklich alle Kerzen und Lampen, ließ sich ins Bett fallen, schlüpfte unter den Quilt und schlief sofort ein.

»Das liebe ich an den Deutschen.«

Birgitta streckte ihren Arm aus, zeigte auf einen Berg aus Obst, Gemüse und Milchprodukten, der sich auf dem Küchentisch stapelte.

»Wenn ihr organisiert, dann tut ihr es gründlich!«

Sie nahm Claudia, die unsicher die Treppenstufen heruntergekommen war, in den Arm, schob sie dann ein Stück von sich fort, um sie zu betrachten.

»Du siehst fürchterlich aus«, sagte sie, lachte dabei aber so herzlich, dass Claudia ihr das nicht verübelte.
Auch die körperliche Nähe und die Umarmung waren Claudia an diesem Morgen nicht unangenehm.
Über zwei Stunden war sie bereits wach im Bett gelegen. So lange hatte sie gebraucht, um sich in der fremden Umgebung zu orientieren. Die Medikamente und der Wein vom Vortag hatten ihr zugesetzt, der Flug und – oh Gott! Robert! Mit dem Gedanken an ihren Mann war alles wieder über sie hereingebrochen, hatte sie zerfleischt und schließlich wieder zusammengesetzt. Hätte sie vor der Abreise an Aspirin gedacht, es wäre ihr keine Hilfe gewesen. Dennoch hätte sie es einpacken sollen! Um fünf Uhr war sie aus dem Schlaf aufgeschreckt und ins Bad gegangen, hatte sich aber sofort wieder unter der Decke verkrochen. Noch immer trug sie ihre Kleider. Sie hatte in ihnen geschlafen. Der kleine Wecker auf dem Nachttisch tickte ohne Gnade. Zwei Stunden später war sie aus dem Bett gekrochen und hatte sich unter die Dusche gestellt. Während das heiße Wasser ihre Haut wärmte, war ihr eingefallen, dass sie das Mobiltelefon nicht kontrolliert hatte. Und doch hatte sie sich nicht beeilt, sondern die Hände, gleich einer fordernden Geste, dem Wasser entgegengestreckt. Als sie sich die Haare föhnte, hoffte sie inständig, ihre Gastgeberin nicht zu stören.

Sie frühstückten gemeinsam. Kaffee, Knäckebrot mit Moltebeer-Marmelade, Obst und Saft. Alles von der Firma deines Mannes, bemerkte Birgitta beiläufig und wollte von Claudia wissen, ob sie denn eine VIP sei.

»Es geht mich ja nichts an«, sagte sie im gleichen Atemzug, aber ihre Augen musterten Claudia aufmerksam. »Nach dem Frühstück schauen wir deine mitgebrachte Garderobe durch«, bestimmte sie plötzlich resolut. »Bei minus 20 Grad ist Vorsicht geboten, und ich will dich mit allem, was Norrland an Sehenswürdigkeiten bieten kann, füttern.«

Claudia lächelte, wehrte dann ab, sie sei leider aus anderen Gründen hier, und klärte Birgitta Wilhelmsson über die wahren Umstände ihrer Reise auf, mehr noch, sie erzählte von sich und Robert. Lange Zeit saßen sie redend am Frühstückstisch, und Claudias Schilderung wurde nur vom Brodeln der Kaffeemaschine und kurzen, heftigen Weinkrämpfen unterbrochen.

»Was macht dich denn so traurig«, wollte Birgitta wissen. »Denkst du, Robert ist etwas zugestoßen?«

Claudia schüttelte den Kopf.

»Dann hast du Angst davor, verlassen worden zu sein?«

Claudia hob die Schultern.

»Ich weiß es nicht. Die ganze Sache hat so viel Unruhe in mein Leben gebracht, ich musste Hals über Kopf mein Haus verlassen, nur um in Schweden zu erfahren, dass niemand etwas weiß. Ein Mann wurde tot in einer Haltebucht gefunden, mein Mann wird verdächtigt, etwas mit dem Unfall zu tun zu haben, und ich fühle mich wie ein Köder, den man ausgelegt hat, um Robert an die Angel zu bekommen. Und keiner ruft an und informiert mich. Nicht einmal Loose.«

»Das macht er noch. Auf ihn ist immer Verlass.«

Wie auf Stichwort läutete Claudias Handy. Frau Sauter

meldete sich und ließ ausrichten, dass es nichts Neues gebe, aber Herr von Loose am Abend, so gegen 20 Uhr, zu ihr kommen würde, wenn das recht sei.
»Natürlich ist es das«, gab Claudia zurück und meinte noch, sie denke daran, wieder abzureisen, da sie hier ja doch nichts bewirken könne.
Dann beendete sie das Telefonat.
»Als ich vor vielen Jahren wieder an diesen Ort kam, war ich noch schneller bereit abzureisen als du, nämlich noch am selben Abend.«
Birgitta fuhr fort, ohne nachzufragen, was am Telefon besprochen worden war.
»Und das ist nun daraus geworden: siebenundzwanzig lange Jahre! Du darfst Norrland nicht unterschätzen und vor allem nicht überstürzt handeln.«
»Sagen das nicht alle, die irgendwo gestrandet sind?«
»So habe ich das auch mal betrachtet«, antwortete Birgitta nach kurzem Zögern.
»Aber komm, gehen wir nach draußen, ehe die Sonne ganz verschwindet.« Es war kurz nach 13 Uhr.

Stehe ich
Alleine im Schnee
Wird klar,
Dass ich eine Uhr bin.

Wie sollte die Ewigkeit
Sich sonst zurechtfinden.

Birgitta war auf dem Weg zum See plötzlich stehen geblieben und hatte die Zeilen zitiert.
»Von Inger Christensen, einer Dänin. Trotzdem gut! Du musst dieses Gedicht nicht verstehen, nur mögen, alles andere kommt von alleine.«
Claudia aber war mit ihren Gedanken bei Robert. Das Telefon in der Seitentasche des Anoraks fest mit der Hand umklammert, ging sie schweigend neben Birgitta die tief verschneite Straße entlang. Sie waren der Spur eines Scooters gefolgt, die gleich hinter Birgittas Haus vorbeilief.
»Diese lauten Ungetüme verpesten die Luft und wühlen sich wie Wildschweine durch den Schnee, und so gut wie nichts kann sie aufhalten.«
Als ihnen ein erster Motorschlitten begegnet war, hatte Birgitta es mit einem Ton in der Stimme gesagt, den Claudia nicht einzuschätzen wusste. Während ihres Spaziergangs mussten sie oft zur Seite treten, um die lärmenden Zweisitzer vorbeizulassen, doch die Fahrer waren immer freundlich und winkten ihnen lachend zu. Einmal grüßte Birgitta heftiger zurück als sonst.
»Das waren Maggi und Knut«, erklärte sie, als die hochgewirbelte Schneefontäne sich gelegt hatte. »Früher sind sie mit ihrem Pferdeschlitten zum Markt gefahren, aber seit Fanny gestorben ist, fahren sie Scooter. Hast du gesehen, dass sie Knut am Sitz festgebunden hat? Er ist, wie sagt man, dement?«
Birgitta zeigte auf eine weit entfernte Anhöhe.
»Dort leben sie und dort werden sie sterben. Ein Altersheim kommt für uns hier alle nicht in Frage! Maggi gehört zu uns, wie der Winter. Noch verstehst du es nicht,

aber Norrland ist wie ein Gemälde, in das der Tod Löcher reißt. Und sie ist im Ort eine Berühmtheit, es gibt keinen, der sie nicht kennt. Loose hat mir erzählt, dass die Überland-Testfahrer oft genug über sie schimpfen. Sie würde mit ihrem alten Traktor die Straßen entlangschleichen und einen kleinen, heimtückischen Schlenker machen, wenn sie überholt würde. Das behaupten jedenfalls die Tester. Nicht wenige seien ihretwegen im Graben gelandet und hätten herausgezogen werden müssen. Der Abschleppwagen sei firmenintern bereits in *Maggi-Mobil* umbenannt worden, und ich kann nur hoffen, dass sie nicht davon erfährt, denn sie ist in dieser Beziehung nicht sehr umgänglich.«

Birgitta hatte sich den Schal wieder über den Mund gezogen. Ein Thermometer, so groß wie eine Straßenlaterne, zeigt 24 Grad minus. Sie sah den beiden Alten nach, wie sie auf der weiten, ebenen Fläche langsam verschwanden. Dann nahm sie das Gespräch wieder auf:

»Die beiden fahren auf dem Hornavan. Im Frühling brechen Scooter manchmal im Eis ein, aber das ist keine große Sache. Denn für die rettende Seilwinde bleibt immer genügend Zeit. Die ist unter dem Sattel gut verstaut und schnell erreichbar.«

Claudia sah erschrocken auf. Sie erinnerte sich an ein nordisches Roadmovie, das sie vor langer Zeit gesehen hatte. In einer Szene brach ein Scooter durch das schmelzende Eis und verschwand im Wasser. Dem Schneemobil folgte mit schleifendem Getöse ein alter Mann, der durch einen langen Strick mit dem Gefährt verbunden war. Er hatte sich mit stoischer Ruhe und ausreichend Wodka auf diesen von der Sonne bestimmten Moment seines Todes vorbereitet. Nur ein paar Luftblasen aus der Tiefe zeugten von dem schockierenden Ereignis. Claudia war darüber so entsetzt gewesen, dass sie den Film abrupt ausschaltete. Nächtelang konnte sie nicht schlafen, der Schlitten sank tiefer und tiefer, kaum dass sie die Augen schloss, und ließ sie zitternd zurück. Robert hatte ihr immer wieder versichert, dass die Icemaker ihr Handwerk beherrschten und für ihn und das Team keine Gefahr bestand, im Eis einzubrechen, noch nicht einmal mit einem Siebeneinhalbtonner, doch verfolgte sie das Ganze noch heute wie ein schlimmer Alptraum.

»Hast du ein Gespenst gesehen?« Birgitta sah sie prüfend von der Seite an. »Du bist so weiß, als hättest du ein *Blekmedel* geschluckt!«

Sagte es, machte kehrt und folgte den Scooter-Spuren, die jetzt, in der beginnenden Dunkelheit, nicht mehr glitzerten, sondern dunkelgrau und schwarz wurden und kaum mehr auszumachen waren.

***

Meine kleine Prinzessin. Ihr Großvater mütterlicherseits, Johan Anders sen., hatte Birgitta so genannt. Sehr zum Missfallen der Großmutter vergötterte und verwöhnte er seine Enkelin vom Tag ihrer Geburt an. Birgitta erlebte, als einziges Mädchen und jüngstes von fünf Kindern, uneingeschränkte Zuneigung. Als sie vier Jahre alt war, begeisterte sich der Großvater besonders für ihre Schauspielkunst. Johan Anders sen. las vor, Birgitta sprang inmitten der Geschichten auf, zog Decken und Tücher aus Großmutters Kommode, wickelte sich in sie ein und spielte das eben Gehörte nach.

»Du kannst selbst den Schnee und die Kälte spielen, die Sonne sowieso«, klatschte er begeistert in die Hände.

Dies war eine der wenigen Erinnerungen an ihn, denn ihr Großvater starb, als sie fünf war. Er kam einfach nicht wieder und ließ das kleine Mädchen mit den Büchern und der Kommode zurück. Der unerschöpfliche Tücherschatz behielt sein Geheimnis von da an für sich, er interessierte sie nicht mehr. Manchmal begleitete Birgitta ihre Großmutter zu seinem Grab. Sie hatte nie verstehen können, warum ihr Großvater dort lag, wo er doch bei ihr sein sollte. Den Tod stellte sie sich als Räuber vor, der von Gott vergeblich gejagt wurde. Würde er eines Tages von ihm gefangen, so war sie überzeugt, würde auch ihr Großvater zurückkommen. Doch je höher die Birke wuchs, die man auf sein Grab gepflanzt hatte, desto kleiner wurde der Glaube daran. Und irgendwann versickerten ihre Gedanken in den Zweigen. Als ihre Großmutter zu ihm gelegt wurde, loderte der Schmerz noch einmal auf. Sie war siebzehn und fast erleichtert, dass er jetzt nicht mehr alleine war. Dann ließ sie ihn los, wie man einen Luftballon in die Höhe steigen lässt, floh nach dem Abitur aus dem Elternhaus und heiratete drei Jahre später einen Mann, der doppelt so alt war wie sie. Er hatte sie angebetet und behütet, sie musste weder studieren noch einer Arbeit nachgehen, und Birgitta fügte sich leichthin, da sie ohnehin unsicher war, welcher Beruf zu ihr passen würde. Ihre Brüder studierten zu diesem Zeitpunkt längst an verschiedenen juristischen Fakultäten und setzten erfolgreich die Familientradition fort. Aber da ihr Mann einer reichen und angesehenen Familie entstammte, hatte ihrer Heirat auch von Seiten ihrer Eltern am Schluss nichts mehr im Wege gestanden. Als sich jedoch nach zwei Jahren Ehe noch immer kein Nachwuchs ankündigte, wurde sie von ihrem Ehemann zum Arzt zitiert. Die Gefühle für ihn waren damals bereits derart abgekühlt, dass sie die Diagnose, keine Kinder bekommen zu können, nicht schockierte, noch nicht einmal beschäftigte.

»Wenn ich mich zu dir gelegt habe«, zischte er ihr bei der Scheidung zu, »ist das Arbeit gewesen, harte Arbeit.«

Sie verübelte es ihm nicht, denn ihr Vater hatte dafür gesorgt, dass sie am Ende als unabhängige und reiche Frau dastand. An manchen Tagen erinnerte sie sich nicht einmal mehr an Namen ihres ersten Mannes.

Dann reiste sie. In die USA, nach Südamerika und, kaum zurück, auf die Insel Madeira, *Gottes kleines Dessert*, wie ihr zweiter Mann João seine Heimat poetisch genannt und damit ihr Herz gewonnen hatte. Birgitta fand die Bezeichnung zutreffend, wenngleich sie während ihres Aufenthalts feststellte, dass dieses Kleinod mehr als nur Desserts bot. Schließlich heiratete sie ihn und kaufte in Santana ein Haus, das reetgedeckt, spitzgiebelig und bunt war wie der Karneval. Nach noch nicht einmal sechs Monaten war alles vorbei. Ihr Poet beklagte, das Haus sei nicht groß genug für ihn, seine Gedanken und eine Frau. Weil sie das verstehen müsse, solle sie gehen und ihm das Anwesen überlassen. Birgitta quartierte sich für mehrere Wochen in einem Hotel in Funchal ein und war in dieser Zeit unfähig, in irgendeiner Weise zu reagieren. Schließlich kam ihr Bruder, Johan Anders jr., um die dunkelste Seite der Scheidung, das Finanzielle, abzuwickeln. Die Familie war überzeugt gewesen, gegen einen madeirischen Möchtegern-Poeten nicht die gesammelte Juristen-Phalanx aufbieten zu müssen. Was sich als Fehler erwies. João durfte das Haus behalten, und die portugiesische Gerichtsbarkeit sprach ihm darüber hinaus eine erkleckliche Summe aus Birgittas Vermögen zu. Aber letztlich erwies er sich als generös und überließ ihr eine Gesamtausgabe seiner Zettelhefte.

Das Leben ist auf Dauer immer ein Verlustgeschäft lautete die Widmung, die er zum Abschied auf den Umschlag gekritzelt hatte.

Nichts hilft besser bei Liebeskummer als Schnee, Winterstürme und Eis. Das suggerierte ihr Johan Anders jr. nach dem Prozess in langen Gesprächen. Er war ihr jüngster und der ihr liebste Bruder und hatte immer verstanden, auf sie einzuwirken. Madeiras Blumen jedenfalls brachten keine Linderung, im Gegenteil, sie hatte Lust, das ganze leuchtende Blütenmeer mit einem Schlag zu massakrieren. Ausnahmslos jedes einzelne Pflänzchen. In einem Buch – ein nachlässiger Schweizer musste es im Hotel vergessen haben – hatte sie während ihrer depressiven Phase gelesen, dass *Schnee die Leinwand des Daseins neu grundieren würde*. So weit war sie noch lange nicht. Sollte sie mit ihrem Bruder nach Norrland zurückkehren, würde sie es tun, um der inneren Kälte ein klimatisches Pendant zur Seite zu stellen. Ihre Leinwand verlangte weder nach Farbe noch nach Grundierung. Doch ihr Bruder blieb hartnäckig, und schließlich flog sie mit ihm heim.

Was aber Schnee, Eis und die Winterstürme betraf, lag Johan Anders jr. nicht richtig. Birgitta verfiel gleich nach ihrer Rückkehr in eine Starre, die nicht allein den niedrigen Temperaturen geschuldet war. Sie wurde von ihrer Mutter im Gästehaus einquartiert und durfte nur zu den Mahlzeiten im Haupthaus erscheinen. Zweimal geschieden war zweimal zu viel! Das ließ Birgittas Mutter sie unmissverständlich wissen. Der Vater und die Brüder schlugen sich in dieser Angelegenheit weder auf die eine noch auf die andere Seite. Darin hatten sie Übung. Die Woche über konnten sie sich dem Streit geschickt entziehen, da die Kanzlei, deren Eigentümer sie waren, fast vier Autostunden von Arjeplog entfernt in Luleå lag. Die Distanz erlaubte die Heimreise nur an den Wochenenden und ließ damit auch an den freien Tagen wenig Raum für Zwistigkeiten. Schon aus diesem Grund war es nie zu Überlegungen gekommen, den Familienmittelpunkt ganz nach Luleå zu verlegen. Dazu kam, dass für Birgittas Mutter ein Verkauf des gelben Hauses außer Frage stand. Ihre Eltern hatten es gebaut, und sie wollte darin alt werden. Jedes weitere Plädoyer wurde abgewiesen, und ob ihre herrschsüchtige Art der eigentliche Grund dafür war, dass keiner ihrer Söhne heiratete, blieb im Dorf stets ein ungelöstes Rätsel.

***

»Wenn ich für Schweden eine Farbe aussuchen müsste, wäre sie weiß. Nicht wegen des Schnees oder den langen

Wintern, nein, des Lichtes wegen. Manchmal an heißen Sommertagen ist selbst der Himmel über uns so weiß wie der Horizont, die Wiesen, die Steine oder das Meer.«
Birgitta hatte den Tisch gedeckt und Claudia gebeten, ihr beim Abendessen Gesellschaft zu leisten, als sie die ungewöhnliche Frage ihres Gastes beantwortete. Es gab einen Eintopf aus Wintergemüse, weiterhin Knäckebrot und schwedischen Kaviar, Sauerrahm aus tiefen Tellern und ein Schälchen mit aufgetauten Blaubeeren. Dazu tranken sie Kaffee. Während des Essens, aber auch später, als sie gemeinsam vor dem Kamin saßen, wurde nicht viel gesprochen. Loose, der in den Abendstunden erwartet wurde, war der eigentliche Auslöser ihres Schweigens. Claudia versuchte gedanklich den Entschluss, dass sie abreisen würde, in passende Worte zu kleiden, und dachte gleichzeitig an Magnus, den sie baldmöglichst darüber informieren wollte. Er musste sie vom Flughafen abholen, vorher aber genügend Zeit haben, das Haus aufzuräumen. Sie hatte kein gutes Gefühl, wenn sie an ihren Sohn dachte. Birgitta dagegen schwieg, weil sie sich auf Looses Kommen freute. Sie erlebte durch ihn, dass Liebe kein Alter kennt. In seiner Gegenwart hüllte ihr fünfundsiebzigstes Lebensjahr sie in einen Kokon, der sie vor dem Wunsch auf Körperlichkeit und Nähe schützte. *Jeder Mensch denkt, dass sein Traum Verehrung verdient*, hatte sie bei David Rohdes gelesen und auch, dass *nie der Traum neu ist, sondern nur der Träumer.* Und doch war es so, als würde ihr die Zeit durch ihn ein Lächeln schenken. Dieser Mann war ihr Geliebter, und dabei war er ebenso frei wie sie.

»Ich komme mit Neuigkeiten!«

Loose hatte in dem Sessel Platz genommen, der Johan Anders' sen. Heiligtum gewesen war. Birgitta servierte ihm in einer schlichten Glaskaraffe Wasser. Claudia nahm ihr Weinglas, stand auf und stellte sich an das große Fenster, das zum Garten zeigte. Die Dunkelheit vor ihr war eine Wand, an die sie sich nicht anlehnen konnte.

»Der tote Fotograf ist identifiziert. Er kommt aus Birmingham. Die Auswertung seines Handys hat keine Verbindung zwischen ihm und Ihrem Mann ergeben.« Loose schwieg einen Moment, aber da sich die Angesprochene nicht zu ihm drehte, fuhr er fort:

»Wir hatten hier ein Verdachtsmoment. Fotografen sind im Ort nicht gern gesehen, jedenfalls die nicht, die auf der Jagd nach Erlkönigen sind. Sehr unangenehm, das Ganze«, so seine Erklärung, »aber gut für Ihren Mann.«

»Im Sommer kommen die Mücken und im Winter die Fotografen«, prostete Birgitta Loose zu.

Das Spiel um eine gelungene Aufnahme lief in einer Endlosschleife. Hase und Igel, in jeder Saison aufs Neue. Claudia hatte die Presseleute schon gegenüber Robert verteidigt, wenn er wieder eine seiner Storys über Werkspionage erzählt hatte. Als Störenfriede verschrien, bekamen sie kaum eine Unterkunft, und wurde einer in einem Lokal erkannt, war es üblich, ihn nicht gleich zu bedienen. Meist wohnten sie weit außerhalb des Testgeländes, oder sie schliefen sogar im Auto, wenn die Temperaturen das zuließen. Sie mussten früh am Morgen vor Ort sein und versuchten dann an Tankstellen oder entlang der Zufahrten hinter einem Schneehaufen gekauert, eine sensationelle

Aufnahme der neuesten Modellserien zu schießen. Eigentlich wollte Claudia mit Loose darüber reden, dass sie abreisen werde und dass sie nicht verstehen könne, warum sie überhaupt hatte kommen müssen, doch ihr wurde bewusst, dass sie seit Stunden nicht mehr an Robert gedacht hatte, und sie wandte sich wieder dem Fenster zu. Auch ihr Telefon trug sie nicht mehr ständig bei sich, ließ es in ihrem Zimmer. Wo genau es lag, hätte sie in diesem Moment gar nicht sagen können. Aber es war mit Bestimmtheit kein Anruf von Robert eingegangen. Er war verschwunden, weil er es so gewollt hatte, weil er ihr gemeinsames Leben nicht mehr haben wollte. Ach was, gemeinsames Leben. Genau besehen würde ihre Ehe in einem Gartenhäuschen Platz finden, um nicht zu sagen, in einer Abstellkammer. Sein Verschwinden verbitterte sie jetzt. Sie wandte sich den beiden zu und fragte in einer Gesprächspause nach, ob sie in Arjeplog bleiben solle. Loose reagierte sofort und versicherte ihr, dass sie damit ganz im Interesse der Firma handeln würde.

»Und was sagst du, Birgitta?«

»Du bist mir willkommen und kannst bleiben, solange du willst.«

Zurück in ihrem Zimmer, suchte Claudia das Telefon. Auf dem Display waren drei Anrufe in Abwesenheit, zwei stammten von Torben, einer von Magnus. Sie rief zuerst die eigene Festnetznummer an, und Magnus meldete sich sofort. Im Hintergrund hörte sie Torbens Stimme, der deutlich seine Erleichterung ausdrückte. Magnus dagegen machte ihr Vorwürfe, dass sie den ganzen Tag nicht angerufen hatte. Claudia schilderte, was sie erfahren hatte. Die Polizei arbeite mit Hochdruck, die Einwohner Arjeplogs seien in die Suche miteinbezogen, die Feuerwehr, jeder verfügbare Kommunalbeamte helfe mit. Magnus stöhnte auf, kurz darauf meldete sich Torben.

»Gab es Streit zwischen Vater und dir? Habt ihr Probleme?«

Was sollte sie darauf antworten? Nein, es habe keinen Streit gegeben und Probleme in der Ehe?

»Nein, es war alles in Ordnung, glaube ich jedenfalls!«

Sie würde noch in Schweden bleiben müssen, wie lange, das wisse sie noch nicht. Magnus bat sie dann noch, ihm etwas Geld anzuweisen. Er sei völlig blank und schließlich müsse er ja leben – und die rote Katze brauche auch Futter, das Vieh mache jeden Morgen Terror. Sie antwortete ihm, er solle es sich von seinem Bruder leihen, und legte auf. Das Telefon in ihrer Hand war ganz warm geworden. Sie warf es zur Seite, und ihr fiel ein, dass sie vergessen hatte, nach der Heizung zu fragen.

Im gelben Haus war es ruhig geworden. Loose war gegangen und mitten in das aufkommende nächtliche Schneetreiben hineingefahren. Die Temperatur war trotz der späten Stunde leicht gestiegen. Allerdings war eine neue Kältefront auf dem Weg nach Norrland. Nur einmal in dieser Nacht wurde sie wach, aufgeschreckt von einem wirren Traum.

Sie frühstückten, als es an der Tür läutete. Claudia öffnete, von Birgitta ermuntert, die Haustür. Der Wichtel steckte unter einer dicken Schneedecke, und auch der Weg zum Haus war so tief verschneit, dass die untersten Treppenstufen nicht mehr zu erkennen waren. Claudia war dem Besucher schon einmal begegnet, aber sie konnte ihn einen Augenblick lang nicht zuordnen. Erst als er seinen Namen nannte, fiel ihr wieder ein, wer da vor ihr stand. Kommissar Per Kostkola, Polizei Norrland. Sie starrte ihn erschrocken an. Robert! Robert ist tot. Aber Kostkola beruhigte sie gleich, nein, es gäbe keine Neuigkeiten von ihrem Mann, ob er denn eintreten dürfe. In dem kleinen Windfang, der Flur und Wohnbereich trennte, zog er seine Schuhe aus und stand in dicken, handgestrickten Wollsocken da. Seiner Ausstrahlung und Autorität tat das keinen Abbruch und er kümmerte sich offensichtlich nicht darum, ob andere eine despektierliche Meinung von seiner bunten Fußbekleidung hatten. Den angebotenen Kaffee lehnte er höflich ab. Sie hätten ja bereits erfahren, dass es sich bei dem Toten um einen Fotografen aus Birmingham handelte. Ein gewisser Alan Steward.

»Kannten Sie ihn?«

Claudia schüttelte den Kopf. Die ganze Angelegenheit bereite nicht nur ihm großes Kopfzerbrechen. Steward sei, nur mit Skiunterwäsche bekleidet, hinter dieser Haltebucht aufgefunden worden. Es muss einen Unfall gegeben haben, aber die Fundstelle war nicht der Ort, wo er stattgefunden hat. Trotz des Schneefalls hätten sie sonst Spuren des Zusammenstoßes gefunden.

»Sicher ist«, und Kostkola zögerte lange, bevor er weiterredete, »jemand hat Alan Stewards Oberbekleidung mitgenommen. Und das macht uns Probleme.«

Aber von ihrem Mann, und Per Kostkola sah Claudia da-

bei direkt in die Augen, gebe es weiterhin keinerlei Lebenszeichen.
»Finden Sie es nicht merkwürdig? Zwei Vorfälle zur selben Zeit? Haben Sie die Sache mit den Bankkonten schon aktiviert?«
Claudia verneinte, betonte aber, sie würde sich am Montag darum kümmern. Kostkola bat, die Garage einsehen zu dürfen. Er habe zwar keinen Durchsuchungsbeschluss, aber der sei im Zweifel reine Formsache. Birgitta hatte nichts dagegen einzuwenden gehabt und gab an, dass er ihren Volvo und zwei oder drei Scooter finden werde, die aber ihren Brüdern gehörten. Für solche Höllenmaschinen sei sie zu alt! Der Kommissar solle ihr durch den Keller folgen, von dort erreiche er trockenen Fußes die Garage. Nachdem er die Fahrzeuge in Augenschein genommen hatte, verabschiedete er sich. Schon im Weggehen drehte er sich noch einmal um und fragte Birgitta, ob sie nicht einen Erlkönigfahrer oder zumindest einen Testwagen gesehen habe. Sie wisse doch auch sonst darüber Bescheid, was in der Gegend alles passiere. Und ausgerechnet diesmal nicht, fügte er hinzu, ohne dass sich seine Stimme hob.

***

Claudia hatte längst mit der Bank telefoniert und dem Zweigstellenleiter die Anweisung gegeben, sie auf dem Handy zurückzurufen, was auch immer sich bei der Kontoüberprüfung zeigen würde. Eindringlich hatte sie darum gebeten, ihren Sohn Magnus auf keinen Fall über eventuelle Kontobewegungen zu informieren. Er sollte auch nicht erfahren, dass sie selbst über ein privates Konto verfügte, das ihr Notar für die Erlöse, die aus der elterlichen Erbschaft flossen, für sie eingerichtet hatte. Sie war der von ihm empfohlenen Anlageform gefolgt und hatte sich am Neubau eines Einkaufszentrums beteiligt. Im Lauf nur weniger Jahre war das Geschäftsmodell dieser stadtnahen Shopping-Meile so gewinnbringend, dass sie von den Zinsen hätte leben können. Und der Notar war es auch, der ihr geraten hatte, die ganze Angelegenheit für sich zu behalten und den geschäftlichen Schriftverkehr über ihn abzuwickeln. Vermutlich war er ein weiser Mann, denn was die Finanzen betraf, traute er keinem, nicht einmal sich selbst. Claudia jedenfalls hielt ihr kleines Vermögen auch vor Robert verborgen. Nicht, weil sie ihm grundsätzlich misstraute oder es nicht mit ihm teilen wollte, etwas Unbestimmtes in ihr hatte sich dagegen gesperrt, ihn einzuweihen. Da war sie ganz die Tochter ihres Vaters.

Als sie noch nicht zur Schule ging, begleitete sie ihre Mutter oft zur Schmiede, in der er arbeitete. Erhitzt und dunkel sah er auf und lachte übers ganze Gesicht, wenn er seine Tochter erblickte. Seine Sorgen und Probleme aber kannte sie nicht. Sie steckten in der ledernen Schmiedeschürze, die er an den Nagel hängte, bevor er die Werkstatt verließ.

Claudia war ein Einzelkind. Sie kam zur Welt, als ihre Mutter über vierzig war und der Vater auf die fünfzig zuging. Die Erfüllung ihres größten Wunsches empfanden die Eltern als ein Geschenk Gottes, und sie war – schon aus diesem Grund – ihr kleiner Engel. Das Paradies aber fand Claudia in Mutters Garten. Im Herbst sammelte sie mit Leidenschaft die Früchte des Kastanienbaums, und im Sommer waren ihr die großen Rhabarberblätter Schirm und Schutz. Sie lag darunter, sah der Mutter beim Säen und Jäten zu, und es gab Momente, die ihr vor Glück wehtaten. An Sonntagen schlenderte die Familie durch die Straßen und betrachtete die Tore und Fenstergitter, die ihr Vater gefertigt hatte. Er zeigte sich nie ganz zufrieden mit seiner Arbeit, manchmal gab es leichte Asymmetrien oder Nahtstellen, die nicht perfekt gelungen waren. Aber die Augen sagten etwas ganz anderes als seine spärlichen Kommentare, und so nahm sie die geäußerte Selbstkritik nie wirklich ernst.

Als Claudia älter wurde, interessierte sie sich auch für die Entwürfe der Schmiedearbeiten, die ihr Vater nach Feierabend im Garten anfertigte. Sie hatte seine künstlerische Begabung geerbt, und er bezog ihre Vorschläge bald in seine Ausarbeitungen ein. Als er zusammenbrach und starb, war Claudia siebzehn, und noch nicht einmal siebzehneinhalb, als ihre Mutter ihm ins Grab folgte. Dem Notar hatte sie es zu verdanken, dass sie die Zeit bis zur Volljährigkeit im Haus bleiben durfte. Nach dem Abitur bestand sie darauf, das elterliche Anwesen zu verkaufen, und ließ keinen seiner Einwände gelten. Ihr unbedingtes Vertrauen in seine fachliche Kompetenz als Vermögensverwalter aber erwies sich als Glücksgriff. Claudia studierte, finanziell unabhängig, in der Landeshauptstadt Bibliothekswesen. Nach ihrem Examen suchte die Stadtbücherei eine Mitarbeiterin, sie bekam die Stelle. Dort registrierte sie die Bücher, nahm zurückgebrachte Ausleihen entgegen und ordnete sie wieder den Fachgebieten zu. Dabei fielen ihr jene Bücher ins Auge, die in den Regalen standen und nie bewegt wurden. *Platzräuber* nannten sie die Kollegen, und doch konnte sich nie einer entschließen, sie aus dem Fundus zu nehmen, ins Archiv zu bringen oder zu verramschen. Unbemerkt hatten sie sich zwischen die begehrten Titel geschlichen, und nachts, so phantasierte Claudia manchmal, wenn sie vor den Regalen stand, würden sich diese Platzräuber mit anderen Büchern austauschen und fragen, warum sie niemals den Weg über den Ausleihtisch gefunden hatten. Aber ihre Liebe zu Büchern nutzte sich ab, und oftmals raubten sie ihr sogar die Luft zum Atmen. Sie ging in den Pausen und nach Feierabend in den Stadtpark, um Ornamente und Akanthusblätter, bald aber auch Blumen und besonders deren Blüten zu zeichnen. Robert sprach sie an, und bevor sie sich ihrer wiederentdeckten Leidenschaft des Zeichnens hingegeben hatte, war sie ins Haus der Schwiegereltern gezogen, verheiratet und Mutter zweier Jungen geworden. Ihre unausgereiften Pläne lagen, in Pappmaché gerollt, achtlos zwischen Umzugskartons und Büchern, und im ganzen Haus ließ sich kein Platz für sie finden. Wie hätte sie da über ihr Vermögen reden können? Und jetzt war es zu spät. Sie war eine verlassene Ehefrau. Oder Witwe.

***

Nach dem Telefonat kam sie an den Frühstückstisch zurück, den Birgitta noch nicht abgeräumt hatte. Doch

Claudia wollte nichts mehr essen. Birgitta schlug vor, die beiden Sonnenstunden des Tages zu einem Ausflug zu nutzen, bevor die Dämmerung wieder einsetzte.

Als sie wenig später vor die Haustür traten, war der Schnee von den Treppenstufen und der Garagenauffahrt geräumt worden.

»War sicher Kostkola, der nach Beweisen gesucht hat«, bemerkte Claudia sarkastisch. Birgitta jedoch erklärte ihr, dass es ein Hausmeisterehepaar gebe, das sich um alles kümmere.

»Nicht nur bei mir, die beiden haben auch in der Nachbarschaft zu tun.«

Erst jetzt bemerkte Claudia, dass in einiger Entfernung weitere Wohnhäuser versteckt zwischen tiefverschneiten Fichten standen. Jeder lebe lieber für sich allein, erläuterte Birgitta, es gebe aber ein unsichtbares Band zwischen den Nachbarn, das sei ganz sicher.

»Ich musste noch nie darauf zurückgreifen und hoffe, es auch weiterhin so halten zu können. Aber wenn es darauf ankommt, stehen wir zusammen ... wie sagt man in Deutschland, ja, wie Pech und Schwefel. Wir Norrländer sind knorriger als die Bäume, die du ringsherum siehst. Wir reden nicht so oft miteinander, und wenn, dann nur das Nötigste. Die Südschweden belächeln unsere Eigenheiten oft, bezeichnen uns als Waldschrate und ungehobelte Jäger oder Bauern ohne Kultur. Wer will schon zugeben, dass mit den hier Ansässigen die uralte und gelebte Tradition unseres Landes zu Hause ist, die ich als das Herz Schwedens bezeichnet würde? Ich habe selbst lange Zeit nichts mit der samischen Kultur anfangen können, was sicher daran lag, dass ich oft im Ausland war, doch jetzt, im Alter, umarme ich sie und mein Norrland mit Dankbarkeit.«

Birgitta hatte die Garage geöffnet, was Claudia überraschte. Sie wäre lieber spazieren gegangen und danach schnell wieder in ihrem Zimmer verschwunden, doch sie wollte ihre Gastgeberin nicht enttäuschen und deutete halbherzig Interesse am streikenden Anlasser an. Es dauerte eine ganze Weile, bis er endlich ansprang.

»Die Batterie vermutlich, bei der Kälte«, sagte Claudia bedauernd und zeigte auf das Thermometer, das minus 22 Grad zeigte.

»Und das um die Mittagszeit.«

Im Auto wurde es trotzdem rasch warm. Birgitta fuhr langsam durch das Tal des Laisälven und wies Claudia immer wieder auf die Schönheit der Schneelandschaft hin. Manchmal waren auf der Fahrbahn deutliche Spuren von Tieren zu sehen. Birgitta erzählte, dass sie einmal eine Bergkatze dabei überrascht hatte, wie sie an der Terrassentür vorbeigeschlichen war, und das, obwohl alle davon überzeugt waren, dass diese scheuen Waldbewohner menschliche Siedlungen mieden.

Sie verließ die Hauptstraße, die nach Bodø führte, und hielt in Adolfström vor einem falunroten Gebäude an.

»Mariannes Laden«, sagte sie, »ist eine der wichtigen Sehenswürdigkeiten unserer Gegend.«

Als sie eingetreten waren, glaubte Claudia in einem überbordenden Heimatmuseum gelandet zu sein. Eine Mixtur aus Krimskrams vergangener Jahrzehnte, wenn nicht Jahrhunderte, lag neben Tütensuppen, eingelegten Heringen, Schneebesen, Marmeladegläsern, Salz und allem, was man sonst zum Leben brauchte. Kein Fleck des Krämerladens war ungenutzt geblieben, selbst die Ladentheke brach unter dem aufgestapelten Angebot fast zusammen. Es roch nach Staub, aber auch nach Gewürzen, nach Wolle, Holz und Metall. Bei dem Durcheinander war es unmöglich, all die Dinge zu erfassen, die der nur gut zwanzig Quadratmeter große Raum beherbergte. Als Birgitta ihre Einkaufsliste hervorzog, verließ Claudia den Laden mit deutlichen Handzeichen, dass sie für heute genug gesehen hätte.

Vor dem Laden sicherte eine alte Frau ihr fast noch älteres Schneemobil mit einer Kette. Ein Mann stand wie abwesend daneben. Um die Taille seines wattierten Skianzugs war ein Seil geschlungen, deren Enden lose im Schnee hingen. Er stand einfach nur da, als warte er darauf, verstaut zu werden. Waren das nicht die beiden Alten, denen sie kürzlich begegnet waren? Die Frau schien es eilig zu haben und würdigte Claudia keines Blickes, als sie an ihr vorbei in den Laden stürmte. Gleich darauf war sie zurück, löste die Kette, platzierte den Mann auf die Sitzbank, schlang die losen Enden des Seils um ihre Hüfte und fuhr in eine schwarze Rauchwolke gehüllt direkt von der Straße auf den See, ohne dass ihr Gefährt einen Unterschied daraus machte. Claudia sah ihnen lange nach. Vom gleißenden Weiß schmerzten ihre Augen, und als sie nach einer kurzen Erholung den See wieder absuchte, war der Scooter verschwunden. Und mit ihm die Sonne.

Birgitta war so leise neben sie getreten, dass Claudia erschrak, als sie angesprochen wurde. Sie erzählte von ihrer Beobachtung.

»Männer an sich zu fesseln, gelingt selten«, sagte Birgitta lakonisch. »Es sei denn, sie bemerken es nicht ... Knut hat die Krankheit, an der auch meine Mutter litt«, fügte sie ernst hinzu. »Aber Maggi schafft das schon, sie ist eine starke Frau«, sagte sie so bestimmt, als wolle sie sich etwas beweisen. »Die Sozialbehörde hatte ihr vor einiger Zeit den Vorschlag gemacht, Knut in ein Heim zu bringen. Aber die kannten Maggi schlecht. Das sei ihr Mann und was mit ihm geschehe, bestimme immer noch sie. Mit den Worten, sie sei mit Rentieren fertiggeworden, und die hätten auch kein Gedächtnis, jagte sie die Sozialarbeiter vom Hof. Auch wenn es nicht danach aussieht, sie hätte es sich leisten können, Knut ins teuerste Heim zu schicken. Sie ist eine reiche Frau. Ihr gehört viel Land.«

Auf der Rückfahrt sah Claudia links und rechts der Straße auf die endlosen weißen Flächen, unter denen sich die Seen verbargen. Das Eis war, als wollte es sich schützen, zusätzlich mit einer dicken Schneeschicht bedeckt.

Wie um alles in der Welt soll sich dieser Panzer je auflösen, überlegte sie. Das ist mehr als ein Wechsel des Aggregatzustands, das bedeutet einen Verlust aller Ordnungen. Und für einen Moment fühlte sie sich diesem Land unglaublich nahe.

Es hatte zu schneien begonnen, und Birgitta musste sich auf die schmale Straße konzentrieren. Der Volvo schlitterte manchmal bedenklich auf der glatten Fahrbahn und zudem kam ihnen ein Konvoi entgegen. Birgitta war rechtzeitig an die rechte Straßenseite gefahren und stehen geblieben. In einem Höllentempo preschte die Kolonne aus Erlkönigen durch den Schnee: Karosserien und Seitenteile mit schwarzer Folie oder psychedelisch weiß-schwarzem Rautenmuster beklebt und unkenntlich gemacht. Selbst die Scheinwerfer trugen dunkle Masken. Die Szenerie faszinierte Claudia auf seltsame Weise. Wie Gespenster huschten die Autos Stoßstange an Stoßstange an ihnen vorbei, und doch war kaum ein Laut war zu hören. Der Spuk dauerte nur wenige Sekunden, dann waren die Boliden wie imposante Begleiter jenes Sagenkönigs verschwunden. Kämpferisch und verschwiegen.

Das Schneegestöber hatte zugenommen, außerdem frischte der Wind empfindlich auf. Bis zum Abend erreiche sie der Sturm, sagte Birgitta, sie müssten kräftig einheizen, ob Claudia ihr helfe, Holz hereinzuschaffen? Gemeinsam hatten sie den Einkauf verstaut, der für viele Tage reichen würde. Claudia erklärte, sich an den Kosten beteiligen zu wollen.

»Das brauchst du nicht, die Firma deines Mannes überweist mir eine großzügige Summe für dich. Davon leben wir beide gut«, wies Birgitta das Angebot zurück.

Claudia fand die Scheite in einem der kleinen Häuschen neben der Garage. Von dort sah sie auf das Gästehaus. Tief verschneit stand es direkt am See und wurde, wie sie von Birgitta wusste, nur im Sommer benutzt.

***

Nach ihrer Rückkehr aus Madeira war Birgitta noch zwei weitere Jahre wenig sorgsam mit sich und ihrer Zeit umgegangen. Sie hatte das Gästehaus nur noch zu den Mahlzeiten verlassen, aber auch darauf hätte sie lieber verzichtet. Ihre Mutter machte keinen Hehl daraus, dass sie nichts mehr von der Tochter erwartete. Birgitta fühlte sich zwar geduldet, ansonsten aber in die Kategorie unnütz eingestuft. Und so tat sie rein gar nichts. Erst als sie sich entschieden hatte, wieder fortzugehen, wurde es besser. Sie zog mit ihrem Hausstand in ein kleines Dorf am Yraftsee weit abseits jeder Straße. Unter dem mitgeschleppten Mobiliar befand sich auch eine alte Mora-Standuhr, die ihrem Großvater gehört hatte.

Während eines Besuchs in Jokkmokk, zu dem Johan Anders jr. sie nachdrücklich überreden musste, fand Birgitta jedoch unerwartet ihre Passion. Auf dem jährlichen Wintermarkt entdeckte sie in der Fülle des Angebots handgefertigten Silberschmuck. Kaum zurück in ihrer neuen Bleibe, verschlang sie alles, was über Fertigung und Bearbeitung von Silber aufzutreiben war. Sie, die nie etwas zu Ende gebracht hatte, stürzte sich geradezu darauf, die Kunst des Silberschmiedens zu erlernen. Und ihre Begeisterung und Hingabe schmolz trotz vieler Fehlschläge nicht dahin, im Gegenteil, sie wurden durch jeden misslungenen Versuch nur stärker. Nach und nach gelangen ihre Objekte immer besser, und sie spezialisierte sich in ihrer Arbeit auf Rentier-Figuren, die sie nach altem Muster herstellte. Während ihrer Lehrzeit entdeckte sie Eigenschaften, die ihr bisher fremd gewesen waren: Durchhaltevermögen, Ehrgeiz und vor allem – Freude an der Arbeit.

Zwei Winter vergingen, dann mietete sie sich in Jokkmokk einen eigenen Verkaufsstand und bot ihre silbernen Rentiere an. Schon nach wenigen Stunden waren alle Exemplare verkauft. Die Figur aber, die ihr am besten gelungen war, hatte sie von Beginn an unter der Ladentheke gehalten. Als sie sie an einem der folgenden Tage den Eltern schenken wollte, wurde das silberne Kleinod von Birgittas Mutter wie eine Kartoffel beäugt und sinnigerweise in der Küche abgelegt. Sie hatte nicht erwartet, dass ihre Arbeit Platz in der Vitrine finden würde, in der die Cartier-Geschenke ihres Vaters standen, aber diese augenscheinliche Missachtung kränkte Birgitta auf eine unbekannte Weise. In einem günstigen Moment wollte sie das Rentier wieder in ihrer Jackentasche verschwinden lassen.

Die Käufer vom Markt waren interessierter gewesen. Sie rissen ihr die Stücke praktisch aus der Hand. Was aber auch daran lag, dass sie die Pretiosen viel zu billig verkaufte. Um die Mittagszeit waren einige der Händler vor ihrem Stand aufgetaucht und hatten verlangt, dass sie die Preise erhöhen müsse. Nur waren ihre Auslagen da schon ausverkauft, und Birgitta schloss kleinlaut den Verkaufsstand. Beim Zusammenpacken ihrer Habe wurde sie von einem Fremden angesprochen, der zunächst an ihr vorbeigeschlendert, dann aber umgekehrt war.
»An Ihrer Stelle würde ich den Händlern einen ausgeben«, flüsterte er ihr zu. »Das ist hier so üblich, wenn einer eine Sache vergessen machen will.«
Birgitta folgte dem Rat, und es begann ein feuchtfröhlicher Nachmittag, der mit allgemeiner Versöhnung endete. Bis

zum Abend hatte Birgitta sogar mit der Kälte Frieden geschlossen und kam nur mit Hilfe ihres Ratgebers sicher zu Hause an. Heiner aus Deutschland, so hatte er sich vorgestellt, durfte bleiben. Noch in derselben Nacht zeichnete er die Nordfriesischen Inseln auf ihren Bauch, wobei ihr Nabel für Pellworm stand, wo er aufgewachsen war.

***

Der Sturm war mit großer Wucht gekommen und warf den Schnee vor Tür und Fenster. Claudia saß am Kamin, das Telefon in Reichweite. Sie hatte mit Magnus und Torben gesprochen und Kommissar Kostkola durchgegeben, dass die Überprüfung der Bankkonten nichts erbracht habe. Robert hatte weder Geld abgehoben, noch seien ungewöhnliche Zahlungseingänge zu verzeichnen.
»Mysteriös«, sagte er in seinem ironischen Singsang. »Wir stehen vor einem Rätsel.«
Auch Loose hatte angerufen. Er müsse überraschend in die Mongolei, sei aber spätestens in einer Woche zurück. Warum nur, dachte Claudia, seit er das Gespräch beendet hatte, informiert mich Loose über seine Reiseaktivität? Was passiert da? Gibt es Spuren, die ihn in die Mongolei führen? Was in aller Welt macht Robert mitten in Asien? Claudias Gedanken begannen zu kreisen, und ihre Unruhe nahm wieder zu. Der wütende Wind trug das Seine dazu bei. Sie fuhr bei jedem neuen Angriff, den er gegen die Fenster führte, zusammen. Überall polterte und krachte es. Birgitta, die Claudias Anspannung bemerkte, setzte sich neben ihren Gast.

»Was du jetzt spürst, ist nur der ganz normale Norrlandwinter. Ihn zu erleben und darüber zu lesen sind zweierlei. Bücher verklären immer die Realität. Das Schweden hier ist eben nicht Astrid Lindgren oder ein skandinavischer Kriminalroman«, lachte Birgitta verschmitzt.

Claudia mochte dieses Lachen. Es gab ihr Sicherheit und das Gefühl, im gelben Haus willkommen zu sein.

»Astrid Lindgren hat mit ihren Geschichten, wie zum Beispiel die vom *Michel aus Lönneberga*, der nebenbei gesagt bei uns *Emil* heißt, die Nachkriegsdeutschen mit ihren Hoffnungen ins Innerste getroffen. Während sich in euren Kinderbüchern die Figuren weiterhin den Autoritäten beugten, denke an *Heidi*, gesteht Astrid Lindgren den Kindern ihre Individualität zu. Das muss für euch wie eine Befreiung gewesen sein.«

Birgitta stand auf, holte für sich und Claudia ein Glas Rotwein und nahm wieder am Kamin Platz. Nach einer kurzen Pause fuhr sie fort.

»Der Begriff *Bullerbü-Syndrom* hat sogar in die schwedische Sprache Einzug gehalten. Uns ist diese Euphorie suspekt, trotz unserer Liebe für Astrid Lindgrens Bücher. Und wir wären keine Schweden, wenn wir solchen Begeisterungsstürmen nicht einen Kontrapunkt entgegensetzen würden. Also machten sich unzählige Krimi-Autoren daran, die Idylle zurechtzurücken. Depressive Kommissare, Dauerregen oder klirrende Kälte und Gauner bis in die hinterste Ecke unseres schönen Landes, das sollte genügen. Lindgren und Mankell, das ist wie Yin und Yang. Verstehst du? Aber Schweden ist weder das eine noch das andere.«

»Wer stellt solche Theorien auf?«, wollte Claudia wissen.

Sie habe es sich ausgedacht, lachte Birgitta, aber jetzt müsse sie ins Bett. Sie hatten noch einen Augenblick still nebeneinandergesessen und erstaunt bemerkt, dass der Sturm nachgelassen hatte.
Birgitta schenkte ihrem Gast den restlichen Wein nach und Claudia erwiderte zum ersten Mal Birgittas Umarmung. Es war mehr als eine spontane Geste; sie fiel ihr leicht.

Der Sturm hatte sich gänzlich gelegt, und der Himmel hatte fast aufgeklart. Claudia griff nach ihrem Glas und stellte sich ans Fenster. Zum ersten Mal nahm sie das Nordlicht bewusst wahr. Wie aus einem riesigen Schlund kommend, hüllten die Lichtbögen den Himmel in violette, grüne und weiße Bahnen. Der dunkle Hintergrund war die perfekte Bühne dafür. Claudia wusste von Robert, dass sich in Nordeuropa viele Geschichten um das geheimnisvolle Geschehen rankten. In Finnland geht die Erzählung um, das Nordlicht entspringe dem Fell der Füchse. *Fuchsfeuer* nennt man es dort. Robert hatte einmal gesagt, auch ihr Haar gleiche dem Fuchsfeuer, und hatte sie in den Arm genommen. Sie waren sich so nahe gewesen wie lange nicht. Mit der Zeit aber hatten sich unzählige graue Fäden zwischen ihre Locken geschoben, so dass nicht mehr viel von dem einstigen funkelnden Rot übrig geblieben war.
Es war kalt geworden. Beim Betrachten des Himmelfeuers hatte sie jenes im Kamin ganz vergessen. Doch sie bewegte sich nicht vom Fenster weg. Das Spiel der Farben lebte immer wieder neu auf und zeigte sich jedes Mal dramatischer, angsteinflößender. Der Sonnenwind ließ sich fort-

während neue Szenerien einfallen, jagte als Choreograf sein Ballett in alle Himmelsrichtungen, peitschte es über das Schwarz der Nacht, als wolle er zeigen, wer der Meister ist; die Tänzer gaben ihr Bestes und fanden in bizarren Bildern unermüdlich neu zusammen. Trolle und Kobolde, Elfen, Mensch und Tier konnten, angesichts eines solchen Ausmaßes unbändiger Wucht über sich, erahnen, erfühlen oder in Demut verstehen, wie winzig sie waren.
Claudia zog schließlich einen kleinen Sessel vor das Fenster, hüllte sich in eine Decke und gab sich dem Spektakel ganz und gar hin. Sie dachte nicht an Robert, nicht an ihre Söhne. Die Lichter wurden zu einem Mantra und hoben sie aus ihrem Bewusstsein heraus. Ihr Thule erstand vor ihr, erhob sich wie eine Insel aus dem Meer, prachtvoll und zerklüftet zugleich. Keine Grenzen, keine Ufer, keinen festen Boden unter sich, schlief sie ein.

Die ersten Gedanken am anderen Morgen galten dem Geschehen der Nacht. So muss der Mensch seine Geburt erleben, dachte Claudia, und doch kann er sie nicht begreifen, die Konfrontation mit der Wirklichkeit ist zu mächtig für ihn. Aber er trägt dieses Ereignis beständig in sich, sein ganzes Leben lang, und sucht unaufhörlich nach einer Erklärung.

***

Loose befand sich auf dem Flug nach Yakeshi. Während die Passagiere neben ihm schliefen, versuchte er, einem Sprachkurs für Mandarin zu folgen. Unablässig hatte er gelernt, allein, mit einer Lehrerin oder mit chinesischen Kollegen. Inzwischen beherrschte er ansatzweise sogar die Schriftform, denn Loose setzte alles daran, die Sprache seiner Geschäftspartner zu verstehen. Für ihn war das kein Gemeinplatz, sondern einer der Bausteine seines Erfolges. Die Zwischenbemerkungen, das Getuschel beim Verlassen des Raumes, die gemurmelten Kommentare am Büffet, verschafften ihm einen Vorsprung, den er nicht mehr aus der Hand gab. Das galt natürlich nur, wenn seine Sprachkenntnisse nicht bekannt waren. So behielt er sie in der Regel für sich und verhandelte ausschließlich in Englisch.

Er war in Bombay geboren, dem heutigen Mumbai. Ein Winzling, dem die Ärzte keinen weiteren Tag Lebenszeit gegeben hätten. Aber alle Gottheiten standen zu ihm und verhinderten, dass der Kleine starb. Mag sein, dass es auch daran gelegen haben konnte, dass er vor dem Zaun der Deutschen Botschaft abgelegt worden war. Da sich die Polizei für nicht zuständig erklärte, hatte der Botschaftssekretär Alwin von Loose ihn, praktisch und zugleich helfend veranlagt, wie er war, zu sich nach Hause gebracht. Seine Frau und er versuchten erst gar nicht, sich der ungeheuren Präsenz des Kleinen zu entziehen. Elisabeth von Loose und ihr Mann hatten, durch seinen Beruf bedingt, fast ausschließlich auf dem asiatischen Kontinent gelebt und unter oft abenteuerlichen Umständen vier Kinder großgezogen. Elisabeth brachte auch den Findling durch die ersten Wochen und Monate, obwohl er so klein war, dass er fast in eine Lotusblume gepasst hätte. Die Adoption war dann nicht verwehrt worden.

Kurz nach Hannos Reifezeugnis war sein Vater pensioniert worden und die Familie nach Deutschland zurückgekommen. Seit dem Tag der Abreise mied Hanno sein Geburtsland in jeder Hinsicht, was in seiner Familie für große Unruhe sorgte. Etwas Bedrohliches schwelte im Hintergrund, wenn von Indien auch nur die Rede war. Im Jahr 2000 starben die Eltern bei einem Autounfall. Alwin von Loose hatte das Brems- mit dem Gaspedal verwechselt und war gemeinsam mit Elisabeth rückwärts in die eiskalte Isar gestürzt und ertrunken. Von einer spontanen Idee geleitet, beschloss Hanno, sein Erbe zu spenden. Es wurde ein stiller und später Pakt mit seinen toten Eltern, als er die Summe einem Bekannten überließ, der sich um Straßenkinder in Kolkata kümmerte. Obwohl er oft eingeladen wurde, die neu entstandenen Gebäude zu besuchen, ließ er sich nie darauf ein. Vielleicht, sagte er zu seinem Bekannten, wenn mir meine Arbeit mehr Zeit lässt, vielleicht, sagte er sich, wenn ich irgendwann bereit bin, mich meiner Heimat zu stellen.

Auf dem Flug in die Innere Mongolei aber dachte er weder an seine Herkunft noch an einen Besuch in Indien. Auch für seine Sprachübungen fehlte ihm die Konzentration. Ärgerlich legte er das Blackberry zur Seite. Vielleicht machte er gerade einen Fehler, aber er konnte nicht mehr zurück. Als man in Feldwehrs Wohnung den Rechner mit den Testergebnissen gesucht hatte, war neben dem Firmencomputer auch dessen privater Laptop mitgenommen worden. Es fanden sich keine verräterischen Dateien oder Mails darauf, und Loose hatte bereits angeordnet, das Gerät wieder in die Wohnung zurückzustellen, als er – mehr aus einer Laune heraus – den Spezialisten nach Feldwehrs Passwort fragte. »Leicht zu knacken«, war die Antwort, »ein Name.« Und dieser Name stand in den Personalakten: *Mila Bartovic*. Ein Detail, das er für sich behalten hatte. Ebenso wie Feldwehrs Laptop.

Die beiden hatten ihr Verhältnis über einen langen Zeitraum geheim halten können. Aber als die Affäre bekannt wurde, ließ sich Frau Bartovic nach China versetzen, wurde ihm versichert, kaum dass Loose einzelne Kollegen danach gefragt hatte. Weiter fort ging es wohl kaum! Möglicherweise war also das Verhältnis schon abgekühlt, dennoch, der Geschichte haftete ein unangenehmer Geruch an, nein, sie stank zum Himmel. Er musste vorsichtig sein! Offiziell war er wegen dringender Personalangelegenheiten unterwegs, was ja im weitesten Sinn der Wahrheit entsprach. Für die zweite Jahreshälfte waren innerbetriebliche Umstrukturierungen geplant, aber es konnte nicht schaden, wenn er schon heute Präsenz zeigte. Unabhängig vom Problem Feldwehr hatte er sich vorgenommen, einige Mitarbeiter zu bewerten. Es wurde Zeit, manch einem seine Grenzen aufzuzeigen. Das galt auch für Wiedemann, doch der musste bis zu seiner Rückkehr warten! Einer aus der Generation sportlicher junger Herren, die immerzu in den Startlöchern standen. Und Wiedemann konnte wirklich Schaden anrichten. Seine verzögerte Reaktion auf den Namen Bartovic hatten in Loose alle Alarmglocken läuten lassen. Sein feiner Controller hatte von der Affäre gewusst und ihn nicht darüber informiert, da war er sicher. Eine Stunde hatte er Wiedemann Zeit gelassen, um mit Informationen zu kommen.

Yakeshi empfing ihn mit klirrender Kälte. Über eintausend Meter hoch gelegen, zeigte das Thermometer am Flughafen 35 Grad unter null. Das Verwaltungsgebäude des Testzentrums schien in dem Versuch erstarrt, der Kälte zu trotzen. Bei eisigem Ostwind wurde schon der Weg vom Taxi bis ins Innere des Gebäudes zu einer Herausforderung. Loose fluchte, aber er wusste, dass er diese Reise trotz aller medialen Möglichkeiten der Kontaktaufnahme hatte persönlich antreten müssen. Es wäre nicht der erste Schneeball gewesen, der sich zur Lawine ausgeweitet hätte. Feldwehr, sollte er sich wirklich nach Yakeshi abgesetzt haben, würde einiges zu hören kriegen.

Die Mitarbeiter im Testgelände waren vor seinem plötzlichen Auftauchen nicht informiert worden und reagierten entsprechend hektisch. Manche taten überrascht, andere zeigten ihren Unmut über sein unangemeldetes Erscheinen. Loose wiegelte ab, er habe nicht vor, längere Zeit zu bleiben, und zog sich in einen Besprechungsraum zurück, von wo aus er einige Telefongespräche führte. Dann verlangte er, in sein Hotel gefahren zu werden, und verließ das Testzentrum in Richtung der Stadt. Im Hotel angekommen, fand er eine gut ausgestattete Suite zu seiner Verfügung vor, duschte, kleidete sich sorgfältig an und machte sich auf den Weg zur Lounge.

Im Foyer wartete Yelda.

Vor Jahren, als Loose seine Eltern besuchte, flüchtete er vor der überbordenden Fürsorge seiner Mutter und den

bohrenden Fragen seines Vaters in ein Programmkino. Ungeachtet der Tatsache, dass viele Plätze frei blieben, setzte sich eine junge Frau neben ihn, die er beim flüchtigen Betrachten für eine Chinesin hielt. Je länger der Film lief, desto sicherer aber wurde er, dass sie eine Mongolin sein musste. Sie ließ sich von der Geschichte, die in distanzlosen Bildern von einem weinenden Kamel erzählte, mitnehmen, ja mitreißen, und schließlich gänzlich gefangen nehmen. Für ihn dagegen kam die Story derart elegisch daher, dass er vor Ungeduld ständig auf dem Platz hin- und herrutschte. Seine Sitznachbarin warf ihm dann auch immer wieder vorwurfsvolle Blicke zu, und wirklich, mit der Zeit wurde er ruhiger, hörte, wie sie still vor sich hin weinte, und reichte ihr ein Taschentuch nach dem anderen. Im Gegensatz zu der jungen Frau aber wollte und wollte sich das Kamel nicht zu Tränen rühren lassen, und als es dem Pferdekopf-Geiger endlich doch gelungen war, waren auch ihm fast die Tränen gekommen, allerdings vor Erleichterung, dass der Film endlich zu Ende war. Nach der Vorstellung gingen er und die junge Mongolin wie selbstverständlich gemeinsam zum Ausgang. Loose nannte seinen Vornamen, sie vergrub die nassen Taschentücher in ihrer Jacke, strahlte ihn an und sagte:
»Ich bin Yelda.«
Sie studierte in München dank eines Stipendiums Maschinenbau, entstammte einer Nomadenfamilie und hatte fürchterliches Heimweh. Loose und Yelda verbrachten den Abend und die Nacht zusammen, redeten, lachten und weinten. Die Freundschaft war platonisch geblieben. Selbst wenn Loose sich etwas anderes gewünscht hatte,

Yelda war für ihn unerreichbar. Schon eine Woche nach Beendigung des Studiums war sie in die Mongolei zurückgekehrt. Niemals wäre er ihr dorthin gefolgt, und für sie wäre nie etwas anderes in Frage gekommen als eine Rückkehr in ihre Heimat. Als die Testzentren in dem autonomen chinesischen Staat gebaut wurden, sorgte Loose dafür, dass Yelda als Ingenieurin einen hochdotierten Arbeitsplatz fand. Nicht in der Firma seines Arbeitgebers, aber bei einem der großen Automobilkonzerne Deutschlands.

Yelda versank fast in dem viel zu großen Sessel der Hotel-Lounge. Sie hatten sich begrüßt, und wie immer, wenn sie sich trafen, weinte sie heftig vor Freude. Eine Mongolin und ein Inder begrüßen sich auf Deutsch in einem chinesischen Hotel. Als Loose sie darauf aufmerksam machte, zuckte sie nur mit den Schultern und sagte:
»Wir sind doch alle Nomaden, auf die eine oder andere Art.«
Während des Dinners erzählte er Yelda von seinem Problem und fragte, ob sie sich umhören könne. Sein Rückflug am nächsten Tag lasse ihm zu wenig Zeit dafür. Yelda nickte, und Loose konnte sicher sein, dass sie jedem Hinweis gründlich nachgehen würde. Als sie seinen Zimmerschlüssel nahm, folgte er ihr.
Bei der Verabschiedung am anderen Morgen zog Loose sie an sich und hielt sie lange in seinen Armen fest. Yelda machte sich behutsam frei. Schon in der Tür, hielt sie plötzlich inne, kam zurück, nahm seine Hände in die ihren und flüsterte, so dass es kaum zu hören war.

»Eine in die Fremde gegebene Tochter gleicht einem in die Berge geschossenen Pfeil.«

Nach den Mitarbeitergesprächen briefte Loose noch einige potentielle Bewerber und entschied sich zügig. Die Neuen bekamen ihre Verträge, die Unterlegenen eine kurze, aber prägnante Begründung ihrer Ablehnung, und sie mussten die Namensschilder zurückgeben. Das Gespräch mit Mila Bartovic hatte er sich bis zum Schluss aufgehoben.
Loose saß der jungen Schweizerin gegenüber, die schon seit Jahren für die Firma arbeitete. Sie bestritt die Affäre rundweg.
»Keine Beziehung mit Kollegen, und mit verheirateten schon gar nicht, das ist ein grundlegendes Prinzip von mir«, erklärte sie kühl, zeigte sich aber über das Verschwinden Feldwehrs erschrocken.
»Mich interessiert Ihr Liebesleben nicht. Hier geht es doch nicht um Prinzipien. Wie erklären Sie mir, dass Feldwehr seinen Computer mit Ihrem Namen gesichert hat?«
»Was weiß ich.«
»Wissen Sie, wo er sich aufhält?«
»Bin ich Hellseherin?«
Bartovic ließ sich nicht aus der Reserve locken. Sie blieb dabei, stritt eine Affäre energisch ab und machte dennoch einen unglaubwürdigen Eindruck. *Die Katze beweint die tote Maus*, dachte Loose und entließ sie mit der Bemerkung, dass er bis auf weiteres ihre Angaben nicht bewerte.
Später brachte ihn ein Bus-Shuttle vom Hotel zum Hailar-Airport, von wo aus er die Heimreise antrat. Er schlief während des gesamten Flugs nicht eine Minute. Verdrängte

Feldwehr und Bartovic und widmete seine Gedanken Yelda. Wie war es nur möglich, dass seine Gefühle zu ihr von einer unbestimmten Schwere belastet waren, die ihm wehtat. Im Nachhinein hätte er keinen Augenblick bestimmen können, in dem es möglich gewesen wäre, mit Yelda zu leben, und gleichzeitig wäre eine Annäherung in jeder Sekunde richtig gewesen. Das Paradoxe daran war, dass er sich nicht unglücklich fühlte. Aufgewühlt, aber nicht unglücklich. Seine Sehnsucht war ein Defizit, das um keinen Preis gestillt werden durfte. Er beargwöhnte jede Form der Erfüllung. Glück war nur ein Schatten, den man nicht einholen, sondern ständig hinterherlaufen musste. Yelda, das hoffte er inständig, würde die Situation ebenso bewerten. So stark war sie an ihre Familie und ihr Land gekettet, dass ein Abschied zwangsläufig Unglück bedeutet hätte. Liebe formt uns so, wie wir sie zu formen vermögen, dachte er und war sich sicher, dass der von ihnen gewählte Weg die Beständigkeit ihres Glücks ausmachte. Und dass es eben auch möglich wäre, einen zweiten Weg zu gehen, einen gemeinsamen Weg. Aber das wäre dann ein Glück von anderer Qualität, in einem anderen, statisch ausgerichteten Leben, und dafür waren sie beide offenbar noch nicht bereit.

Nach der Landung brachte ihn ein Fahrer in seine Wohnung am Laisvallvägen. Birgitta war entsetzt gewesen, als sie einmal zu Besuch gekommen war. Ein Raum stand, bis auf eine hoch- und breitgewachsene Birkenfeige, die schwarzen Boxen einer Hi-Fi-Anlage und eine Le-Corbusier-Liege, leer. Im nächsten waren nur ein Bett und ein

Wandschrank aufgestellt, und der dritte wurde von einem riesigen Schreibtisch dominiert, der die kleine Essgruppe am Fenster zur Straße fast vergessen machte. Loose hatte sich damit entschuldigt, dass er nicht mehr benötigte, er habe ja bei ihr sein zweites Zuhause.

»Oder das dritte«, entgegnete Birgitta sophistisch.

Loose war nicht darauf eingegangen, er erzählte auch sonst wenig über sich. Er sei als Zuhörer geboren, da könne sie nichts machen. Und Birgittas Leben biete unendlich mehr an Fülle, so wäre die Konstellation doch ideal.

***

Ohne Probleme, fast wie auf Schienen, fuhr der BMW die steile Straße nach oben, die auf der Rückseite des Berges zum Gipfel führte. Das Stabilisierungsprogramm würde ganze Arbeit leisten, sagte Loose stolz, schließlich lag die Entwicklung in seiner Verantwortung. Für Bremsen und alles, was mit deren Steuerung zu tun hätte. Das Beste allerdings käme erst bei der Abfahrt richtig zur Geltung, fügte er hinzu.

Am Parkplatz ließen Claudia und er einigen Langläufern den Vortritt, auch Scooter jagten mit aufheulendem Motor und in die Luft gestreckter Nase vorbei. Unter der Woche sei tagsüber nicht viel los, bemerkte Loose, umso mehr Besucher würden sich dann in den freien Zeiten auf dem Gelände tummeln.

»Dann ist hier alles in fester Hand der Wintersportler.«

»Und wenn es dunkel wird?«

»Gibt es Flutlicht. Sehen Sie überall die Masten!«

Claudia nickte höflich, war aber in Gedanken nicht bei der Sache. Im Laufe des gestrigen Tages hatte Frau Sauter angerufen und mitgeteilt, dass Herr Wiedemann nicht mehr im Haus arbeite. Ihn habe es in den Mutterkonzern gezogen, von nun an sei sie Claudias Ansprechpartnerin. Gleichzeitig wolle sie Herrn von Loose für den Abend ankündigen.

»Haben Sie nicht Zeit und Lust, die Teststrecke auf dem See kennenzulernen? Und keine Sorge, ich fahre dort nicht selbst!«, hatte Loose ihr während des Essens vorgeschlagen und Claudias Zurückhaltung als Zustimmung gewertet. Birgitta war trotz Zuspruchs *unter keinen Umständen* bereit, die beiden zu begleiten. Doch bevor der Profi mit Claudia über den Hornavan jage, sollten sie doch den über achthundert Meter hohen Gipfel des Galtispouda besuchen. Von dort sei der Blick auf Arjeplog und Umgebung phänomenal.

An diesem Spätvormittag gab es freie Sicht in alle Richtungen, und die kleine Stadt war es, die schließlich Claudias ganze Aufmerksamkeit fesselte.

»Arjeplog liegt zwischen den vereisten Seen Hornavan und Uddjaure auf einer kleinen Landzunge, wobei sich der Hornavan auf siebzig Kilometern bis nach Jäckvik in eine berauschend schöne Landschaft erstreckt«, sagte Loose und vergaß nicht zu erwähnen, dass der See vierhundert Inseln sein Eigen nenne und das tiefste Gewässer Schwedens sei.

Dann zog er sich in einen Kiosk am Lift zurück und überließ Claudia das Panorama. Eine kleine rosafarbene Kirche hob sich vor einer Wasserfläche, die nicht zugefroren war, von falunroten, gelben, rostbraunen, grünen und hellblauen Häusern ab. Sie drängten sich auf dem wenigen Platz eng aneinander. Claudia hob den Blick und sah in großer Entfernung Berge, die schon in Norwegen lagen.

»Die Seen haben Trinkwasserqualität!«, sagte Loose, der wieder herangetreten war. »Und es gibt unzählige Fische, die eines gemeinsam haben: sie schmecken vorzüglich« – hielt dann plötzlich inne, denn mit einem Seitenblick auf Claudia hatte er bemerkt, dass ihr Tränen die Wangen herabliefen. Behutsam legte er den Arm um sie und wies mit dem anderen in eine nordwestliche Richtung.

»Dort«, sagte er, »liegt das Meer.« Und dorthin möchte er sie und Birgitta am morgigen Tag entführen. Die Wetterprognosen wären ausgezeichnet, also hätten sie keine Probleme, den Pass zu überqueren.

»Und«, fragte er, »haben Sie Lust?«

Claudia fuhr herum.

»Was machen wir denn hier? Ich bin nicht als Touristin gekommen! Die Naturschönheiten interessieren mich nicht einmal im Ansatz. Robert ist verschwunden, er liegt vielleicht irgendwo da draußen, und wir stehen und reden, als hätte es ihn nie gegeben.«

Sie weinte es heraus. Einzelne Skiläufer blieben stehen und schauten mit Interesse auf die beiden. Loose bat darum, zum Auto zu gehen.

Sie hastete voraus, warf sich auf den Beifahrersitz, kaum dass sie am Wagen angekommen war. Er stieg ebenfalls ein, beugte sich vor, um ihren Gurt zu befestigen, aber sie riss ihn ihm aus der Hand.

»Lassen Sie das, lassen Sie mich in Ruhe!«
Kurze Zeit später, als sie sah, dass er den Weg zum Testzentrum eingeschlagen hatte, sagte sie, nun etwas ruhiger geworden: »Ich möchte zu Birgitta, bitte bringen Sie mich zurück.«
»Ich bin nicht Ihr Feind, Claudia«, antwortete ihr Loose.

Er war auf Birgittas Anwesen vor die Garage gefahren und hatte Claudia mit einer beschwichtigenden Geste gebeten, noch nicht auszusteigen. Die Geschäftsleitung, ja, alle in der Firma würden mit Hochdruck daran arbeiten, Roberts Schicksal aufzuklären. Man arbeite eng mit der Polizei und allen örtlichen Behörden zusammen. Jede Hütte im Umkreis wurde durchsucht, an jeder Ecke hinge ein Foto, selbst im Touristikbüro würden Tagesgäste und Urlauber gebeten, die Augen offen zu halten.
»Und dann fliegen Sie mal eben in die Mongolei? Verstehen Sie das unter intensivem Bemühen?«
»Meine Reise stand in Bezug zu Ihrem Mann, doch ich wollte vermeiden ...« Loose brach den Satz ab.
»Was vermeiden? Vermuten Sie ihn dort? In der Mongolei? Was um alles in der Welt hätte er da zu suchen?«
Loose stellte die Standheizung an, es war binnen kürzester Zeit im Auto bitterkalt geworden. Sie saß mit durchgedrücktem Rücken aufrecht in ihrem Sitz, starrte zunächst stumm auf das blaue Garagentor und fuhr dann mit einer Bewegung herum, als wäre sie von einer harten Hand gesteuert. Während Loose den Namen Mila Bartovic tunlichst vermied und nur vage von irgendwelchen privaten Kontakten Roberts zu einer Arbeitskollegin sprach,

schaute sie ihn ungläubig an, schüttelte manchmal den Kopf und weinte schließlich still vor sich hin.
»Aber wie ich eben schon sagte, das Gerücht ist unbestätigt«, versuchte er sie zu beschwichtigen.
Doch Claudia war untröstlich. Die Anspannung der vergangenen Tage, ihre Sorgen und Hoffnungen, die vielen neuen Eindrücke, alles brach mit einem Mal über ihr zusammen. Loose stieg aus, führte sie zum Haus, wo Birgitta sofort öffnete, als habe sie hinter der Tür auf die beiden gewartet. Sie brachten Claudia in ihr Zimmer und legten sie auf das Bett. Während Birgitta sie auskleidete, rief Loose einen befreundeten Arzt an, der versprach, sofort zu kommen.

Als sie wieder erwachte, drang längst kein Licht mehr in ihr Zimmer. Als hätte sich Ruß auf die Scheiben gelegt, dachte Claudia. Sie hatte nach der Injektion des Beruhigungsmittels etwa vier Stunden geschlafen. Birgitta sagte es ihr, als sie heißen Kakao und Zimtschnecken aufs Zimmer brachte.
»Endlich, endlich!«
Birgitta zog Claudia an sich und streichelte ihr über den Rücken.
»Was soll ich sagen – ich bin so froh, dass ich gleich mitweinen möchte. Das muss alles raus, verstehst du? Für wen willst du denn stark sein? Und warum, glaubst du, hat dich Loose zu mir gebracht? Hier brauchst du dich nicht zurückhalten, also mach es auch nicht. Sei wütend, sei traurig, zornig. Auf mich musst du keine Rücksicht nehmen. Nach vier Ehemännern habe ich genügend Er-

fahrung gesammelt, um dir helfen zu können. Wenn du schreien willst, tue es. Hier hört dich keiner. Und wenn Hausmeister Møller ums Eck kommt, gebe ich dir ein Zeichen, der braucht ja nicht alles zu wissen. Er ist schon in Ordnung, aber auf seine schlichte Art doch ziemlich kompliziert.«

Claudia stutzte einen Moment und fing zu lachen an.

»Auf seine schlichte Art doch ziemlich kompliziert?«, wiederholte sie Birgittas Worte und lachte, bis ihr wieder die Tränen kamen. »Ich kenne da noch einige andere, auf die das zutrifft«, sagte sie und bekam weiterhin fast keine Luft vor lauter Lachen.

Sie bemerkte gar nicht, dass Birgitta zur Haustür ging, um Loose hereinzulassen. »Claudia dreht fast durch, nicht allen geht es so gut wie mir!«

»Wie kommst du jetzt auf dich, Birgitta?«, fragte Loose überrascht.

»Na, manchmal, und gerade, wenn man solche Tragödien erlebt, sollte man Bilanz ziehen, und für mich sieht die Summe doch mehr als positiv aus, oder nicht? Ich habe ein privilegiertes Leben, fast so, als wäre ich nie aus dem Ballkleid herausgekommen. Dass ich keine Kinder bekommen konnte, hat mich zwar manchmal belastet, ganz besonders, als meine Mutter noch lebte, doch die überwiegende Zeit kam ich damit gut zurecht. Man kann nicht vermissen, was man nicht kennt, denke ich mir die Situation schön. Ich wurde geliebt und habe geliebt, und immer noch ist dieses Gefühl in mir präsent und vertraut. Obwohl ich, dank der Weitsicht meines Vaters, an keinem Tag für meinen Lebensunterhalt sorgen musste, ging ich bewusst und mit Verantwortung mit meinem Leben um und war ihm zu allen Zeiten sehr dankbar dafür. Meine Brüder sind am Leben, wir sind alle gesund, und sie sind, trotz ihrer Eigenheiten, wunderbare Menschen. Ich habe Freunde, nein, ich habe einen Freund«, sie warf Loose eine Kusshand zu, »auf den ich mich absolut verlassen kann, und Freundschaften, die leicht und heiter sind und es mir möglich machen, nie allein zu sein, wenn ich es nicht sein möchte. Findest du nicht, ich sollte sagen, es geht mir gut?«

Loose nickte nachdenklich, und Birgitta fuhr fort:

»Natürlich sitzt mir immer ein kleines Teufelchen im Ohr, das flüstert zu ungünstigster Stunde: Wart's ab, eines Tages komme ich zum Zug. Und natürlich wird er das, schließlich hat er Übung darin, jede noch so kleine Chance zu nutzen. Hoffen wir, er muss noch eine Zeit lang warten.«

Loose sah sie nachdenklich an und sagte leise: »Hoffen wir es! Für uns beide!«

Als sie zu dritt zu Abend gegessen hatten, machte Loose einen erneuten Versuch, die beiden Frauen zu einem Ausflug ans Meer zu überreden. Zunächst reagierte Claudia nicht, dann sah sie ihn ernst an und bat, er solle keine Spielchen mehr mit ihr spielen. Sie ertrage Wahrheiten, alles andere wäre unfair.

»Es ist so, dass ich in Bodø zum Hafen will. Dort kenne ich ein paar Leute, die für mich genauer in den Passagierlisten nachsehen werden, als sie es für die Polizei getan haben.«

Ob er das am Flughafen in Arvidsjaur auch schon gemacht hätte, fragte Claudia nach, und Loose nickte.
»In vino veritas«, prostete Birgitta ihnen zu. »Für derlei Geständnisse eignet sich Wein vorzüglich.«

Dennis, der aussah, als sei er noch keine zwanzig, holte Birgitta und Claudia ab. Gemeinsam fuhren sie zum Laisvallvägen, wo Loose zustieg. Er verstaute seinen warmen Parka und einige Kartons im Kofferraum, in dem schon die dicken Jacken von Birgitta und Claudia lagen. Sie waren gut auf die Kälte vorbereitet, denn Loose hatte sie gewarnt, dass es in Bodø ungemütlich kalt sein werde.
»Obwohl die zweittiefste jemals gemessene Temperatur Schwedens mit 52,6 Grad unter null in Arjeplog gemessen wurde, weht am Meer ein konstant starker Wind, der kein Erbarmen kennt und durch jede Masche dringt«, hatte er warnend erklärt. Birgitta fügte hinzu, selbst die Trolle würden dort vor Kälte zittern.
Dennis lenkte den BMW schnell und souverän über die schneebedeckte Reichsstraße, die vom Bottnischen Meerbusen nach Bodø führt und Arjeplog mit einem eleganten Schwung an die Zentren der Küste anbindet. Streusalz oder Splitt suchte man in diesen Breiten vergebens, und Claudia fühlte sich manchmal, als reisten sie durch eine verwunschene Märchenwelt. Der Lichtkegel entgegenkommender Fahrzeuge konnte von weither ausgemacht werden, und so fuhren sie meist mit rasanter Geschwindigkeit. Loose saß auf dem Beifahrersitz, die beiden Frauen im Fond. Es war eine stille Fahrt, und Claudia dachte über

das Telefongespräch mit Torben nach, das sie am vorigen Abend geführt hatte. Ihr Sohn war darüber besorgt, dass es noch immer kein Lebenszeichen von Robert gab, und fragte sie vorsichtig, wann sie gedacht habe, wieder nach Hause zu kommen. Zögernd hatte er ihr zu verstehen gegeben, dass es mit Magnus Probleme gab. Torbens Stärke liegt eindeutig im Bereich der Chemie, was übrige Disziplinen anging, fehlt ihm zumeist der Zugang, stellte sie sachlich fest. Wenn er seinen Bruder also erwähnte, musste es schlimm um Magnus stehen. Schon aus diesem Grund sollte sie bald von Birgitta Abschied nehmen, und das fühlte sich nicht gut an. Schnell verdrängte sie den Gedanken und drückte Birgittas Hand, leicht, dankbar und zärtlich. Die Geste wurde mit einem Lächeln beantwortet, mehr brauchte es nicht.

Die Sonne zeigte sich am Horizont, als fehle es ihr an Kraft, weiter aufzusteigen. Claudia genoss dieses vertraute Bild dennoch, das sie in den vergangenen Tagen an jedem Vormittag neu erlebt hatte. Lautlos glitt das Auto über die Straße, die längst einer von Birkenwäldern gesäumten Schneepiste glich. Ab und an zeigte Loose auf einzelne Baumgruppen, und Claudia konnte zwischen den Stämmen Rentiere erkennen, die nach Futter suchten. Er warte darauf, Elche – Älgar, wie sie die Schweden nennen – zu präsentieren. In umgekehrtem Verhältnis zu ihrer Bekanntheit seien sie selten zu entdecken. Als plötzlich eine Herde im lichten Unterholz stand, konnte Claudia den Blick gar nicht von ihr losreißen. Die Tiere bildeten einen Kreis, und es kam ihr vor, als hielten sie eine Versammlung ab, in der wichtige Entscheidungen beratschlagt wurden. Auf ihrer langen Fahrt hinauf zum Fjäll waren sie kaum an einer Siedlung vorbeigekommen, schon gar nicht an einer Stadt. Mit dem Auftauchen der Elchfamilie legte sich eine meditative Ruhe über die Reisenden, die nun erneut lange schwiegen.

Dennis war ein sicherer, aufmerksamer und zugleich zügiger Fahrer. Als sie den Polarkreis erreichten, sah er fragend auf Loose, doch sein Chef schüttelte den Kopf, sie würden nicht aussteigen, die Zeit reiche nicht. Weitere hundertfünfzig Kilometer nach Bodø waren zu bewältigen, und die Passüberquerung auf siebenhundertvierzig Meter Höhe lag ebenfalls noch vor ihnen.

Auch diese Schwierigkeit meisterte das Gespann aus Chauffeur und Auto problemlos, obwohl die Sicht durch heftige Schneewehen merklich nachließ. Neongelbe Leuchtpfeile auf schwarzem Grund wiesen nachdrücklich auf den Rand der Straße und die Kurven hin.

»Auf dieser Höhe wachsen nur noch einige wenige verkrüppelte oder kleingewachsene Birken, und bald werden wir uns auf norwegischer Seite befinden«, erklärte Loose, der einen vorzüglichen Reiseführer abgab. Als sich vor ihnen ein Gebirgszug auftürmte, war er sich jedoch nicht sicher, ob es sich um die Lofotenwand handelte, was ihm die Rücknahme des zuvor ausgesprochenen Kompliments einbrachte. Claudia indes war überrascht, als die Straße schnee- und eisfrei wurde, obwohl sich an den Felshängen, die parallel zur Fahrbahn liefen, noch immer bläulich weiße Eisadern armdick nach vorne wölbten. Auch die Gewässer waren nicht mehr zugefroren, und an den Uferböschun-

gen lagen Boote lässig gegen das Schilfgestrüpp gelehnt, als hielten sie gerade ihren Mittagsschlaf ab.
Anders als Claudia nahm Birgitta die Szenerien mit Gelassenheit auf. Zum einen war es nicht ihre erste Reise nach Norwegen, und außerdem, befand sie mit einem süffisanten Unterton, habe Schweden durchaus mehr zu bieten.

Sie erreichten Bodø und fuhren direkt zu den Übersee-Terminals. Claudia suchte nach etwas, das sie mit Norwegen in Verbindung bringen konnte, aber auch der Hafen von Bodø nahm für sich in Anspruch, einen abgeschlossenen Kosmos zu bilden. Würden sich die Häfen der ganzen Welt zusammenschließen, käme eine eigene Nation mit immergleichen Docks, Verwaltungseinheiten und identischem Menschenschlag heraus, dachte sie. Überall dasselbe lebhafte Treiben, derselbe Geruch nach Öl und Abgasen und der Stolz über die ein- und auslaufenden Schiffe. Auch in Bodø lagen zierliche Segeljollen neben robusten Fischerbooten, pfeilschnellen Motorjachten und dickbäuchigen Riesen, von deren Kielwasser die kleineren Boote allesamt verschluckt werden konnten.
Während Loose mit seinem Fahrer, der unter jedem Arm einen großen Karton trug, in den Büros der Hafenbehörde verschwand, flüchteten sich die Frauen vor der Kälte in ein Passagierschiff der Hurtigruten, das zu einer Bordbesichtigung einlud. Auf Schautafeln wurde im Inneren auf den Gründer der schwimmenden Postlinie Richard With hingewiesen und seine Entwicklung eines nachttauglichen Navigationssystems gewürdigt. Ihm war auch das beeindruckende Gemälde an der Decke des Salons gewidmet,

in den Claudia und Birgitta sich zurückgezogen hatten, nachdem der eisige Wind, vom Nordatlantik kommend, sie bei einem Abstecher an die Reling fast umgeworfen hatte. Die Gestaltung des Interieurs erinnerte Claudia an die Ästhetik eines Luxushotels. Teppichböden in nachmittagsblauer Himmelsfarbe, in die Sonnen und Sterne eingewoben waren, Wand- und Deckenvertäfelungen aus dunklen, fein gemaserten Dielen und Messingteile, die mit ihren glänzenden Oberflächen den Raum weit aus seiner profanen Bestimmung hoben, raubten ihr fast den Atem. Ein ganzer Stab von Reinigungskräften war mit Staubsaugern und feinen Tüchern unterwegs, um Fingerabdrücke oder Krümel von den Oberflächen zu beseitigen. Die Passagiere waren derweil auf Landgang, und Birgitta schien zu wissen, dass sie den *Saltstraumen* besuchten, eine Meerenge, durch die im Wechsel der Gezeiten eine Unmenge Wasser hinein- und wieder hinausgetrieben wurde. Die gewaltigen Strudel, die dabei entstünden, seien ein phänomenales Spektakel. Claudia, die den Wissensreichtum ihrer Begleiterin offen bewunderte, lachte, als Birgitta ihr einen Flyer entgegenstreckte, den sie hinter dem Rücken versteckt gehalten hatte.

Sie hatten sich in eleganten Chairs niedergelassen und Kaffee bestellt, der ihnen in großen Bechern und mit einer umfangreichen Auswahl an Zuckersorten serviert wurde. Dazu stand auf dem Gedeck ein Schälchen mit geschlagener Sahne. Die Sitzgelegenheiten waren äußerst bequem und luden die Besucher zum Genießen ein. Doch schon nach kurzer Zeit war Claudia unruhig geworden und hatte immer wieder durch die großen Panoramafenster geschaut. Sie hoffte, dass die beiden Männer mit neuen Nachrichten zurückkämen.

Nach über einer Stunde betrat Loose dann endlich die Lounge. Dennis sei zum Tanken gefahren und würde bald wieder hier sein, sie sollten sich bereithalten, eine lange Rückfahrt läge vor ihnen. Über seine Nachforschungen sagte er lediglich, dass man abwarten müsse, was dabei herauskomme.

Claudia ging als Erste von Bord. Der Weg der kleinen Gruppe führte den Strand entlang. Tief im Sand eingegraben stand ein fünfeckiger Holzpavillon, der dem wütenden Wind tapfer trotzte und von einer kreisrunden Anordnung von Stelen oder Grabsteinen umgeben war. Mit einem Mal verließ Claudia den Weg und lief aufs Wasser zu. Jede noch so kleine Pfütze am Strand war tiefgefroren und ihr Vorankommen von der Gefahr überschattet, auszurutschen. Vereinzelt stolperte sie über festgefrorene Muscheln, auch das Treibgut und die üblichen Verschmutzungen – Schokoriegelpapier, Taschentücher und Bierdosen – steckten vereist im Sand. Überall herrschte eisiger Frost, und doch schwamm eine Entenfamilie neugierig auf sie zu. Sie machte aber kehrt, als sie begriff, dass von dieser Spaziergängerin kein Futter zu erwarten war. Die anderen saßen im Wagen, als sie von ihrem Abstecher zurückkam. Dennis hatte im BMW eingeheizt.

Auf dem Weg zum Pass kam ein Schneesturm auf. Das Wetter war binnen kürzester Zeit umgeschlagen, und waagrechte Schneefahnen machten ihnen die Sicht so gut

wie unmöglich. Obwohl die Scheibenwischer auf höchster Stufe liefen, wurde es nicht besser. Der Schnee hüllte das gesamte Auto wie in Gaze ein, und sie konnten nur im Schritttempo vorankommen. Dennis aber blieb ruhig. Irgendwann würden sie zu einem Schneepflug aufschließen, sagte er, die Damen müssten sich keine Sorgen machen.
Claudia machte sich Sorgen, aber nicht wegen der Fahrt. Sie hatte ihr Mobiltelefon zur Hand genommen, weil der Signalton eine SMS vermeldet hatte, doch war es nur die Telefongesellschaft gewesen, die sie wieder in Schweden willkommen hieß. Beim Nachschauen aber entdeckte sie, dass Christian Heger ihr eine Zeile geschickt hatte: Bitte rufen Sie mich an! Sie gab der Versuchung nicht nach, dies noch während der Fahrt zu tun. Sollten sie jemals heil über diesen Pass kommen, blieb Zeit genug.

Dennis sollte recht behalten. Durch den dicken Schleier konnte Claudia die Rücklichter eines großen Fahrzeugs erkennen. Es fuhr mit gleichbleibend langsamer Geschwindigkeit und schleuderte massenweise Schnee von der Straße. In dessen Windschatten bewältigten sie den extremen Streckenabschnitt ohne weitere Schwierigkeit. Als sie die Reichsstraße E 95 erreichten, hielt Dennis an einer Haltebucht an, zündete sich eine Zigarette an und stieg schnell aus dem Wagen. Beim Wiedereinsteigen nickte er seinen Fahrgästen zu, jetzt könne es weitergehen. Während dieser kurzen Pause sagte keiner etwas, schon gar nichts zu dem außerplanmäßigen Halt.

Im gelben Haus brannte Licht. Ein Range Rover stand vor der Garage, und Birgitta stutzte einen Moment.
»Meine Brüder. Sie kommen immer gemeinsam. Aber nicht immer erwünscht«, fügte sie hinzu.
Loose verabschiedete sich noch im Auto. Er würde in den nächsten Tagen vorbeikommen, rufe aber vorher an.

Carl Gustav, Jacob Edvin, Linus Oscar und Johan Anders jr. Vier schlanke, alte Herren in sportlich-lässiger Kleidung saßen diskutierend im Wohnzimmer. Dass ihre Schwester einen Gast beherbergte, schien sie nicht im mindesten zu stören. Ganz im Gegenteil, sie erklärten einhellig, auf die Dame aus Deutschland neugierig zu sein. Gleichzeitig aber ließen sie Claudia im Unklaren darüber, ob sie über den Grund ihres Aufenthalts informiert worden waren. Ihre Anwesenheit jedenfalls hätte mit einer Besprechung zu tun, die am nächsten Tag in Vaitoudden stattfände und bei der es um eine Grundstücksangelegenheit gehe. Birgitta zeigte sich erstaunt und wollte Näheres wissen. Bevor es jedoch zu einer Antwort kommen konnte, gab Claudia an, sich zurückzuziehen, da sie sehr müde sei. Sie war noch auf der Treppe, als bereits eine heftige und lautstarke Diskussion begann, bei der alle fünf wild durcheinanderredeten. Claudia interessierte sich nicht dafür.
In ihrem Zimmer fand sie den kleinen Tisch gedeckt. Frau Møller musste die gute Fee gewesen sein, freute sie sich, aß hungrig und nahm auch den Wein dankbar an. Während der Mahlzeit dachte sie darüber nach, ob Birgitta nicht doch mit dem Besuch ihrer Brüder gerechnet hatte. Wäre sonst das Essen vorbereitet gewesen? Aber was spielt das

für eine Rolle, schob sie den Gedanken zur Seite, es ist Birgittas Leben. Ihr Handy zeigte eine Kurznachricht von Christian Heger an. Erst in diesem Moment sah sie auf die Uhr. Es war eigentlich viel zu spät für einen Rückruf, eine Stunde vor Mitternacht. Aber Heger hatte offenbar auf sie gewartet. »Claudia, wie geht es Ihnen?«, begann er, noch ehe sie sich melden konnte. Sie überging die Antwort und fragte ihn in die entstandene Stille hinein, was denn so Dringendes anstünde.

»Nun, wie soll ich bloß beginnen, es geht um Ihren Sohn. Ich war zweimal am Haus, und Magnus hat mir beide Male völlig betrunken die Tür geöffnet. Als ich mit ihm reden wollte, schrie er mich an. Ich denke, er braucht dringend Hilfe, Ihre Hilfe.«

Nach dem kurzen Telefonat zog Claudia den Stuhl vors Fenster und schaute in die Dunkelheit. Sie musste abreisen, das stand fest. Ob sie das allerdings auch wollte, war ihr bei weitem weniger klar. Das gelbe Haus war zu einem Refugium, zu einer Art Zauberberg geworden, wo die Sorge um Robert geteilt werden konnte. Vor allem Birgitta, die mehrmals durchblicken ließ, dass Robert sich aus dem Staub gemacht habe und ihre Sorge gar nicht verdiene, tat ihr gut. Doch dann kam immer diese Panik auf, Robert könne der Unfallfahrer gewesen sein, würde verzweifelt in den Wäldern umherirren oder wäre tot. Eine andere Frau, das passte einfach nicht zu ihm, aber aus welchem Grund sollte er sie sonst verraten haben?

In einem weiten Kaftan, der das Blau ihrer Augen noch kräftiger strahlen ließ, wartete am nächsten Morgen eine gut gelaunte und ausgeruhte Birgitta auf ihren Gast. Sie hatte den Frühstückstisch an der Terrassenseite des gelben Hauses gedeckt, von wo aus der Garten bis zum Ufer des Hornavan reichte. Vom seitlich gelegenen Gästehaus war wegen einer hohen Fichtengruppe nur das verschneite Dach zu sehen. Die Sonne hatte es geschafft, den Schnee zum Glitzern zu bringen, und doch ließ der blaue Lufthauch in den goldgelben Strahlen die Kälte erahnen. Die Nationalfarben Schwedens, dachte Claudia und schaffte es einfach nicht, mit ihrer Gastgeberin über ihre angedachte Rückreise zu sprechen. Nach dem Frühstück schlug Birgitta vor, zu Fuß in die Stadt zu gehen, um die lange Autofahrt des gestrigen Tages aus den Knochen zu bringen. Ihre Brüder erwarte sie erst am Abend wieder. Claudia war sofort einverstanden, sie wollte nach einem Geschenk für Birgitta suchen, aber schon der Gedanke an den Abschied trieb ihr die Tränen in die Augen.

Da Claudias Garderobe eine Abwechslung vertragen konnte, gingen sie gemeinsam in den Kellerraum, in dem Birgitta ihre Kleidung aufbewahrte. Als Claudia bereits bestens ausgestattet war, wühlten sie noch weiter im Fundus und kicherten wie zwei Teenager über die feminine Mode früherer Jahre, bewunderten aber auch die Qualität, die Jacken und Mäntel all die Jahre hatte schadlos überdauern lassen. Sie vergaßen in der Begeisterung darüber fast ihr Vorhaben und erschraken, als es an der Tür klopfte. Da alle Besucher die Türklingel betätigten, könne es nur der Hausmeister oder einer ihrer Brüder sein, meinte Birgitta. Aber sie irrte, es war Kommissar Kostkola.

Umständlich zog er sich die Schuhe aus. Obwohl Birgitta ihn davon abhalten wollte, bestand er darauf, sie abzulegen, grüßte die beiden Frauen dann fast freundschaftlich und begann in seinem Singsang zu erklären, dass er Frau Feldwehr bitte, ihn in die Wohnung ihres Mannes zu begleiten. Vielleicht könne sie etwas entdecken, was ihm oder seinen Kollegen bisher entgangen sei. Den angebotenen Kaffee lehnte er ab.

Roberts Wohnung befand sich im obersten Stock eines dreistöckigen Apartmenthauses, das außerhalb des Zentrums lag. Die weiß gestrichenen Fensterrahmen setzten sich stark von der rostroten Farbe der Außenwand ab, und die vielen kleinen Balkone davor sahen wie Schubladen aus, die jemand aus der Fassade gezogen und offen stehen gelassen hatte. Auch die Kellerfenster strahlten leuchtend weiß und zeigten, dass selbst das Untergeschoss vermietet war und dort Souterrain-Wohnungen lagen. Vor dem Gebäude verhinderten hochgewachsene Bäume den Blick auf den Hornavan, aber bis zu den Parkbänken, die den Spazierweg entlang der Baumreihe säumten, waren es nur wenige Schritte.
Obwohl ein Aufzug zur Verfügung stand, benutzte Kostkola die Treppen. Als er das Polizeisiegel mit dem Messer durchschnitt, war es für sie wie ein Stich ins Herz. Der Kommissar schloss die Wohnungstür auf, und Claudia schlug ein unbekannter Geruch entgegen. Sie hoff-

te noch, dass es sich um das falsche Apartment handeln würde, trat dann aber zögernd ein. Kostkola war an der Tür stehen geblieben und, als ginge ihn das alles nichts an, schaute er durchs Fenster auf die Bäume vor dem Haus.

Möbel und Teppiche stammten vom Vermieter, das wusste Claudia, aber auch einige CDs, Bücher, selbst einzelne Kleidungsstücke gehörten nicht Robert. Als hätte ein Fremder die Zimmer bewohnt. Roberts Handy lag neben einigen Einkaufs- und Essensbelegen auf der rechten Seite des Schreibtisches. Auf der transparenten Schreibauflage fand sie, neben einer unbeschriebenen Ansichtskarte aus Mariannes Laden in Adolfström, eine halbleere Kassette mit Briefpapier. Claudia überschlug die Anzahl der verbliebenen Bögen und Kuverts und registrierte, dass Letztere in der Überzahl waren. Sie hatte nie Post von Robert erhalten, entschied aber, dies für sich zu behalten. Die Schubladen des untergestellten Rollcontainers waren, bis auf ein paar Münzen und mehrere Bögen Geschenkpapier, leer. Wie sollte sie das einordnen? Geschenke zu machen war nicht eben Roberts Stärke, und ihr Geburtstag fiel in den Sommer. Natürlich konnte es harmlose Erklärungen für die Ungereimtheiten geben, aber als sie aufschaute, sah sie, dass sich Kostkola etwas notierte, und fühlte sich bloßgestellt. Ein zweites Mal öffnete sie den Kleiderschrank, sah Hemden, Hosen, Pullover und selbst die Socken durch und öffnete diesmal auch eine der anthrazitfarbenen Kleiderhüllen. Weder der teure Anzug noch das weiße Hemd mit der leuchtend gelben Krawatte, auf der sich Steinböcke tummelten, waren ihr vertraut. Sie durchsuchte die

Taschen, fand aber nichts in ihnen. Zu Kostkola gewandt, schüttelte sie den Kopf.

»Das meiste in diesem Zimmer kenne ich nicht, und ich weiß nichts darüber zu sagen«, erklärte sie, er aber ermunterte Claudia, nicht aufzugeben.

Roberts Bett war ordentlich gemacht. Wie auch zu Hause lag sein Pyjama akkurat unter dem aufgeschüttelten Kissen. Im angrenzenden Badezimmer hing über jedem der beiden Waschbecken ein schmaler Spiegelschrank. Im ersten stand neben dem Rasierwasser, das Robert stets benutzte, eine halbvolle Tube Zahnpasta, ein Tiegel mit Fettcreme und Handwaschpaste. Das Necessaire, das sie ihm vor Jahren geschenkt hatte, war im obersten Regalfach verstaut, und, wie sie es von Robert gewohnt war, befand sich der Schrank in absolut hygienischem Zustand. Als sie die Tür wieder schließen wollte, fiel ihr eine schmale Lade auf. Sie zog sie hervor und entnahm einen Gegenstand, von dem sie zunächst annahm, dass es sich um eine in Tuch verpackte Seife handelte. Aber sie hielt ein Duftsäckchen in der Hand, das mit kleinen, blaugefärbten Bergkristallen gefüllt war. Kostkola war an sie herangetreten und brummte, in der globalen Welt könne das von überallher stammen, die Polizei hätte nichts damit anzufangen gewusst.

»Ob Sie ...« Claudia verneinte und bat, es an sich nehmen zu dürfen, was er ihr achselzuckend gestattete.

Es sei nun mal so, dass die Wohnung früher oder später geräumt werden müsse. Er befürchte, der Arbeitgeber ihres Mannes käme in dieser Angelegenheit schneller auf sie zu, als es ihr lieb sei, und er könne nichts dagegen unternehmen, da Wohnraum knapp und teuer sei. Claudia sah ihn entsetzt an.

»Aber was ist, wenn Robert wiederkommt?«

»Dann findet sich schon eine Lösung«, war seine lapidare Antwort. »Sprechen Sie mit Loose darüber.«

Was mit dem Mobiltelefon sei, wollte sie wissen.

»Das haben wir ausgewertet. Es sind ausschließlich Anrufe zu Ihnen nach Hause, Ihren Söhnen und den Kollegen damit geführt worden. Weitere Namen und Nummern lassen sich auch auf der SIM-Karte nicht nachweisen.«

Dann fragte er, ob Claudia in Roberts Wohnung etwas vermisse.

Woher sie das denn wissen solle, da sie doch nie hier gewesen sei, fuhr Claudia ihn an.

»Ein Ingenieur ohne Computer?«, meinte Kostkola skeptisch. Er war längst wieder in seinen Singsang verfallen.

»Ich dachte, den haben Roberts Kollegen abgeholt. Sie wissen, die unverzichtbaren Daten!«, gab Claudia zur Antwort.

»Den Firmenrechner schon, aber wo ist sein Laptop abgeblieben?«

»Er wird ihn bei sich tragen«, entgegnete sie unsicher und sah Kostkola ratlos an. Wie sehr hatte sie sich davor gefürchtet, Roberts Apartment zu betreten. Nun hatte sie Angst, dass sich mit der Wohnung eine weitere Spur auf der Suche nach ihm in Luft auflösen würde. Dazu hatte sie Kostkola angelogen. Es fehlte der silberne Bilderrahmen mit ihrem Foto. Robert hatte stets berichtet, er habe ihr Bild auf dem Schreibtisch stehen, um sie immer bei sich zu haben. Dann das teure Aquarell, das sie sich nach seiner Beförderung zum Betriebsingenieur geleistet hatten, der Füllhalter seines Vaters, den er wie einen Augapfel hütete, und der Briefbeschwerer aus Rosenquarz, dessen Herzform ihn an die Geburt seiner Söhne erinnern sollte. Es wäre Claudia wie ein Verrat vorgekommen, mit Kostkola über diese Dinge zu reden, denn sie wollte daran glauben, nein, sie war sich sicher, dass Robert am Leben war. Er musste die Andenken mitgenommen haben, weil ihm jedes einzelne davon etwas bedeutete. Als Wochen später sein Büro in Arjeplog geräumt werden sollte, würde man die Erinnerungstücke in seinem Aktenschrank finden. Ein Fahrer brachte die persönlichen Gegenstände zusammen mit den übrigen Unterlagen Roberts aus Schweden mit nach Deutschland und übergab sie Claudia mit der Bitte, den Empfang zu quittieren. Für sie sollte es sich anfühlen, als hätte man ihr Roberts Urne übergeben.

***

Die Tür des ziegelroten Apartmenthauses war hinter den beiden zugefallen. Birgitta sah sich im Wagen um. Sie war in Kostkolas Volvo sitzen geblieben und betrachtete die weich geschwungene Mittelkonsole, die mit Knöpfen und Anzeigeinstrumenten übersät war.
Jeder Traum ist schon einmal geträumt worden, tausend Mal, zehntausend Mal. Die Wünsche, die du für einzigartig hältst, hatten schon Millionen Träumer vor dir, rief sie Claudia in Gedanken hinterher. *Gott lächelt in den Sonnenuntergang. O Mensch, liebliches Kind, wie ich deine Torheit liebe.* Birgitta hatte diesen Text immer in einer Weise angenommen, als wäre

er für sie geschrieben worden. Ihre Gefühle für die Menschen bekamen durch die Zeilen Rhodes' gerade die Leichtigkeit, die sie sich von der ihr noch verbleibenden Zeit erhoffte. Ihr war, als hätte sie ein Leben lang auf diese Erfahrung gewartet. *Der Traum ist nie neu, mein Sohn. Nur der Träumer.*

Nachdem ihr Heiner die Nordfriesischen Inseln auf den Bauch gemalt hatte, erzählte er, dass er nach seinem Examen bei einer großen Firma in Sandviken gelandet sei, tagein, tagaus mit Edelstahl zu tun hätte, und das, wo er Stahl früher so gar nicht mit Schweden verbunden habe.
»An den Wochenenden wandere ich in den Wäldern bei Östersund oder segle auf dem Störsjön. Meinen Urlaub aber verbringe ich immer im Norden, in Lappland. Jokkmokk ist nur im Winter zu ertragen, auch wenn das Thermometer, wie heute Nacht, locker 40 Grad minus erreicht, im Sommer gehört die ganze Gegend den Mücken.«
Sie war nicht derselben Meinung, aber bei der Vorstellung, in seiner Nähe zu sein, übersah sie solche Urteile.

Silberne Rentiere konnte sie schließlich überall fertigen. Schon im Frühjahr zogen Heiner und sie zusammen, kauften sich in Gävle ein kleines Haus, und Birgitta nahm aus ihrer Wohnung am Yraftsee nur die Standuhr ihres Großvaters mit. Die Ehe bekam ihr. Zu den Rentieren gesellten sich silberne Sonnen, die sie mit großem Geschick fertigte. Heiner lehrte sie zu kalkulieren, und bald konnte sie sich vor Aufträgen kaum retten. Wo sie nun schon im Süden Schwedens lebten, würde es kaum einen Unterschied machen, wenn sie sich für ein Jahr im Norden Deutschlands niederlassen würden, schlug er ihr eines Tages vor. Es sei schon lange sein Wunsch gewesen, ihr seine Heimat zu zeigen. Er könne eine Auszeit nehmen, ein *sabbatical*, wie er ihr amerikanisch-energisch erklärte. Geld sei doch genug vorhanden und wie sie schon gesagt habe: Rentiere könne sie überall herstellen. Birgitta bestand auf der versprochenen zeitlichen Begrenzung und folgte ihm mit ungutem Gefühl.

Auf Pellworm aber, das schon fast so viele Sturmfluten erlebt hatte, wie es an Einwohnern zählte, ging zunächst alles gut. Birgitta genoss die raue Landschaft, die Strandspaziergänge und die langen gemeinsamen Gespräche. Bis sich ihr Mann mit dem Rungholt-Virus infizierte! Rungholt, eine im 14. Jahrhundert untergegangene Siedlung, sie war archäologisch eher unbedeutend und keinesfalls das Atlantis vor Friesland gewesen, aber Heiner ließ sich nicht davon abhalten, jeden Tag aufs Neue nach Zeugnissen des mittelalterlichen Kirchspiels zu graben. In Gummistiefeln, die ihm bis zum Brustkorb reichten, suchte er im Watt nach Scherben oder anderen Spuren der Vorfahren.

Birgittas Eltern, die sich ein eigenes Bild von der Ehe ihrer Tochter machen wollten, reisten auf die kleine Insel und zeigten während ihres Aufenthalts ungewohnte Familienharmonie. Beim Abschied kommentierte ihr Vater das Verhalten Heiners hinter vorgehaltener Hand mit den Worten, was denn aus Europa werden solle, wenn schon die Deutschen nicht mehr arbeiten wollten.

Das Sabbatjahr ging zu Ende, und der Scherbenberg vor ihrem Haus wuchs wie ein Mahnmal ihrer dritten gescheiterten Ehe. Als Heiner den Vorschlag machte, ein Museum zu bauen, und sie um Geld dafür bat, stellte sie sich quer. Wen er mit dieser Idee beeindrucken wolle, hielt sie ihm entgegen, und dass er doch versprochen habe, wieder mit ihr nach Schweden und in seine Firma zurückzukehren. Die Streitphasen wechselten mit tagelangem Schweigen ab, und, als wären sie in einen Wettbewerb eingestiegen, siegte irgendwann die Stille. Nur einmal noch glaubte Birgitta an die Chance eines Neubeginns. Sie spürte die Hoffnung in sich, wie einen zweiten Herzschlag. Deutlich war er zu hören gewesen, als Heiner, statt versteinerter Fundstücke, eine Geschichte aus dem Watt mitbrachte und zu erzählen begann:

Was er berichten wolle, habe sich im 20. Jahrhundert zugetragen und betreffe ihre Gemeinde, wenn auch nicht Pellworm selbst. Abgespielt habe sich die Sache nämlich auf der zu Pellworm gehörigen Hallig Südfall. Es wurde, fuhr er fort, schon lange vermutet, dass an Stelle der heutigen Hallig einst der Hafen jenes legendären Ortes Rungholt lag.

»Das ganze Land drum herum ist nicht viel größer als ein Rettungsring. Na ja«, lächelte Heiner, »wenn man das an der Größe des Nordatlantiks misst.«

Mehrmals betonte er den Wahrheitsgehalt seiner Geschichte, als wolle er damit seine Sammelleidenschaft und die eigenen Funde aufwerten.

»Eine Gräfin namens Diana Adelaide Charlotte von Reventlow-Criminil erwarb im Jahre 1910 die Hallig Südfall«, hob er die einzelnen Namen hervor, als verrieten sie bereits, was er ihr erst erzählen wollte.

»Zuvor lebte sie längere Zeit am dänischen Königshof, war dann weit gereist und hatte, eigensinnig, wie sie war, alle Heiratsangebote zurückgewiesen. Gleich nach ihrer Ankunft ließ sie das alte Halligaus auf der Warft abreißen und eine Villa für sich und ihr Personal sowie Ställe für die Tiere bauen. Wichtiger als die Menschen, so wird erzählt, sind ihr die Tiere gewesen. Sie brachte ihnen eine große Zuneigung entgegen. Während einer Sturmflut soll sie, schon über siebzig Jahre alt, die ganze Nacht bis zur Hüfte im Wasser im Stall gestanden sein, um die Pferde zu beruhigen.«
Eine Figur wie aus ›Stolz und Vorurteil‹, so müsse sie sich die Gräfin denken.
»Groß, schlank und unnahbar. Für die Welt verloren, sagen wir zu so jemandem auf Pellworm. In einer Hochsommernacht im späten Kriegsjahr 1943 trat Diana von Reventlow, damals vierundachtzig Jahre alt, vor die Haustür, weil sie eine Melodie zu hören glaubte. Kurz zuvor war ein Flugzeuggeschwader über die Hallig gedonnert, dem sie, so wird berichtet, wie immer wütend die Faust gezeigt hatte. Das nationalsozialistische Regime nannte sie offen die *braune Bagage*, aber weil das nur von ihren Bediensteten und den Pferden gehört werden konnte, entging sie jeder Bestrafung.
Sie vernahm jetzt deutlich den Klang einer Flöte und machte sich auf den Weg ins Gezeitenmeer. Der Schlick war weich, die Priele füllten sich schon, doch sie kannte sich aus und wusste die Gefahren einzuschätzen. Noch war Zeit.
Weit draußen auf einer Sandbank, im einstigen Rungholter Gebiet, hockten in der Regel Seevögel in großen

Scharen, doch an diesem Abend war weder ihr Geschrei zu hören, noch die aufgeregten Flugbewegungen auszumachen. Dort wollte sie hin. Von Reventlow ging, so zügig es ihr möglich war, doch auf den Stock gestützt, musste sie immer wieder eine Pause einlegen. Das Flötenspiel kam von einem Menschen, der in Gefahr war, erkannte sie und kehrte, obwohl sich die Flut bereits drohend ankündigte, nicht um.

Sie sollte recht behalten. Auf der Sandbank fand sie einen Soldaten, der auf dem Rand eines alten Sodbrunnens saß. Sein Instrument, eine Okarina aus Ton, lag in seinem Schoß. Die Gräfin herrschte ihn an, befahl ihm, ihr zu folgen, sie beide wären in höchster Lebensgefahr, alles Weitere könne auf der Hallig besprochen werden, und der Soldat folgte ihr, ohne zu widersprechen. Glücklich am Haus angekommen, gab er sich als Engländer zu erkennen, dessen Maschine von einer deutschen Jagdstaffel abgeschossen worden war. Während sein Kamerad ums Leben kam, hatte er sich mit einem Schlauchboot retten können und war auf vermeintlich festem Boden gestrandet. So habe er es eingeschätzt, da er im Mondlicht auf der Sandbank Siedlungsreste vorgefunden hätte und sich deshalb vor der Flut in Sicherheit wähnte. Erschöpft habe er sich auf dem Brunnenrand niedergelassen und genau dort auch die Flöte gefunden.

Diana von Reventlow wies ihm eine Kammer zu und warnte ihn davor, sich tags auf der Hallig zu zeigen. Sie machte ihm klar, dass sie nicht vorhatte, ihn auszuliefern. Während die Gräfin ihrer täglichen Routine nachging – ein Bad im Salzwasser zu nehmen, das ihr der Kutscher aus dem Meer holen musste, gehörte ebenso dazu wie ein Spaziergang mit den Hunden durchs Watt –, verbarg sich der Soldat tagsüber im Haus. Er durfte sich aus der Bibliothek bedienen, die auch mit englisch- und französischsprachiger Literatur bestückt war. Nachts wanderte er über die Hallig und war – die Gräfin schwor, das an diesem Tag gespürt zu haben – eines Morgens verschwunden. Es stellte sich heraus, dass er bei Niedrigwasser die Insel Pellworm erreichen wollte, um sich von dort irgendwie nach England durchzuschlagen. Ein Zettel, der diese Mitteilung enthielt, fand sich auf einer Anrichte neben der Okarina, die heute im Südfaller Museum liegt.«

»Was ist mit ihm geschehen?«, wollte Birgitta wissen, aber Heiner schüttelte den Kopf. Darüber wisse niemand etwas.

»Ich hätte an ihrer Stelle nach ihm gesucht«, sagte sie mehr zu sich als zu ihm.

»Nicht zu dieser Zeit«, antwortete ihr Heiner, »vergiss nicht, es herrschte Krieg. Wie sollte sie vorgehen, ohne sich in Gefahr zu bringen?«

»Aber danach wäre eine Suche doch möglich gewesen!« Birgitta war aufgestanden, auf Heiner zugegangen und hatte ihn umarmt.

»Lass uns beide nach dem Soldaten suchen. Ich helfe dir dabei!«

Heiner aber hatte sich aus der Umarmung befreit und war ans Fenster getreten.

»Dafür ist es zu spät, Birgitta. In jeder Hinsicht.«

***

Birgitta empfing Claudia vor Roberts Wohnung mit einem sorgenvollen Blick, zeigte sich aber beruhigt, als sie bemerkte, dass Claudia die Begehung gut verkraftet hatte. Sie hatte die Standheizung auf höchste Stufe gestellt, war dann aber ausgestiegen, um Claudia entgegenzugehen und in den Arm zu nehmen. Sie schlug vor, zu Fuß ins Zentrum zu gehen.

Claudia musste sich auf den Weg konzentrieren und stellte erstaunt fest, dass ihre Begleiterin gut und sicher auf den verschneiten Gehwegen vorankam.

»Das Gespür für Schnee bekommen wir als Kinder, das kann man später nicht mehr lernen. Meine Schuhsohlen haben Schnee-Augen«, sagte Birgitta lachend und steckte Claudia mit ihrer Fröhlichkeit an.

Es war Mittag geworden, sie hatten sich entschieden, ins Mathörnan in der Drottninggatan einzukehren. Das Restaurant war gut besucht, und sie fanden nur mit Glück einen Platz. Aber kaum dass sie sich gesetzt hatte, schlug Claudia vor, das Lokal zu wechseln. Hier befänden sich zu viele Kollegen von Robert, sagte sie und deutete auf die Winterjacken mit aufgenähtem Firmen-Logo, die über den Stühlen hingen. Sie habe außerdem den Eindruck, dass über sie getuschelt würde, und fühle sich taxiert. Birgitta tat das mit einer Handbewegung ab:

»Ach was, Frauen sind hier selten zu sehen, das macht die Männer neugierig, und sie haben sonst keinen anderen Gesprächsstoff als Autos und Testergebnisse.«

Claudia willigte widerstrebend ein, im Lokal zu bleiben, insgeheim aber bewunderte sie Birgitta für ihr Selbstbewusstsein. Nichts schien sie zu erschüttern, und mit ihrer Ausgeglichenheit befreite sie ihr Gegenüber immer wieder von Anspannung und Stress. Egal, ob sie selbst es war, Loose, Hausmeister Møller oder Kommissar Kostkola. Wenn Birgitta mit einem Wort zu beschreiben war, dann mit dem Begriff *souverän*. Claudia wohnte seit neun Tagen in dem kleinen Zimmer mit den weißen Möbeln, und wie von selbst waren Birgitta und sie ein eingespieltes Team geworden. Ihre Privatsphäre hatte sie auf das Kaminzimmer des gelben Hauses ausdehnen können, in dem sie gemeinsam lasen, Musik hörten oder sich unterhielten. Doch der Tag der Abreise rückte näher und wurde mehr und mehr zu einem dunklen und beherrschenden Gedanken, der sich wie ein Schatten auf ihre Beziehung legte. Manchmal schaute Birgitta unvermittelt auf. Und Claudia erwiderte dann den ernsten Gesichtsausdruck. Solche Momente verstrichen ebenso lautlos, wie sie gekommen waren, nur einmal hatte es Birgitta nicht dabei belassen, war aufgestanden und hatte sich zu ihr gesetzt.

»Mir ist durchaus bewusst, dass die ganze Situation für dich unerträglich sein muss und dass es kaum einen Trost geben kann. Aber wenn du wieder von hier fortgehst, werden ich und alles das hier«, dabei beschrieben ihre Arme einen großen Bogen, »trotzdem immer für dich da sein.« Birgitta legte eine Pause ein und hatte dann etwas gesagt, dass Claudia so erschütterte, dass sie weinen musste.

»Das einzige Heilmittel gegen die Unsicherheit des Schicksals, gegen die chaotische Ungewissheit der Zukunft, ist die Fähigkeit, Versprechen zu geben und zu halten.« Daran dachte Claudia, kurz bevor das Essen serviert wurde.

Sie trennten sich in der Einkaufsmeile, wie Birgitta die wenigen Läden Arjeplogs großzügig nannte. Claudia gab vor, sich um Mitbringsel zu kümmern, und Birgitta wollte Zutaten für das Essen am Abend besorgen, zu dem sie ihre Brüder erwartete. »Norrländer kauen Rentiersteak und verschlingen Heringe!«, sagte sie so gespielt ernst, dass Claudia wieder einmal lachen musste.
Beides finde sich in ihrer Gefriertruhe, und so ginge es lediglich darum, Gemüse und Salat zu kaufen. Männern fehle etwas beim Essen, wenn sie die Ballaststoffe nicht an den Tellerrand schieben könnten.

Claudia suchte nach einem passenden Abschiedsgeschenk für Birgitta und wurde in einem kleinen Dekorladen fündig. Ihr gefiel eine zartweiße Kaschmirdecke, und sie bat darum, sie als Geschenk einzupacken. Für einen kurzen Moment überlegte sie, auch ihren Söhnen etwas mitzubringen, fand die Idee angesichts der Umstände dann aber unpassend. Obwohl sie bereits bezahlt hatte, blieb sie im Laden und genoss die vielen Farben, die einen wunderbaren Kontrast zur weißen Landschaft bildeten. Auch am nordischen Design, das klar, funktional und schnörkellos war, konnte sie sich kaum sattsehen. In einer kleinen Nische entdeckte sie Schreibwaren und fand in den Auslagen auch das Briefpapier, das in Roberts Wohnung gelegen hatte. Nachdem sie den ausgewiesenen Preis in die eigene Währung umgerechnet hatte, verließ sie das Geschäft, das sie für kurze Zeit in eine so wunderbare Stimmung versetzt hatte, und lehnte ihre Stirn gegen das Schaufenster. Niemals würde Robert grundlos so viel Geld ausgeben,

dachte sie, und sie hatte plötzlich panische Angst davor, den wahren Anlass für diese teure Investition zu erfahren.
Einen Augenblick später stand die Verkäuferin da, nahm sie am Arm und führte sie in den Laden zurück. Sie hieß Claudia auf einer blauen Holzbank, deren Dekoration sie schnell entfernt hatte, Platz zu nehmen, und brachte ihr ein Glas Wasser.
»Geht es wieder?«, fragte sie auf Schwedisch.
Claudia nickte und war überrascht, dass ihre Bemühungen, Schwedisch zu lernen, offenbar nicht ganz umsonst waren. Sie hatte die Frage verstanden. Ich hätte allerdings besser mein Englisch aufpoliert, dachte sie völlig unmotiviert und bedankte sich verwirrt bei der freundlichen Dame. Noch etwas unsicher, machte sie sich zum Silbermuseum auf, wo sie sich verabredet hatten. Birgitta wartete schon und war erschrocken, als sie in das bleiche Gesicht Claudias sah, die ihr sofort von der teuren Briefkassette berichtete.
»Die Frauen misstrauen den Männern im Allgemeinen zu sehr und im Besonderen zu wenig, behauptet Flaubert, und wir werden abwarten müssen, was von beidem bei Robert zutrifft. Jetzt machen wir uns auf den Heimweg, du bitte ein wenig vorsichtiger als ich. Und denke daran: Wenn der Schnee fort wäre, würdest du den festen Boden unter dir spüren. Er ist immer da, genau unter dir, und es ist nur eine Frage der Zeit, bis er sich dir wieder offenbart.«
Claudia machte gute Miene zum bösen Spiel. Sie war weder in der Stimmung, Zitate gut zu finden, noch Birgittas

Belehrungen anzunehmen. Schweigend lief sie neben, manchmal auch hinter Birgitta her. Im Haus angekommen, zog sie sich wortlos in ihr Zimmer zurück und hörte, wie ihre Gastgeberin allein in der Küche rumorte. Sie ließ ein wenig Zeit verstreichen und lief dann reumütig die Treppe hinunter. Aber Birgitta hatte die Küche verlassen, und im Haus herrschte vollkommene Ruhe. Als Claudia sie zu suchen begann, roch sie den angenehmen Duft von Tannennadeln. Birgitta musste die Sauna in Betrieb genommen haben.

***

Birgitta war sechsunddreißig Jahre alt, als ihre dritte Ehe geschieden wurde. Ihr Mann konnte keine finanziellen Ansprüche geltend machen, dafür hatten die Familienjuristen dieses Mal mit einem Ehevertrag gesorgt. Sie überließ ihm das Haus dennoch und nahm, außer der Standuhr und ihrem Werkzeug, nichts mit nach Arjeplog zurück, wo sie erneut das Gästehaus bezog. Zu ihrem großen Erstaunen empfing sie ihre Familie mit offenen Armen, geradeso, als hätten sie auf ihr Eintreffen gewartet. Dabei dachte Birgitta, kaum dass sie angekommen war, daran, bald wieder abzureisen.
Sie hatte es nicht sofort bemerkt, aber Mutter kam ihr bei der Begrüßung verändert vor. Als sie ihren jüngsten Bruder darauf ansprach, schüttelte er den Kopf und bat sie, mit ihm zu kommen. Es habe vor wenigen Monaten angefangen, berichtete er, und Mutters Zustand hätte sich seitdem rasch verschlechtert.

»Vermutlich handelt es sich um eine Erkrankung des Gehirns, bis heute kann ihr kein Arzt helfen. Bitte, halt dich zurück, Vater hat es schwer genug. Mutter kann nicht mehr allein gelassen werden, an manchen Tagen erkennt sie sogar die eigene Familie nicht, und das Schlimmste ist, sie hat vor jedem Mann Angst. Es gibt Tage, da weint und schreit sie wie ein kleines Kind, kaum dass einer von uns ihr Zimmer betritt. Rein körperlich geht es ihr gut, sie isst mehr als je zuvor. Allerdings nicht mit uns gemeinsam, wir haben ihr Verhalten nicht länger ertragen ...«

Nein, darüber könne er nicht sprechen, ohne sich zu schämen. Mutter sei verschwunden, einfach fortgegangen und habe, wie zum Hohn, ihre körperliche Hülle dagelassen. Er war nicht zu bewegen, ihr mehr zu erzählen. Sie solle sich an Ingrid wenden, die Mutter betreuen würde.

Als Birgitta das Zimmer betrat, erschrak sie zutiefst. Früher ein Boudoir, lagen Puppen, Teddybären und andere Stofftiere überall auf dem Boden, im Bett und auf dem Schminktisch verstreut. Dazwischen saß ihre Mutter und mühte sich damit ab, einer Puppe die Kleider vom Leib zu zerren. Birgitta hielt den Atem an, versuchte sich aus dem Zimmer zu stehlen, doch die Stimme ihrer Mutter hielt sie zurück.

»Wir wollten spielen, hast du das denn schon wieder vergessen?«

Birgitta machte kehrt, näherte sich fast schüchtern, half, die Puppe auszuziehen, sie wieder anzukleiden, sie zu füttern und in den Schlaf zu singen. Dann hob sie alles auf, was ihre Mutter in einem plötzlichen Wutanfall auf den Boden geschleudert hatte, sprach beruhigend auf die

Kranke ein, wartete, bis sie eingeschlafen war, und ging dann ins Gästehaus, wo sie weinte, bis ihr vor Müdigkeit die Augen zufielen.

Es gibt keine größere Kluft als die zwischen Kranken und Gesunden.

Mit diesem Gedanken löschte Birgitta das Licht und fiel in einen traumlosen Schlaf.

Die Spielstunde wiederholte sich an jedem Nachmittag. War das Wetter schön, gingen sie danach spazieren, aber weil sich ihre Mutter vor allem fürchtete, was ihr begegnete, unterließen sie es mit der Zeit. Die größte Angst aber zeigte sich, wenn Birgittas Vater auftrat. Er musste sich ganz und gar von seiner Frau fernhalten. Ingrid erklärte, sie erlebe diese Ängste bei senilen Menschen oft, allerdings, fügte sie einschränkend hinzu, meist nur dann, wenn die Patienten von dem Angehörigen geschlagen würden.

»Es gibt natürlich auch andere, weit in die Kindheit zurückreichende Gründe. Herr Wilhelmsson ist doch ein feiner Mann, er würde seiner Frau niemals etwas antun. Und überhaupt, sie ist ja trotz allem seine Frau ... In guten wie in schlechten Tagen.«

Sie sagte es und sah Birgitta lange dabei an. Noch am gleichen Abend stellte sie ihren Vater zur Rede.

Ihm sei in der Nacht, als Großvater Johan starb, einmal, und wirklich nur dieses eine Mal, die Hand ausgerutscht. Da sei Mutter so hysterisch gewesen, dass er sich nicht mehr anders zu helfen gewusst hätte. Er habe versucht, sie zu beruhigen, mit dem natürlichen Lauf des Lebens argumentiert, ihr schließlich vorgeworfen, den Vater mehr zu lieben als den eigenen Mann. Mit einem Messer sei sie auf ihn losgegangen, was hätte er da machen können. Er weinte, schlug die Hände vors Gesicht, und nass, wie sie waren, küsste Birgitta sie. Es wurde ein stummer Pakt. Niemals hatte sie ihren Brüdern davon erzählt, auch keinem anderen Menschen.

Ihre Mutter starb am Abend des Mittsommerfestes. Die Tage zuvor hatte sie ungewöhnlich friedlich mit ihren Puppen im Bett gesessen, damit beschäftigt, ihnen Ketten, Armbänder und Ringe umzuhängen. Irgendwie war es ihr gelungen, an den Cartier-Schmuck in der Vitrine zu kommen. Lächelnd lag sie in den Kissen, wenngleich eine Hand zur Faust geballt war. Als sie geöffnet wurde, fand sich in ihr das silberne Rentier, das Birgitta vor langer Zeit für ihre Eltern gefertigt hatte. Birgitta brach darüber in Tränen aus, weinte über sich und die verlorene Zeit. Darauf, dass die Mutter ihre Existenz, vielleicht auch nur ihre Arbeit, wertschätzen würde, darauf hatte sie in all den Jahren vergeblich gehofft.

Sie verbrachte einen ganzen Tag am Sarg der Mutter und war ihr näher, als sie es jemals zu ihren Lebzeiten gewesen war. Die Puppen und das kleine silberne Rentier wurden mit zu ihr ins Grab gelegt.

Wochen später zog Birgitta im Haupthaus ein. Die Mora-Standuhr fand ihren ursprünglichen Platz in den Räumen der Großeltern und nahm mit ihrem runden Kopf, dem dicken Bauch und dem weißen Ziffernblatt ihre Aufgabe wie früher gewissenhaft wahr. Birgitta kümmerte sich fortan um die häuslichen Angelegenheiten, was ihr zum eigenen Erstaunen Freude bereitete. Johan Anders jr. neckte sie damit, dass sie endlich zum Jantelagen, zur schwedischen Seele, zurückgefunden habe. Birgitta nahm es gelassen hin. Ihr Bruder schien nach einem halbjährigen Amerikaaufenthalt nahezu besessen von der selbstgewählten Aufgabe zu sein, alle in einen schwedisch-soziologischen Kontext zu stellen. Er sprach ohne Unterlass vom Gesetz des Jante, gegen das Birgitta in seinen Augen bislang erfolgreich verstoßen hatte. Du sollst nicht glauben, dass du mehr weißt als wir! Gerade die fünfte Weisung rieb er ihr oft augenzwinkernd unter die Nase. Irgendetwas oder irgendwer musste in Amerika sein liberales Bewusstsein mit blau-gelben Scheuklappen versehen haben. Vielleicht war es auch etwas anderes, das er zu verbergen suchte. Birgitta kam nur nicht dahinter, um was es sich dabei handeln könnte. Am vierten Mittsommerfest nach dem Tod der Mutter lernte sie seinen besten Freund kennen, einen Stockholmer Anwalt, verliebte sich in ihn und heiratete bald darauf zum vierten Mal. Als ihr Ehemann noch im selben Jahr in einer von ihm selbst gesteuerten Beechcraft Bonanza über den Wäldern Dalarnas abstürzte, machte er sie im gleichen Augenblick zur Witwe und Vollwaisen. Auch ihr Vater war einer der Passagiere gewesen. Sie ließ das Haus umbauen, Wände herausreißen, und erst Jahre später erzählte ihr Johan Anders jr. von der Ménage-à-trois, zu der er und sein Freund sie missbraucht hatten. Birgittas vierter Mann sei seine große Liebe gewesen, und um ihn in der Nähe haben zu können, hätte er ihn überredet, die Ehe mit ihr einzugehen.

***

Das gelbe Haus lud immer wieder zu Entdeckungen ein. Die gute Stube, wie Birgitta sie nannte, bestach mit antikem Mobiliar, das Schloss Gripsholm alle Ehre gemacht hätte. Zwischen den Fenstern fanden sich im Wechsel mit einer gefassten, dreisitzigen Sofa-Bank halbrunde Glasvitrinen, auf denen silberne Kerzenhalter standen. Etwas nach innen gerückt, ragten zwei hellgraue Kommoden, deren Schubladen einzeln verschließbar waren, in den Raum. Ihre Vorderfront war kanneliert und mit schwedischem Band verziert. An sie schlossen sich weiß-in-weiß gestreifte Sofas an. Vor jeder Sitzgelegenheit wartete das passende Tischchen darauf, die abgestellten Champagnergläser zu tragen. Am augenfälligsten aber war ein über zwei Meter hoher, handbemalter Kaminofen, der dem Ganzen eine besondere Note verlieh. Auch im Esszimmer, das sich ans Wohnzimmer anschloss und durch das Öffnen einer zweiflügligen Tür erreicht werden konnte, setzte sich die gediegene Möblierung fort. Ein Holztisch aus Nussbaum stand mitten im Raum, um ihn herum acht weiße, aufwendig gepolsterte Stühle. Sie hoben die Schwere des Tisches elegant auf. Auch hier gab es, allerdings in einem feinen Hellbeige, einen hohen Kaminofen. Die Böden und Decken des Raumes waren aus weiß lasiertem Holz, so dass die Wohnung freundlich wirkte. Im seitlich liegenden Arbeitszimmer befand sich die Fachbibliothek. Hunderte von juristischen Bänden reihten sich in den eingelassenen und mit Glastüren geschützten Regalen. Ein riesiger, schwarzbrauner Schreibtisch machte den Raum düster und ernst. Küche, Wirtschafts- und Vorratsraum sowie eine Gästetoilette komplettierten das Erdgeschoss.

Im ersten Stock gab es sechs fast gleich große Schlafräume sowie drei Badezimmer. Eine große Holztreppe führte nach ganz oben, wo sich die Zimmer der Bediensteten befunden hatten und nun Claudia untergebracht war, bis hinunter in den Keller. Außer dem Kleiderraum und einem großen Vorratskeller gab es dort den sogenannten Waschraum und die Sauna mit Ruheraum.
Als Claudia den Saunabereich betrat, sah sie, dass an einer Hakenleiste zu großen Büscheln zusammengefügte Birkenzweige und eine Armada weißer Bademäntel hingen. Eine noch größere Anzahl Handtücher lag ordentlich gestapelt in einem Holzregal. Birgitta legte Badetücher aus, und als Claudia sich für ihr vorheriges Verhalten entschuldigen wollte, schüttelte sie nur den Kopf und meinte, ihre Brüder wollten vor dem Essen in die Sauna, also hätten Møllers die notwendigen Vorbereitungen getroffen. Wenn sie auch dazu Lust ... Aber Claudia verzichtete dankend.

Gegen 18 Uhr fuhren die Herren Wilhelmsson vor und verschwanden nach einer kurzen Begrüßung gleich im Untergeschoss. Unterdessen kümmerten sich die beiden Frauen um das Essen. Sie bereiteten Gemüse, Brot und die Salate vor. Da Fleisch und Fisch auf dem Grill landen würden, waren sie in kurzer Zeit mit allem fertig. Møller hatte im offenen Kamin Feuer gemacht und den Korb mit Holzscheiten aufgefüllt. Der Tisch im Esszimmer wurde von seiner Frau gedeckt, die sich viel Mühe mit der Gestaltung der Tischdekoration gab. Jedes Glas wurde, ebenso wie das Silberbesteck, nachpoliert, und vierarmige Kerzenleuchter schmückten neben winterlichen Blumensträußchen die

Tafel. Birgitta und das Ehepaar Møller waren offensichtlich sehr miteinander vertraut, Claudia bekam gar nicht mit, wann und wie die Anweisungen erfolgten. Irgendwann waren Møllers aus dem Haus, ohne dass Claudia ihr Gehen wahrgenommen hatte.

Bis der Saunagang vorüber war, setzten sich die Frauen vor das Fenster zur Terrasse. Birgitta zeigte auf den Garten, in dem jetzt ein großer Holzbottich stand. Eine dreistufige Klappleiter lehnte am Rand, und im Licht der Außenbeleuchtung waren im Schnee tiefe Fußspuren zu sehen. Nach geraumer Weile rannte eine erste nackte Gestalt auf das Gefäß zu. Das Eintauchen in das eiskalte Nass wurde von einem lauten Aufschrei begleitet. Und viel schneller, als er gekommen war, trat der Taucher den Rückweg an. Er winkte den beiden Frauen zu, die in dem hell erleuchteten Kaminzimmer offenbar gut zu sehen waren. Beide hatten die Szene verfolgt, ohne dass sie sie kommentiert hätten, und erwiderten lachend den Gruß. Als nach und nach auch die anderen ihren Tauchgang absolviert hatten und der ganze Spuk vorüber war, sagte Birgitta wehmütig:

»Schade, dass keiner meiner Brüder geheiratet oder wenigstens für Nachwuchs gesorgt hat. Sie hätten meinen Eltern schöne Enkelkinder geschenkt, prachtvolle Männer, wie sie es sind. Wirklich schade«, fügte sie nach einem tiefen Seufzer hinzu und stand auf, um den Grill anzuheizen.

Claudia nahm wie selbstverständlich am Familienessen teil, obwohl sie sich viel lieber in ihr Zimmer zurückgezogen hätte. Aber gegen den Charme der vier Herren alter

Schule hatte sie keine Chance. Carl Gustav war mit zweiundachtzig Jahren der Älteste, die Zwillinge Jacob Edvin und Linus Oscar hatten im letzten Monat ihren achtzigsten Geburtstag gefeiert, und Johan Anders jr. war ein Jahr älter als Birgitta, die bald stolze fünfundsiebzig erreichen würde. Dennoch war die Seniorenrunde in vielerlei Hinsicht jung geblieben, und die Gesichter verrieten, dass gern und viel gelacht wurde. Die Männer führten das Wort, gaben Anekdoten zum Besten, die vornehmlich aus Gerichtssälen stammten, plauderten aber auch über Jugendstreiche, und jeder überbot den Nächsten mit seinen Räuberpistolen. Da die Brüder jeweils nach dem Jurastudium bei einem befreundeten Reeder in Hamburg gearbeitet hatten, beherrschten sie die deutsche Sprache nahezu so perfekt wie Birgitta, und Claudia erfuhr, dass sie viele Schleswig-Holsteiner zu ihren Klienten zählten und vor allem in Immobilien-Angelegenheiten berieten.
Später wechselte die Gesellschaft ins Wohnzimmer, um dort Kaffee und Digestif zu genießen, wobei es nicht bei einem Schnaps blieb, bevor man zum Rotwein überging. Der Platzwechsel hatte den heiteren Schwung der Runde anfangs ein wenig gedämpft, und Claudia machte erneut den Versuch, sich zurückzuziehen, aber Carl Gustav bat sie nachdrücklich darum, zu bleiben. Er sagte es, während die anderen das Kaffeegeschirr in die Küche trugen und die Chairs an den Kamin rückten.
Als alle wieder saßen, redete man zunächst über die wirtschaftliche Lage Arjeplogs. Die Klimaerwärmung werde zu einem ernsten Problem für ihr Städtchen und beträfe unmittelbar die ganze Gegend. Denn käme es dazu, konnten

die Seen aufgrund fehlender Eisdicke von den Testfahrzeugen nicht mehr befahren werden. Angesichts der steigenden Temperaturen sei dies ein durchaus mögliches Szenario und würde für die Region den wirtschaftlichen Niedergang bedeuten.

»Die Automobilindustrie setzt hier pro Jahr 450 Millionen Kronen um, das ist viel Geld für unsere Region. Fast jeder dritte Einwohner hängt direkt oder indirekt an diesem Tropf. Uns allen macht das große Sorgen.«

Carl Gustav hatte sich direkt an Claudia gewandt und auch die anderen Augenpaare richteten sich auf sie, als erwartete man von ihr eine Lösung, wie die Eisschmelze aufzuhalten sei. Die Zwillinge nahmen das Gesagte auf und machten unisono die Amerikaner für die Klimakatastrophe verantwortlich. Bald setzten sie China, ja den gesamten asiatischen Raum, und in deren Schlepptau Europa, in ein dem Untergang geweihtes Boot. Birgitta folgte der Analyse desinteressiert und zeigte mit ihrer Körperhaltung, dass sie des Themas überdrüssig war. Vergeblich suchte sie nach einer Möglichkeit, das Gespräch in ein anderes Fahrwasser zu lenken. Aber die Herren gaben nicht so schnell auf, die Welt kaputtzureden. Von der Erderwärmung zur Globalisierung, von der Vernichtung kultureller Identitäten bis zum Anstieg der Kriminalität, das gesamte Katastrophenpaket wurde im Zeitraffer geschnürt. Der Erdball drohte sich vor Claudias Augen noch in dieser Nacht selbst aus der Umlaufbahn zu katapultieren und in einem Schwarzen Loch zu verschwinden. Sie versank immer tiefer in ihrem Sessel und hörte kaum mehr zu.

»... schon deshalb«, erhob Carl Gustav seine Stimme,

»sollten wir uns endlich über die Stiftung einig werden, dieses ewige Zaudern geht mir auf ... geht einfach zu langsam. Schließlich sind wir alle«, und dabei wanderte sein Blick von Bruder zu Bruder bis hin zur Schwester, »keine zwanzig mehr!«
Er sprach Claudia nun direkt an.
»Vereinfacht gesagt, geht es darum, unser Erbe sinnvoll einzusetzen. Ich meine, für die Zukunft unserer Heimatgemeinde, nicht für die der gesamten Menschheit«, fügte er lächelnd hinzu. »Ich bin dafür, in Arjeplog eine private Universität zu gründen, die drei anderen präferieren den Bau eines High-Tech-Zentrums.«
»Die Norrland-Silicon-Valley-Company«, spottete Birgitta, aber er ließ sich davon nicht aus der Ruhe bringen.
»Arjeplog hat bereits günstige Voraussetzungen dafür! Und die Einwohner haben gezeigt, dass sie bereit sind, sich jeder Herausforderung zu stellen. Infrastruktur, Engagement und Know-how dürfen doch nicht wieder in den Wäldern versumpfen!« Worauf er einen der Zwillinge ansah, der ihm beipflichtend zunickte.
»Unsere Schwester dagegen«, er beugte sich zu ihr und deutete einen Handkuss an, »denkt an eine Kunstmeile im weiteren Sinn. Mit angeschlossenen Verkaufsflächen zur Vermarktung des reichhaltigen Beeren- und Pilzangebots der Gegend. Um dem Kind einen Namen zu geben, an so etwas wie eine Einkaufs- und Vermarktungsgenossenschaft für Lebensmittel und Kunst.«
»Alles Folklore«, warf Carl Gustav ein, »bei den strukturellen Gegebenheiten der Region kann das nicht funktionieren! Norrbotten besitzt sechzig Prozent der Landfläche

und nur dreizehn Prozent der Gesamtbevölkerung unseres schönen Landes. Keiner fährt für zwei Gläser Marmelade oder einen handgeschnitzten Elch stundenlang durch die Gegend. Bei den Benzinpreisen!«

»Und meine Idee vom sanften Tourismus wurde gleich verworfen«, beklagte sich nun Birgitta bei Claudia, »dabei wäre unser Landstrich für Familienferien prädestiniert. Oder mein Vorschlag, Sportstätten von internationalem Rang zu schaffen. Die Russen haben das mit Khanti Mansiysk schließlich selbst im hintersten Ural geschafft. Lasst uns doch wenigstens über ein Langlaufparadies der Superlative sprechen, von einer Fläche mit weit über tausend Kilometer gespurter Loipen ...«

»Ja, was glaubst du denn«, unterbrach sie Carl Gustav, »werden die Naturschützer sagen, wenn in deinem Paradies ein Rentierjunges in seiner physischen oder gar psychischen Entwicklung gestört wird? Dann kannst du deine Loipen mit Sand zuschütten!«

Claudia lachte auf, und nach kurzem Zögern stimmten alle mit ein. Die Gläser wurden gehoben, und Carl Gustav nutzte die Gelegenheit, einen Trinkspruch anzustimmen: »Was dem Schwarm nichts nützt, nützt auch der einzelnen Biene nicht.«

»Marc Aurel«, riefen die Zwillinge im Duett.

»Wer sonst!«, lästerte Birgitta, und Carl Gustav fuhr fort, das Thema Stiftung würde für heute ad acta gelegt, sie würden den nächsten Tag ja wohl noch erleben, zumal sie doch so reizende Gesellschaft hätten, und prostete Claudia zu.

Die hatte der Unterhaltung inzwischen wieder mehr Aufmerksamkeit gewidmet. Birgitta und ihre Brüder, so unterschiedlich sie auch waren, verstanden sich offenbar auf einer höheren Ebene. Ihr tat das einfach gut und lenkte sie von den bohrenden Grübeleien ab. Die Geschwister neckten sich ständig, aber nie ging einer so weit, den anderen zu verletzen. Kurz vor Mitternacht servierte Birgitta eine Kartoffelsuppe, und gleich wurde auf die Spezialität und Frau Møller angestoßen, die sie so herrlich zubereitet hatte. Danach zog sich Carl Gustav zurück, es folgte Birgitta, und irgendwann bemerkte Claudia, die mit Johan Anders jr. kontrovers über das Gesetz des Jante diskutierte, dass auch die Zwillinge das Zimmer verlassen hatten. Da die Glut des Kamins über das Gespräch fast ausgegangen war, legte Johan Anders jr. Holz nach. Das aufflammende Feuer griff gierig nach den Birkenscheiten, und Claudia dachte, es schmatze vor Vergnügen. Die Nacht hatte eine Kälte mit sich gebracht, die selbst Wände durchdrang, und die Chairs waren ganz nahe an den Kamin gestellt worden. Johan Anders jr. legte ihr ein rotes Plaid über die Beine und setzte sich neben sie. Von ihren Brüdern ähnelte er Birgitta am meisten. Sie saßen eine Zeit lang schweigsam nebeneinander, schauten und hörten dem Feuer zu, das sich alle Mühe gab, großes Kino zu erzeugen.

»Ich denke eben daran«, begann Johan Anders jr. leise, als wollte er die Flammen nicht stören, »wie es in Ihnen ausschaut. Bitte entschuldigen Sie meine Frage, aber ich habe, als ich von Ihrer Geschichte erfuhr, viel über das Leiden nachgedacht, mein eigenes Schicksal gegen das Ihre gestellt. Der Schrecken Ihrer Ungewissheit steht gegen meine Gewissheit über den Tod eines geliebten Menschen und dem damit einhergehenden Verlust jeder Hoffnung.«

Johan Anders jr. hatte, wie die anderen auch, viel zu viel getrunken, und Lebensbeichten, die in diesem Zustand abgelegt wurden, führten meist nicht zur Absolution, doch Claudia ließ ihn gewähren.

»Hat dir Birgitta von mir erzählt?« Claudia schüttelte den Kopf, hielt aber ihre Verwunderung über das plötzliche Du zurück. Seine Geschichte sei schnell erzählt, die passe quasi in eine hohle Hand. Umständlich gestand er, homosexuell zu sein, benutzte dieses Wort jedoch nicht ein einziges Mal und drehte sich wie ein Kreisel immer um den Begriff herum. Als junger Mann sei ihm das noch gar nicht bewusst gewesen. »Mädchen und Frauen interessierten mich, und ich ging mit ihnen tanzen. Aber wenn es um körperliche Nähe ging, zog ich mich zurück, lernte lieber mit Schulfreunden, und da vor allem mit Wilhelm. Aber erst an der Universität begriff ich, dass meine Gefühle für ihn mehr als nur freundschaftlich waren. Als meine Phantasien eindeutig sexuelle Inhalte annahmen, war ich völlig verwirrt. Entsetzt kündigte ich ihm ohne Angabe von Gründen die Freundschaft. Wilhelm war tief verletzt, und ich fühlte mich doppelt schrecklich! Wir liefen uns ja ständig auf dem Campus, eigentlich an jedem Ort der Stadt, über den Weg. Dann sah ich ihn in Begleitung einer hübschen Studentin. Zuerst dachte ich an Mord, nein, an Doppelmord, dann an Suizid. Ich vernachlässigte mein Studium, was von meinen Brüdern mit Argusaugen beobachtet wurde. Einer nach dem anderen kam zu mir, und keiner zeigte Gnade. Der einzige Mensch, außer Wilhelm natürlich, den ich gern um mich gehabt hätte, wäre Birgitta gewesen. Doch die war ständig damit beschäftigt, sich zu verheiraten«, lachte er auf. »Ich hab es dann irgendwie gepackt und schloss mein Studium ab. Nicht so glänzend wie meine Brüder, aber immerhin! Dem Referendariat in Hamburg folgte ein Aufenthalt in den Staaten. Weit weg von zu Hause habe ich den Mut gefunden, zu meiner Veranlagung zu stehen. Heute ist das alles ja kein Problem mehr, aber damals, selbst im liberalen Schweden, war es wahrlich nicht einfach für mich, obwohl seit 1944 die Legalisierung gesetzlich festgeschrieben ist. Papier und Wirklichkeit! Ich hätte als Jurist einpacken können, wenn meine Neigung ans Licht gekommen wäre. Das gilt besonders für Norrland, wo sich Vorurteile länger halten als der Permafrost der arktischen Tundra.«

Johan Anders jr. stand auf, um neue Holzscheite nachzulegen und sich Wein einzuschenken. Dabei strich er Claudia mit einer liebevollen Geste über den Arm.

»Weil auch die anderen nicht ans Heiraten dachten, fiel ich nicht weiter auf, und an den Wochenenden flog ich häufig nach Stockholm, wo mich keiner kannte, was ich reichlich zu nutzen verstand. Während eines mehrtägigen Juristenkongresses in Göteborg traf ich im Hotel auf Leif, einen Studienkollegen, den ich seit der Universität nicht mehr gesehen hatte. Es gibt keine Zufälle, nicht war, Claudia? Nein«, beantwortete er sich die Frage selbst. »Wir frühstückten zusammen und waren von dieser Stunde an unzertrennlich. Dann ist er mit seinem Flugzeug abgestürzt. Aber das ist eine Geschichte für einen anderen Tag.«

Johan Anders jr. schwieg jetzt, und Claudia dachte für einen Moment, er sei eingeschlafen. Dann bemerkte sie, dass er mit den Tränen kämpfte.

»Ich hatte meinen Freund nie gefragt, wo und mit wem er in all den Jahren gelebt hatte, bevor wir uns trafen. Mich interessierte nur das Jetzt und Heute, und ich sage dir, Claudia, es war wundervoll. Jeder Tag begann als Geschenk und endete mit einem Feuerwerk. Vielleicht ging es uns einfach zu gut. Während eines Flugs über den Wäldern von Dalarna stürzte die Maschine ab. Und damit endete mein Leben, das von da an nur noch ein Existieren ist. Und doch, erst ohne mich verschwindet er wirklich. Deshalb, und nur deshalb, ertrage ich das alles!«

Johan Anders jr. weinte jetzt offen. Claudia zog ihn hoch, nahm ihn in den Arm und streichelte ihn. Nach einiger Zeit aber straffte sich sein Rücken, und er schob sie vorsichtig von sich. Eine Bewegung vor der Terrassentür zog ihre Aufmerksamkeit auf sich. Sie verhielten sich völlig ruhig, beobachteten nur den Schatten eines vorbeihuschenden Nachttiers.

Johan Anders jr. schien einfach nicht müde zu werden. Er wolle doch unbedingt auch über ihre Sorgen sprechen, sofern sie das nicht zu sehr aufwühle. Robert sei in dieser Nacht kein Thema mehr, dafür sei es nun wirklich zu spät, blockte sie das Gespräch ab.

»Birgitta mag dich sehr«, insistierte er, »wir alle mögen dich! Bleibe doch noch bei uns, als Gast, wenn du verstehst, was ich meine ...«

Claudia hatte große Mühe, seinen emotionalen Ausbruch in gemäßigtere Bahnen zu lenken, und schob ihn mit sanfter Hand in den Flur. Laut polternd und mit sichtlichen Schwierigkeiten versuchte er, die Treppenstufen zu meistern, verschwand dann aber doch in seinem Zimmer. Claudia stellte noch den Feuerschutz vor den Kamin, löschte die Lampen und trat leise an die Terrassentür. Aber außen war alles ruhig.

Im geheizten Esszimmer hatte Frau Møller den Frühstückstisch gedeckt. Tiefe Teller warteten darauf, mit Filmjölk und Getreideflocken gefüllt zu werden. Claudia, die früh aufgestanden war, hatte sich besonders an die Dickmilch gewöhnt und griff nach der Bleikristallkaraffe. Sie war froh, die Erste zu sein, und sie wollte den Raum verlassen haben, bevor die anderen eintrafen. Hektisch beeilte sie sich, ihren Teller auszulöffeln. Als sie vom Obergeschoss Stimmen und leises Gekicher vernahm, streifte sie kurz entschlossen Anorak und Schuhe über, verließ das Haus und suchte im Garten nach Spuren des nächtlichen Besuchers. Sie konnte den Abdrücken bis zum Gästehaus folgen, dann waren sie einfach verschwunden.
Das Gästehaus im Rücken, lief sie das Grundstück hinunter, bis sie ans Ufer des Sees gelangte. Nach kurzem Zögern trat sie auf das Eis. Die schwimmende Masse unter ihr erstaunte sie jedes Mal mehr. Zügig ging sie ein Stück auf den See hinaus, atmete dabei ganz bewusst die reine, frische Luft tief in sich hinein. Die Ruhe der gefrorenen Fläche gab ihr ein Gefühl, das sie seit Kindertagen nicht mehr gespürt hatte. Sie war ganz bei sich, und außer ihr existierte nichts mehr. Auf diesem unendlichen weißen Feld, das ohne Anfang und Ende war, ging es nicht um ein

Ziel, nicht darum, welcher Weg einzuschlagen sei. Das gab ihr die Kraft, eine Entscheidung zu treffen, die weiter reichte als dieser immens rosarote Himmel über ihr.
Sie ging zurück, und am Ufer, genau an ihrem Ausgangspunkt, stand ein hochgewachsener, schlanker Mann, der wild mit den Armen fuchtelte. Für den Bruchteil einer Sekunde glaubte sie, es sei Robert, dann aber korrigierte sie sich: Er konnte es ja nicht sein, wie hätte er denn wissen sollen, dass sie hier zu finden wäre? Den Kopf auf das Eis gerichtet, ging sie voran. Per Kostkola erwartete sie.

»Ich werde das Gefühl nicht los, dass Sie mir etwas verschweigen, Claudia«, sprach er sie grußlos an.
Mache ich das wirklich, dachte sie und ging auf das Haus zu, ohne ihm zu antworten. Er aber ließ sich nicht abschütteln.
»Ich habe einen toten Mann und einen, der spurlos verschwunden ist. Sie können sicher sein, dass ich keine Ruhe gebe, bevor ich nicht weiß, was hinter beidem steckt. Und dass Sie erstaunlich wenig Interesse an unseren Ermittlungen zeigen, macht mich doch sehr nachdenklich. Mir kommt es tatsächlich vor, als wären Sie immer einen Schritt voraus und spielten diesen Vorteil aus!«
Sein Singsang war einer strengen Sprachmelodie gewichen. Er stellte sich vor Claudia und versperrte ihr den Weg.
»Zu keinem Zeitpunkt hatte ich mehr Informationen als Sie, Herr Kostkola. Ganz im Gegenteil, *ich* sitze hier in Schweden fest und erfahre nichts über *Ihre* Ermittlungen. Sie stellen die Suche ja wie einen Wettbewerb dar. Ich kann Ihnen versichern, wenn auch nur eine Nachricht von Ro-

bert eingetroffen wäre, Sie wären der Erste gewesen, den ich davon in Kenntnis gesetzt hätte.«

»Und Ihre Söhne?«

»Was soll das heißen, meine Söhne? Fragen Sie ernsthaft, ob ich vorrangig meine Söhne oder Sie …«

»Nein, ob Ihr Mann sich vielleicht bei Ihren Söhnen gemeldet hat?«, unterbrach Kostkola sie genervt.

»Ich telefoniere täglich mit beiden. Sie sind in großer Sorge und zeitweise nicht mehr in der Lage, ihrer Arbeit nachzugehen. Reicht das als Antwort? Und da Sie schon mal hier sind: Gibt es irgendeinen Einwand gegen meine Abreise? Ich habe in den nächsten Tagen vor, Schweden zu verlassen.«

Kostkola antwortete mürrisch, dass er keine Einwände sähe, aber auf ihre Unterstützung zähle, wenn sie auch nur die kleinste Neuigkeit erführe. Sie nickte, und er gab den Weg frei.

Im Haus herrschte Aufbruchsstimmung. Die Herren Wilhelmsson machten sich für die Rückreise nach Luleå fertig, ein dringender Termin rufe sie zurück. Noch immer gehörten sie zu den federführenden Wirtschaftsanwälten der Region und waren überdies als Gutachter äußerst gefragt. Birgitta verabschiedete sie mit der Warnung, sie würden eines Tages aus der Kanzlei getragen werden.

»Besser getragen als verjagt«, gab Carl Gustav zur Antwort, und die Zwillinge stimmten ihm zu, während Johan Anders jr. das Gesicht verzog. Ihm schien es an diesem Morgen nicht gutzugehen, aber herzlicher als seine Brüder verabschiedete er sich von seiner Schwester und Clau-

dia. Sein prüfender Blick entspannte sich, als er an Claudias Mimik erkannte, dass sie über das nächtliche Gespräch Stillschweigen bewahren würde.
Sie hatte tatsächlich nicht vor, mit Birgitta über ihn zu reden. Außerdem war sie gedanklich schon auf der Heimreise. Loose hatte sich angekündigt, und sie wollte ihn bitten, sich um einen Rückflug zu kümmern. Der Landweg wäre ihr ungleich lieber gewesen, sie hätte nicht einmal die Fahrt in einem der Autotransporter gescheut, aber Loose hatte ihr schon im Vorfeld verdeutlicht, dass dies nun mal nicht möglich wäre.
Ich muss nach Hause, dachte sie, aber das ist eine seltsame Bezeichnung für den Ort geworden, an dem ich so viele Jahre gelebt habe. Zudem ist es noch immer Roberts Haus und manchmal sogar das seiner Eltern. Mir gehört nur der Garten, aber er liegt außerhalb der vier Wände und wird ganz gut ohne mich zurechtkommen, wenn ich ihn sich selbst überlasse. Zu viele Probleme schliefen in den Zimmern, Probleme, die sie nicht bewältigen konnte und, wenn sie aufrichtig war, auch nicht bewältigen wollte. Die räumliche Distanz hatte einen tiefen Graben gerissen, ihre Solidarität war verebbt, und sie spürte keine Verantwortung mehr für ihr altes Leben.
Vermutlich hatte es schon vor Roberts Verschwinden Anzeichen für diese Entfremdung gegeben, aber sie hatte sie nicht wahrnehmen wollen. Da war die Arroganz, die Robert an den Tag gelegt hatte, der geringschätzige Zug um seinen Mund, den sie schon an ihrer Schwiegermutter gehasst hatte. Sein Hang zur Großspurigkeit, unter der auch Torben litt.

Es hatte zwei Blöcke gegeben, Magnus und Robert gegen Torben und Claudia. Wenn es ihr auch meistens gelang, die Konkurrenzsituationen herunterzuspielen, jeder Interessenkonflikt – bis hin zum Streit – ließ seinen Ursprung darin finden. Robert fand immer, sie übertreibe maßlos. Er nannte offene Konkurrenz eine ausgewogene Familienkonstellation, wobei er nicht versäumte, ihr Torbens Unsportlichkeit anzulasten. Sie hätte ihn verwöhnt, er sei ihr Kronprinz gewesen, während sich Magnus ihre Zuneigung hätte hart erkämpfen müssen. Aber solche Diskussionen waren Geplänkel im Vergleich zu dem, was geschah, wenn sie – selbst posthum – die Qualitäten ihrer Schwiegermutter in Frage stellte. Für Robert war sie Mahatma Gandhi und Mutter Teresa in einer Person. Dabei beschränkte sich ihr soziales Engagement darauf, dem Fußballverein zum Saisonbeginn einen Marmorkuchen zu spenden. Und selbst das tat sie nur, um die Milch im Kühlschrank zu verwerten, die am Kippen war.
Claudia hatte sich schon lange das Gefühl aufgedrängt, dass in ihrer Ehe die Poesie fehlte. Mit einer schmerzenden Sehnsucht hatte sie jenes alte Paar beobachtet, das jahraus, jahrein bei jedem Wetter zur frühen Nachmittagsstunde am Haus vorbeikam. Manchmal liefen die beiden Alten nebeneinander, manchmal hintereinander, aber immer waren sie durch ein unsichtbares Band verknüpft, was auch ein oberflächlicher Betrachter leicht erkennen konnte. Die Frau trug einen grünen Anorak, der die besten Zeiten längst hinter sich hatte, grobe Wanderschuhe und einen weiten bunten Rock. Ihre dünnen weißen Haare waren am Hinterkopf zu einem straffen Knoten festge-

steckt und mit einem blauen Reif verziert. Ihr Mann steckte in graubraunen Breeches aus schwerem Wollstoff, die vermutlich aus dem vorigen Jahrhundert stammten. Ein olivgrüner Rucksack hing schlaff an seinem hageren Rücken herunter. Und doch wartete ein Defilee aus Bäumen, eine Art hochgestelltes Publikum, auf sie, wenn sie den Wald betraten. Ihre Gesichter waren wettergegerbt und von tiefen Furchen durchzogen. Jede einzelne berichtete von den gemeinsam gegangenen Wegen, die sie aufrecht und würdevoll beschritten hatten. Während sie auf dem Hinweg schwiegen, waren sie auf dem Rückweg regelmäßig in Gespräche vertieft. Manchmal, wie bei einem verliebten Pärchen nach einem heimlichen Tête-à-Tête, glaubte Claudia von ihnen ein Kichern zu vernehmen.

Für Loose, der am Abend erwartet wurde, legte sie ein Kofferkleid zurecht, das verdeckt und unbenutzt unter der Wäsche gelegen hatte. Da es einer ihrer letzten Abende bei Birgitta sein würde, wollte sie sich für diesen Anlass besonders fein machen. Warum sie das vorhatte, war ihr allerdings selbst nicht verständlich. Nachdenklich drapierte sie das Gewand auf den Sessel und begab sich nach unten, um Birgitta bei den Vorbereitungen für das Abendessen zu helfen. Wie so oft fand sie Frau Møller tatkräftig in der Küche.
Sie und ihr Mann würden Arjeplog bald verlassen, denn von März bis in den August hinein lebten sie auf dem gemeinsamen Bauernhof in der Nähe von Arvidsjaur, erzählte Frau Møller beim Zerstampfen der Kartoffeln. Während ihr Mann dort Angelausflüge für Touristen organisierte, kümmerte sie sich um die Fremdenzimmer.

Für Birgitta, die den Jahresablauf der Møllers kannte, war die Abwesenheit der beiden bisher kein Problem gewesen, denn es gab – und das war selten genug geworden – nur im Winter Gäste im gelben Haus. Dazu kam, dass es sich dabei ausschließlich um Personen handelte, die durch Loose vermittelt wurden. In den Sommermonaten fiel das lästige Schneeräumen selbstverständlich ebenso weg wie die Befeuerung der Kamine, und die Versorgung des Gartens war ihr all die Jahre leichtgefallen. Da sie nicht auf die Einkünfte angewiesen war, hatte es ihr einfach nur Freude bereitet, ihm einen Gefallen zu tun. Bis Claudia eingezogen war! Es fehle an Dramatik, um gleich in Panik zu verfallen, hatte Johan Anders jr. seinen Brüdern zugeflüstert, als sie am Morgen über Claudias Abreise gesprochen hatten, und doch hatte er die Angst seiner Schwester vor der Einsamkeit gespürt. Manchmal sind die simpelsten Gedanken die wahrhaftigsten, hatte er überlegt und die Hand Birgittas ein wenig fester gedrückt, bevor er ins Auto gestiegen war.

Loose brachte einen Strauß bunter Tulpen. Wie es ihm gelang, an dieses zauberhafte Mitbringsel zu kommen, verriet er nicht, so sehr Birgitta ihn auch bestürmte.

Als hätten sie sich abgesprochen, wurde während des Essens nicht über die bevorstehende Abreise gesprochen. Erst als sie vor dem Kamin saßen, bat Claudia um Unterstützung für den anstehenden Rückflug. Loose versprach, Frau Sauter unverzüglich anzuweisen, die dafür notwendigen organisatorischen Dinge zu erledigen. Er selbst werde Claudia zum Flughafen begleiten.

»In den nächsten zwei, drei Tagen?«, fragte Claudia nach, denn länger wolle sie ihre Abreise nicht mehr hinauszögern.
Loose nickte. Er machte auf sie den Eindruck, als wäre er über ihre Entscheidung erleichtert, aber vielleicht täuschte sie sich auch. Seine Mimik blieb ihr ein Rätsel. Birgitta aber sackte unmerklich in ihrem Chair zusammen. Ob sie nicht doch noch bleiben könne, fragte sie leise, aber Claudia schüttelte den Kopf.
»Ich muss zurück und mich um Magnus und den Garten kümmern. Und meine Anwesenheit hat Robert ja auch nicht dazu bewogen, sich zu melden. Aber ich komme wieder, versprochen.«
Danach verstummte die Unterhaltung für eine längere Zeit. Schließlich unterbrach Loose die Stille und sprach von Eisskulpturen, die in der Stadt bestaunt werden konnten. Besonders bei Dunkelheit, wenn sie farbig angestrahlt würden, sei das ein Schauspiel, das sie sich nicht entgehen lassen sollten. Ohne große Begeisterung versprach Birgitta, sich den Besuch zu überlegen. *Hier herrscht eine Trauer, die sich nicht so nennt.* Die Gedichtzeile von Tomas Tranströmer war ihr schon während des Abendessens in den Sinn gekommen und drehte sich in ihrem Kopf, wie eine dunkle Melodie.

Loose war kurz vor Mitternacht aufgebrochen. Noch bevor er den Wagen gestartet hatte, war seine Anweisung an Frau Sauter gegangen, für den übernächsten Tag den Rückflug für Frau Feldwehr zu buchen. Als ob ich es nicht erwarten kann, dachte er und steckte sein Blackberry in die Jackentasche zurück. Und wenn er ehrlich war, traf genau das zu. Schleichend hatte sich bei ihm das Gefühl eingestellt, mit dem Fall Feldwehr viel zu eng verknüpft zu sein. Das lag einerseits daran, dass er sich intensiver um Claudia gekümmert hatte, als es in seiner Position erforderlich gewesen wäre. Zum anderen zeichnete sich in dieser Angelegenheit keine Lösung ab. Es gehörte zu seinen Aufgaben, Schwierigkeiten aus der Welt zu schaffen, und bisher hatte ihm die Konzernspitze den Rücken freigehalten, und nach den Erkenntnissen der letzten Tage schien es das Beste zu sein, den Prozess des Vergessens nicht weiter zu stören. Die Presse hatte kaum Notiz von dem tödlichen Unfall genommen und vor allem keine Querverbindung zu einem Angehörigen der Firma gezogen. Noch wurde das Gehalt für Feldwehr weiterbezahlt, als hätte er Urlaub genommen. Aber auch hier würde es zeitnah zu einer Entscheidung kommen. Das größte Problem war das Auto. Loose hatte schon mal daran gedacht, als Ultima Ratio das Gerücht zu streuen, dass der Wagen bei einem Unfall auf Nimmerwiedersehen in einem der unzähligen Seen Schwedens versunken wäre, verwarf das aber. Er konnte es drehen und wenden, wie er wollte, in seinem Verantwortungsbereich war etwas passiert, und das musste er unter allen Umständen geradebiegen.

Etwas anderes aber bremste ihn in seiner Tatkraft, Claudias Abreise zu forcieren. Und das zu seinem eigenen Erstaunen. Er wollte nicht so weit gehen, die vergangenen Tage als Wiedergeburt seiner Freiheit zu bezeichnen, aber durch Claudia hatte seine Beziehung zu Birgitta an Intensität verloren. War er in den letzten Jahren Ansprechpartner, Vertrauter und Freund gewesen, so hatte sich zwischen den Frauen in der Kürze der Zeit eine Nähe entwickelt, durch die er schlicht aus Birgittas Zentrum entlassen worden war.

Er war inzwischen vor seinem Haus angekommen. In der Wohnung positionierte er die Kamera seines Laptops. Und doch konnte er nicht mit Yelda skypen. Für sie war es noch zu früh, für ihn fast zu spät. Vermutlich, dachte er, ist es auch besser so. Er nahm sich vor, die Nacht darüber zu schlafen und ohne Dünkel über das nachzudenken, was sich in ihm zu manifestieren begann. Yelda hatte ihn nach seinem Besuch angerufen und nochmals bestätigt, dass sich Robert Feldwehr nicht nach Yakeshi abgesetzt hatte.

Als er am Montagmorgen im Büro eintraf, hatte Frau Sauter bereits alles organisiert. Der Rückflug war für Mittwoch gebucht, früher hatte es in keiner Maschine einen freien Platz gegeben. Loose nahm sich vor, Claudia am Abend aufzusuchen und ihr den Abflugtermin persönlich mitzuteilen. Außerdem wollte er Birgitta sprechen, die an diesem Tag ihren jährlichen Gesundheits-Check machen ließ. Die Krankheit ihrer Mutter hatte sie bewogen, sich routinemäßig den Vorsorgeuntersuchungen zu unterziehen. Obwohl sie kerngesund war, hatte sie seit vielen Jahren nicht ein einziges Mal darauf verzichtet.

Wegen der anstehenden Blutentnahme musste Birgitta das Frühstück ausfallen lassen, und Claudia verzichtete aus Solidarität ebenfalls darauf. Sie nahmen sich vor, das

Essen nach dem Arztbesuch in Arvidsjaur nachzuholen und doppelte Portionen zu bestellen.
Claudia, die im Flur gewartet hatte, erhob sich überrascht von der kleinen Dielenbank, als Birgitta in einem weiten cremefarbenen Wollmantel, der wie ein Kunstwerk aussah, die Treppe herunterkam. Mit prächtigen Stickereien verziert, schloss weißer Pelzbesatz Ärmel und Kapuze ab, und Claudia wollte gar nicht wissen, von welchem Tier die Felle stammten. Birgitta hatte ein dezentes Make-up aufgelegt und die Haare hochgesteckt.
»Deine Lebensjahre unterstreichen deine Schönheit.«
Claudia kam nicht umhin, ihr das zu sagen.
Bis nach Arvidsjaur waren es gut achtzig Kilometer. Es schneite dichte Flocken, und sie erreichten ihr Ziel erst nach über zwei Stunden Fahrt. Trotz des schlechten Wetters hatte sich Birgitta nicht aus der Ruhe bringen lassen. Sie war die Straßenverhältnisse gewohnt und ging gekonnt mit den Gegebenheiten um. Jedenfalls übertrug sich ihre Ruhe auf Claudia, die sich auf ihrem Sitz entspannt zurückgelehnt hatte. Und obwohl es so verabredet war, fühlte sie sich ausgegrenzt, als sie am Hotel Laponia aussteigen musste. Doch Birgitta akzeptierte in dieser Angelegenheit keinen Widerspruch und lenkte ihren Wagen ohne verzögernde Diskussionen weiter in Richtung Krankenhaus.
Claudia betrat unterdessen schweren Herzens das Hotel-Restaurant. Sie verharrte im Eingangsbereich und entdeckte unter den Informationsbroschüren, die dort zahlreich auslagen, einen Stadtplan. Während sie ihren Kaffee trank, machte sie sich mit den örtlichen Gegebenheiten

vertraut. Das Krankenhaus lag ganz in der Nähe, und als Birgitta nach über einer Stunde noch immer nicht angerufen hatte, machte sie sich ungeduldig auf, ihr entgegenzugehen.

Wie in Arjeplog fuhren nur wenige Autos über die tief verschneiten Straßen – immerhin gab es hier einen Kreisverkehr –, und dennoch türmte sich der Schnee an den Rändern der Fahrbahn zu schwarzen Bergen hoch. Claudia ertappte sich dabei, die Auslagen der kleinen Ladengeschäfte zu betrachten, ohne das Angebot wirklich wahrzunehmen. Es gelang ihr nicht einmal, als sie versuchte, sich zu zwingen.

Kurz vor dem Krankenhaus kam ihr auf dem Gehweg eine alte Frau entgegen, die langsam und tief gebückt auf sie zulief. Claudia musste zur Seite treten und sich gegen die Wand aus Schmutz, Schnee und Kies drücken. Während sie wartete, stellte sie resigniert fest, dass sie nirgends Kinder oder junge Leute gesehen hatte. Eine Gruppe Arbeiter, die in dicker Montur vor dem Eingang eines Lebensmittelladens standen und rauchten, betrachteten das Ausweichmanöver mit gleichgültigen Mienen. Claudia begann zu frieren. Noch immer fiel Schnee, doch längst nicht mehr so dicht wie während der Fahrt. Sie zog ihre Kapuze weit ins Gesicht und versuchte, nicht aufzublicken.

Vor dem Klinikum hielt sie nach Birgittas Auto Ausschau und entdeckte es auf einem der zahlreichen Stellplätze. Um sich abzulenken, versuchte sie, die verschneiten Straßen- und Hinweisschilder zu lesen, und konnte doch dem eisigen Griff der Kälte, von dem Robert oft so anschaulich erzählt hatte, nicht entkommen. Während sie ständig im

Kreis herumtänzelte, beobachtete sie, wie ab und an jemand das Krankenhaus betrat, doch nie, dass einer wieder herauskam. Noch immer wagte sie es nicht, sich drinnen aufzuwärmen, da ihr Handy beim Betreten des Gebäudes ausgeschaltet werden musste, wie ein riesiges Hinweisschild überdeutlich anzeigte. Die Kälte nahm ihr die Entscheidung ab, und im Foyer wählte sie den Platz so, dass sie den Wagen Birgittas im Blick behalten konnte.

Nachdem sie eine Zeit lang gesessen und die ausgelegten Magazine durchgeblättert hatte, stand sie auf und betrachtete die Zeichnungen und Gemälde ehemaliger Patienten, die entlang der blaugrau gestrichenen Betonwände an dünnen Fäden aufgehängt waren. Bild für Bild entfernte sie sich vom Eingangsbereich.

Das Aquarell eines Mädchens, auf dem sich bunt gefiederte Papageien um die Gunst eines Kindes stritten, das wie eine Puppe aussah, hatte sie amüsiert und nachdenklich gemacht. Mitten in die Überlegungen hinein vernahm sie am Ende des Flurs Birgittas Stimme, sah auf und wollte ihrer Bekannten schon mit schnellen Schritten entgegeneilen, als sie eine zweite Frau bemerkte, die sich leise mit Birgitta unterhielt. Die beiden Frauen streckten die Köpfe so sehr zusammen, dass die andere fast in Birgittas Mantel verschwunden war. Und obwohl Claudia beschwichtigend die Hände nach oben hielt und stehen geblieben war, beendeten sie ihre Unterhaltung abrupt mit einem Händedruck. Während Birgitta etwas in die Handtasche schob, war ihre Gesprächspartnerin, für ihr Alter überraschend zügig, durch eine der vielen gläsernen Türen verschwunden.

»Alles bestens, der Arzt ist sehr zufrieden mit mir. Und jetzt habe ich einen riesigen Hunger!«
Birgitta war Claudia entgegengeeilt und begrüßte sie mit einer leichten Umarmung und einem Lächeln.

Obwohl das Restaurant keine dreihundert Meter von der Klinik entfernt lag, bestiegen sie das Auto und fuhren in der Hotelauffahrt direkt bis vor die Eingangstür. Claudia ging voran und wählte denselben Tisch, an dem sie bereits vor einiger Zeit gesessen hatte. Sie bestellten Schwarztee und konnten sich am Mittags-Buffet bedienen. Als sich Claudia während des Essens für die unbekannte Gesprächspartnerin interessierte, erzählte Birgitta von einer Nachbarin, die mit einer Nierenkolik im Krankenhaus liege und von Maggi besucht worden sei.
»Das war Maggi?«, fragte Claudia überrascht. »Ich habe sie ohne ihren Schneeanzug gar nicht erkannt. Und wo war Knut?«
Birgitta lächelte über das ganze Gesicht und erklärte, er sei zu Hause geblieben.
»Einen Kranken oder Pflegebedürftigen zu versorgen ist hier kein Problem, es findet sich immer jemand, der hilft. Außerdem gibt es hier, wie überall in Schweden, eine Wohlfahrtsbehörde, die sich um die Notfälle kümmert. Lass uns von etwas anderem reden. Was hältst du davon, mich in die Boutique einer Schulfreundin zu begleiten?«
Claudia willigte nur allzu gerne ein.

Schon vor dem Betreten der Geschäftsräume hatte sie an den Modellen im Schaufenster erkannt, dass Birgittas

Mantel aus dieser Boutique stammen musste. Die ausgebreiteten Stücke ähnelten sich in Motiven und Farbe und waren doch allesamt Unikate.
Da die Besitzerin nicht im Haus war, wurden sie von einer jungen Frau bedient. Birgitta zeigte auf eine elfenbeinfarbene Jacke, die mit brombeerroten Blütenstickereien verziert war, und drängte Claudia, sie anzuprobieren. Das ausgewählte Modell stand ihr vorzüglich und passte ausgezeichnet. Als Claudia auf das Preisschild schauen wollte, war Birgitta schneller und riss es einfach ab. Zwei Pullover und ein bunter Wollschal komplettierten den Einkauf. Beim Hinausgehen wurde Claudia die Tüte mit den Worten »das wollte ich schon längst tun« in die Hand gedrückt, und wiederum ließ Birgitta keinen Widerspruch zu.

Da es zu schneien aufgehört hatte, ging die Rückfahrt um einiges zügiger voran. Die Sonne strahlte vom Schwedenhimmel und verteilte sich großzügig auf den Eisflächen links und rechts der Straße. Der glitzernde Schnee sah aus, als würde er darüber lächeln. Selbst die Bäume, die auf der Hinfahrt wie dunkle, undurchsichtige Gestalten gewirkt hatten, standen nun freundlich auf ihrem Platz.
Sie hatten auf der Fahrt noch bei einem Supermarkt haltgemacht und frisches Gemüse, Obst und Lachs gekauft. Loose würde wieder mit ihnen essen und sie später zu den Eisskulpturen entführen. Claudia hätte nach diesem anstrengenden Tag den Abend lieber in Ruhe verbracht, doch da er sich um ihre Rückreise kümmerte, war ihr sein Besuch halbwegs willkommen.

Møller hatte wie immer zuverlässig gearbeitet. Als sie zu Hause ankamen, war der Kamin von der Asche gereinigt und am späten Nachmittag neu befeuert worden. Zwei Körbe mit Birkenscheiten standen ebenso bereit wie die Kerzen in den Fensternischen, die er noch angezündete, bevor er das Haus verließ. Und auch auf Loose war Verlass. Pünktlich klopfte er an die Tür und hielt wieder einen großen Tulpenstrauß in der Hand. Dazu stellte er einen Karton Wein und eine Großpackung Kaffee in der Küche ab. Claudia überreichte er ein Flugticket.

»Frau Sauter fliegt ebenfalls nach Deutschland, Sie werden neben ihr sitzen«, erwähnte er beiläufig.

Als ob er sichergehen will, dass ich tatsächlich fliege, schoss es Claudia durch den Kopf. Die Handtasche hing an der Garderobe, und Claudia verstaute das Ticket mit spitzen Fingern, als handle es sich bei dem harmlosen Stück Papier um eine schlafende Giftnatter.

Das Abendessen blieb von allen in der Zukunft vorstellbaren Szenarien verschont. Loose schaffte es charmant, über die Schönheit der in Arjeplog ausgestellten Skulpturen zu schwärmen, und Claudia ließ sich nur allzu gern von der unbeschwerten Stimmung anstecken. Sie vermied es bewusst, kritische Fragen zu stellen. Wie es weiterginge, zum Beispiel, ob Robert von der Firma aufgegeben worden sei? Und was mit seinem Gehalt geschehen würde? Unzählige Male waren ihr die Formulierungen der Fragen durch den Kopf gegangen, aber statt der Antworten fand sie an diesem Abend nur filigrane Eisfiguren vor, die wie Diamanten funkelten und ihr nichts von der Zukunft verrieten.

Es war kalt, und Loose sprach vom Frühling, was angesichts der herrschenden Temperaturen sehr optimistisch war. Birgitta bedachte ihn mit einem resignierten Lächeln, und er zählte, als könne das helfen, einige Boten der kommenden Jahreszeit auf: Storchenschnabel, Siebenstern, Löwenzahn und *Smörbollar*, die Trollblume. Er sehne das vom Eis befreite Wasser der Seen herbei und meinte, dass Birgitta dann das Rauschen der Wellen wieder hören könnte, wenn sie hinter ihrem Gästehaus am Ufer säße.

Während Loose das Erwachen der Natur bemühte, um die Stimmung nicht kippen zu lassen, hatten seine Worte in Claudia düstere Assoziationen hervorgerufen: Vielleicht wurde Roberts Körper von Schnee und Eis behütet, und die Kraft der Sonne würde schmerzhafte Wahrheiten ans Licht bringen? Schon jetzt fiel es ihr schwer, sich Roberts Gesicht vorzustellen, seine Stimme und sein Lachen zu hören. Er machte sich auch in ihrem Kopf auf und davon, und nichts in ihr konnte ihn festhalten. Und es gab nicht einmal ein Wort für ihren Zustand. Sie war weder Witwe noch verlassene Ehefrau, durch Roberts Verschwinden war sie in einen Schwebezustand geraten, der ihr den Boden unter den Füßen wegzog. Als Loose davon sprach, dass Blumen die Erde bald wieder übersäen würden, zuckte sie zusammen. Er liebt mich, er liebt mich nicht, hatte sie als junges Ding geflüstert, als sie den Margeriten die Blütenblätter vom Kopf riss. Er lebt, er lebt nicht, schrie es jetzt unaufhörlich in ihr.

Der Margeritenreim war zum Boten des Todes geworden.

Als wolle er den Abschied einläuten, zeigte sich der Himmel am nächsten Morgen in zinngrauer Farbe. Claudias letzter Tag ihres Aufenthalts begann mit einer hektischen Suchaktion. Sie stöberte im ganzen Haus nach ihren Sachen, sah die Schmutzwäsche im Keller durch, öffnete den Trockner, überprüfte die Wäscheleinen und schließlich ihr Zimmer. Nach geraumer Zeit schien ihre Habe wieder komplett zu sein. Die bestickte Jacke, die ihr Birgitta geschenkt hatte, wollte sie auf der Heimreise tragen und dafür den Anorak zurücklassen. Als trüge er die Schuld an allem, hätte sie ihn am liebsten im Kamin verbrannt.
In der Zwischenzeit hatte Birgitta das Frühstück vorbereitet. Um den Tag irgendwie zu überstehen, schlug sie zwischen Dickmilch und Knäckebrot vor, das Silbermuseum zu besuchen. Claudia bat darum, zuvor die kleine rosafarbene Kirche, die in direkter Nachbarschaft zum Museumsgebäude lag, ansehen zu dürfen. Auf ihren Spaziergängen war ihr das zierliche, fast schüchterne Gotteshaus aufgefallen, und sie hatte nicht damit gerechnet, dass ihr Wunsch Verärgerung hervorrufen würde. Jede Kirche sehe gleich aus, meinte Birgitta tonlos, hohe Decken, eine Empore mit Orgel und kleiner Galerie. Gold, Blau und Weiß beherrschten auch hier den Innenraum. Außer einigen Bildern sowie einem fürchterlichen Gemälde über dem Altar seien die Wände weiß.
Claudia, die sich zurückgelehnt hatte, verschränkte die Arme und sah erstaunt auf ihr Gegenüber.
»Diese Kirche erinnert mich immer an das, was mir mein Vater auf den Kopf zusagte, nachdem ich ihm auf einer der weichen und rund geschwungenen Kirchenbänke

mein flehendes Gebet ins Ohr geflüstert habe«, sagte Birgitta leise. »Ich wünschte mir darin nichts sehnlicher als meinen verstorbenen Großvater zurück und«, dabei zuckte Birgitta unmerklich mit den Schultern, »einige Spielsachen.«

»Gott ist keine Drei-Wünsche-Fee! Beten bedeutet Zuwendung und nicht Forderung!
Ich habe meinen Vater damals nicht verstanden und verunsichert reagiert, doch bald begann ich ihn für die unaufhörliche Zerstörung all meiner kindlichen Vorstellungen zu hassen. Wenn ich über ihn nachdenke, hat er mir überhaupt nur ein einziges Mal leidgetan. Ich habe meinem Vater viel zu verdanken, aber noch immer ist es mir nicht möglich, ihm für irgendetwas danke zu sagen. Obwohl er nun doch schon so viele Jahre tot ist. Aber seine Methode hat sich eingebrannt, es ist mir nicht möglich, zu beten. Meine Kindheit wurde in dieser kleinen rosafarbenen Kirche mit einem Streich weggefegt. Du verzeihst mir, wenn ich vor der Tür auf dich warte?«

Als Claudia aus der Kirche kam, hätte sie Birgitta gerne wissen lassen, dass sie deren Eindruck nicht teilte. Sie hatte den im 17. Jahrhundert entstandenen Holzbau als Schmuckstück empfunden. Vor allem die Kirchenbänke, die sich noch immer zeigten, wie Birgitta sie beschrieben hatte, erstrahlten in einem hellen Rot, der den Innenraum zum Leuchten brachte. Claudia hatte sich in eine Bank gesetzt, die Hände verschränkt und die fein gestalteten Votivbilder und das schlichte Gemälde über dem Altar be-

trachtet. Für einen kurzen Moment nahm sie die Atmosphäre gefangen, und sie spürte, wie gut ihr die Stille tat. Das Duftsäckchen mit den Kristallen aus Roberts Wohnung trug sie bei sich. Sie holte es hervor, trat vor ein Fenster und legte die Steine auf die raue Fläche der Aussparung und drapierte sie zu einem Kreuz. Nur eine Geste, sagte sie sich, aber die Hoffnung war so tief in ihr verwurzelt, dass ihr keine Wahl blieb. Beim Verlassen des Raums zog sie die Tür so leise hinter sich zu, als könne die Kirche damit ihr Geheimnis bewahren.
Im Silbermuseum versuchte sie sich auf die unzähligen Kulturgegenstände zu konzentrieren, aber sie hatte das Gefühl, weder ihrer Freundin noch den gezeigten Kostbarkeiten gerecht zu werden. Sie schlich von Vitrine zu Vitrine, und als ihr Interesse letztlich völlig ausblieb, schlug Birgitta vor, nach Hause zu fahren.

Auf dem Abendbrottisch stand neben ihrem Teller eine silbrig glänzende Figur. Claudia dachte zunächst, Birgitta habe neue Serviettenhalter aufgelegt, dann aber erkannte sie in der kleinen Skulptur einen kunstvoll gestalteten Elch aus massivem Silber. Ihr Abschiedsgeschenk, erklärte Birgitta. Eine nach jahrhundertealter Tradition handgefertigte Arbeit, die sie während Claudias Aufenthalt begonnen habe.
»Ein Elch symbolisiert die Zartheit der Liebe. Elche lassen sich ebenso wenig beherrschen wie sie, und du musst immer als ihr Beschützer auftreten, nie als ihr Jäger. So sagt es die Legende.«
Claudia hatte heftig geweint, als sie das Geschenk ent-

gegennahm, Birgitta dann aber in den Arm genommen. Beide wussten, was auch immer mit Robert geschehen war, seine Geschichte wäre unteilbar mit der ihren verknüpft.

Sie hatten den Kamin angefeuert, und es war so warm geworden, dass ihre Wangen glühten. Sie tranken Champagner, und nach dem zweiten Glas tanzten sie zu südamerikanischen Rhythmen, die aus der Bang-&-Olufsen-Anlage klangen. Claudia kam ab und zu ins Straucheln, rappelte sich jedoch jedes Mal wieder auf und gab sich bald ganz dem Tanz hin. Die Musik bedrängte sie, lockte, verweigerte, lachte und weinte, stieß sie von sich, fing sie ein, kam näher und näher. Claudia schmiegte sich an sie, bog ihren Körper, bis er selbst nur noch Musik war, und schließlich erstarb der Tanz mit den letzten Klängen des Bandoneóns.

Birgitta war unterdessen an die Terrassentür getreten und hob ihr Glas. Ihr Mund lächelte, aber ihre Augen waren dunkel, als das Telefon die Szene zerschnitt.

Magnus fragte knapp, wann sie ankäme.

Claudias Rückflug verlief ohne nennenswerte Ereignisse. Sie hatte die noch vorhandenen Reisetabletten auf einmal geschluckt, und der Restalkohol hatte das Übrige getan. Ohne eigentliche Wahrnehmung war sie Frau Sauter in die Maschine gefolgt, hatte sich noch nicht einmal zu Loose umgedreht, der ihr bis zum Terminal nicht von der Seite gewichen war. Der Abschied von Birgitta dagegen war erwartet schwer gewesen. Das letzte gemeinsame Frühstück blieb unangetastet, und als Claudia ihr Geschenk, die weiße Kaschmirdecke, auf den Tisch legte, waren wieder Tränen geflossen.

Kaum im Flugzeug, schlief Claudia ein. Sie träumte, sie schwebe in einem Fesselballon über den Bodensee und lande auf der Insel Mainau, wo zahlreiche Gärtner versuchten, den Ballon mit Harken festzuhalten, da Böen ihn wieder nach oben zu treiben drohten. Schließlich schrie ihr jemand ins Ohr, sie solle abspringen, jetzt, und als sie sich nach dem Rufenden umdrehte, war es Robert. Er aber hatte den richtigen Zeitpunkt verpasst und wurde mit dem Ballon in die Höhe gerissen und von den Bäumen verschluckt.

»Aufwachen, Frau Feldwehr, wir sind gelandet!«

Frau Sauter hatte schon mehrfach versucht, sie wachzurütteln. Claudia schloss sich ihrer Begleiterin nun benommen an, aber schon auf dem kurzen Weg zum Flughafenbus spürte sie die frühlingswarme und weiche Luft und war plötzlich hellwach. Vor den Treppen, die zur S-Bahn führten, verabschiedeten sie sich voneinander. Mit Magnus war vereinbart worden, sich in der Eingangshalle zu treffen. Weil es noch vor der Zeit war, suchte sie nach einem freien Sitzplatz. Mit einem Mal so viele Menschen um sich zu haben verstörte sie. Im eigenen Land hatte sie sich noch nie fremd gefühlt, aber in diesem Gewirr von Passagieren und Besuchern empfand sie selbst die vertraute Sprache als unangenehm. Sie kam ihr zu nahe. Um in kein Gesicht zu schauen, verließ sie das Gebäude mit nach unten gesenktem Kopf und zog sich so weit vom Eingangsbereich zurück, dass sie die gläserne Drehtür, die in die Halle zurückführte, gerade noch im Blick behalten konnte.

Ihr Sohn war pünktlich, aber er sah schrecklich aus. Als sich Magnus zur Begrüßung herabbeugte, roch er so stark nach Alkohol, dass ihr übel wurde. Claudia forderte vehement den Schlüssel, was er mit der Begründung ablehnte, sie kenne sein Auto nicht.

»Es ist ein Porsche!«

»Als ob ich das nicht wüsste«, ließ Claudia nicht mit sich handeln.

Der Motor heulte auf, der Wagen spürte die fremde Pilotin, fügte sich dann aber und schloss mit ihr Frieden. Auf der zügig gefahrenen Strecke muckte er so wenig auf wie Magnus, der schmollend aus dem Seitenfenster stierte und auf kein Gespräch einging. Zu Hause angekommen, musste sie auf der Straße parken. Kisten, Kartons und leere Flaschen standen auf dem Garagenboden. Claudia ließ sich in den Sitz zurückfallen und diskutierte nicht einmal mehr mit ihrem Sohn, der versicherte, er würde noch heute, nein sofort, alles entsorgen, er sei in letzter Zeit eben schlecht drauf gewesen. Irgendwann rappelte sie sich auf, ging ins Haus, kümmerte sich weder um das Chaos, das sich überall zeigte, noch nahm sie die Kälte wahr, die in den Räumen herrschte, und verkroch sich bis zum Einbruch der Dunkelheit im Bett. Dann nahm sie alle Kraft zusammen und ging nach unten.

Sie hatte vorgehabt, mit Birgitta telefonieren, doch sie fand das Telefon, zwischen Pizzaschachteln und Essensresten verborgen, erst nach langem Suchen und mit leerem Akku vor. Magnus lag auf der Couch und schnarchte mit weit geöffnetem Mund. Sie betrachtete ihn lange. Vor ihm lagen zwei leere Wodkaflaschen auf dem Boden. Beiden fehlte der Schraubverschluss. Dafür brannten sämtliche Lampen, sogar die Terrassenbeleuchtung war eingeschaltet. Bierkästen und leere Flaschen verunstalteten den Garten, und in der Mitte des Rasens entdeckte sie einen großflächigen dunklen Fleck. Beunruhigt öffnete sie die Terrassentür, räumte mit dem Fuß Unrat aus dem Weg und zerrieb zuletzt die schmierige Masse, die überall den Rasen bedeckte, zwischen ihren Fingern. Magnus hatte in ihrem Garten eine Feuerstelle eingerichtet! Sie zog ein halbverkohltes Stück Papier aus der Pampe und entzifferte einen an ihn gerichteten Vollstreckungsbefehl.

Claudia ging zurück ins Haus und weckte ihren Sohn, indem sie ihm einen nassen Lappen ins Gesicht warf.

»Was! Was willst du?«

Er setzte sich schwer atmend auf und stierte sie an. Er solle sofort aufstehen und die Schweinerei, die er angerichtet habe, unverzüglich in Ordnung bringen.

»Wie kannst du dich nur so gehenlassen, Magnus. Und überhaupt, warum arbeitest du nicht? Ich habe auch ohne deine Eskapaden genügend Sorgen!«

Ihr Sohn, der seinen Kopf in beide Hände gestützt hatte, erwiderte nichts.

»Wie lange hast du nicht mehr geduscht und dich rasiert? Schau dich an! Du bist völlig heruntergekommen! Du und das Haus! Ich dulde das unter keinen Umständen. Sobald du nüchtern bist, nimmst du deine Sachen und verschwindest!«

Claudia war sehr laut geworden, doch Magnus reagierte noch immer nicht. Sie packte ihren Sohn an den Schultern und schüttelte ihn wach.

»Woher hast du überhaupt das Geld, hier, für das alles?« Mit dem Fuß stieß sie eine der Wodkaflaschen so wütend von sich, dass sie an der Wand zerschellte. Als habe er auf dieses Signal gewartet, stand Magnus auf und verließ das Zimmer. Kurz darauf hörte Claudia, wie die Dusche aufgedreht wurde. Da die Heizung nicht lief, musste das Wasser eiskalt sein. Sie kniete am Boden, um die Scherben aufzusammeln und wegzufegen. Als er wiederkam, noch immer unrasiert, trug er einen von Robert ausrangierten Trainingsanzug und fror sichtlich. Aus den Augenwinkeln sah sie, dass er mit verschränkten Armen dastand und keinerlei Anstalten machte, mit dem Aufräumen zu beginnen. Als sie ihn aufforderte, den Staubsauger zu holen, beherrschte sie nur mühsam ihren Zorn.

»Yes. Sir. Ma'am!«

Mit blutunterlaufenen Augen sprach er sie an. Claudia registrierte irritiert, wie wütend er war, zwang sich aber, seine Aggression zu ignorieren.

»Was machst du eigentlich so einen Stress, Mutter? Während du dich in Schweden verwöhnen lässt und die traurige Ehefrau spielst, erlebe ich hier die Hölle! Verstehst du, die *Hölle*! Ich verrecke vor lauter Sorgen, und du glaubst, es ist mit einem aufgeräumten Zimmer getan? Weißt du überhaupt, welchem Druck ich ausgesetzt bin? An der Börse zählt jede Sekunde, und das vierundzwanzig Stunden am Tag! Einmal nicht aufgepasst, und schon hat ein anderer den Trade. Und noch ein Kunde übergelaufen und noch einer. Ich muss das verstehen, die Zahlen sprächen gegen mich! Nehmen Sie eine Auszeit, Herr Feldwehr, danach sehen wir weiter! Ja, Chef, ja, und dann, ab in die Registratur, wenn überhaupt. Der Nächste übernimmt den Platz, fegt mit leichter Hand deine Sachen vom Tisch und würdigt dich keines Blickes. Selbst das Schild für die Tür ist schon vorbereitet. Man schiebt es einfach über meins. Fertig. Und ich schleich mich raus, die mitleidigen Blicke der Kollegen im Rücken, die arroganten obendrauf. Das geht so nicht, denkst du, aber dann stellst du fest, das geht doch, und wie das geht.

Erfolg ist immer Vergangenheit! Das lernst du nirgendwo gnadenloser als am Aktienmarkt. Aber ich bin nicht für alles verantwortlich! Das gilt auch für Vater. Ich weiß nicht, wo er ist, aber wenn er dich verlassen hat«, er zeigte dabei auf seine Mutter, »ist das deine Sache, nicht meine. Lass deinen Ehefrust nicht an mir aus. Vielleicht hat er das alles sattgehabt«, er zeichnet einen großen Bogen um das verwüstete Zimmer, »vielleicht hat er dich sattgehabt?«

»Was unterstehst du dich ...«, versuchte Claudia ihn zu unterbrechen, er aber ignorierte sie völlig.

»Dich und deinen Torben. Das Weichei. Der gute Sohn, und ich, ich bin der böse. Alles gleicht sich aus, Economic Equilibrium, wie mein Chef das nennen würde. Torben hat doch keine Ahnung, was für ein Kampf da draußen abgeht. Der dreht seine Reagenzgläser von links nach rechts, und damit hat es sich an Risiko. Und Geld, das wird ihm doch automatisch in den ... Hintern geschoben. Aber natürlich ist er der Größte.«

Als er bemerkte, dass seine Mutter ihn fassungslos anstarrte, verharrte Magnus einen Moment.

»Was? Tut die Wahrheit so weh? Das tut sie immer«, lachte er auf. »Aber noch bist du mich nicht los. Erst trinke ich einen Schluck, dann ... Schau mich nicht so an. Den brauche ich jetzt!«

Er ging auf die Knie und tastete unter der Couch nach einer halbleeren Flasche Wodka, setzte an und trank in großen Zügen, als handele es sich um Mineralwasser. Dann warf er die Flasche in die Ecke, wo Claudia vor wenigen Augenblicken die Scherben der anderen zusammengefegt hatte. Schwerfällig erhob er sich.

»Und jetzt, Sir, Ma'am, räumen wir auf, wie von Ihnen befohlen.«

Ohnmächtig sah Claudia zu, wie Magnus die Terrassentür öffnete, wie ein Stuhl nach draußen flog, wie ihr Sohn nach dem Wurf wankte und doch stehen blieb.

»Brauchen wir den noch? Nein! Das war der Stuhl von Vater. Er braucht ihn ja nicht mehr, was meinst du, Mutter?«

Drei weitere Stühle folgten, dann der Esstisch, den er über den Boden schrammte und mit ihm die Glastür zertrümmerte. Zurück im Zimmer, riss er sämtliche Bilder und gerahmten Fotos von der Wand und warf sie in hohem Bogen ins Gras. Danach zog er die Sessel ins Freie, riss die Stereoanlage aus der Steckdose, warf sie hinterher, öffnete die verhasste Kredenz, fegte mit dem Arm Geschirr, Gläser, Besteck, Tischdecken und Servietten auf den Boden, schob alles mit dem Fuß zusammen, nahm einen Besen und kehrte die Scherben in Richtung der Terrasse. Taumelnd lief er weiter zur Feuerstelle und schichtete alles zu einem Scheiterhaufen hoch.

»Damit uns warm wird, Ma'am«, brüllte er und hörte nicht auf, das immer und immer wieder in die Nacht zu schreien.

Als er ins Haus ging, um Spiritus und Streichhölzer zu holen, löste sich bei Claudia die Erstarrung. Verzweifelt stellte sie sich ihm in den Weg, aber Magnus war so in Fahrt, dass er sie wie ein Bündel Wäsche in die Ecke schleuderte.

Sie kam wieder zu sich, als im Garten bereits das Feuer loderte. Magnus saß im Schneidersitz vor den Flammen. Dann ging alles sehr schnell. Feuerwehr und Polizei waren gleichzeitig vor Ort. Später erfuhr Claudia, dass Heger die Einsatzkräfte gerufen hatte. Der Brand war gelöscht, bevor er sich auf das Gebäude ausbreiten konnte. Und auf den Kirschbaum. Der Baum war das Einzige, um das sich Claudia Sorgen gemacht hatte. Magnus weigerte sich handgreiflich, den Polizeibeamten auf die Wache zu folgen, und musste zum Notarztwagen getragen werden.

Viel Zeit sollte vergehen, bis sie ihren Sohn wiedersah.

Es war Tag geworden. Heger bot sich an, einen Glaser zu besorgen, und Torben, der gekommen war, ohne dass Claudia seine Ankunft wahrgenommen hatte, beauftragte ein Unternehmen damit, den verbrannten Hausrat und das zerstörte Inventar zu beseitigten.

Während sie auf den Entsorger warteten, luden sie den Müll und die leeren Flaschen in Torbens Auto, und er fuhr alles zu den Containern. Nach einigen Stunden waren die meisten Spuren beseitigt, und sie standen in einem fast unmöblierten Wohnzimmer.

»Der Raum wirkt viel größer und heller«, stellte Claudia ohne Emotionen fest.

»Mal schauen, was Vater dazu sagen wird«, antwortete ihr Torben skeptisch.

Das Telefon, das sie am Vorabend auf die Ladestation gestellt hatte, funktionierte wieder, und auf dem Boden sitzend rief sie endlich Birgitta an. Ohne etwas zu beschönigen oder wegzulassen, schilderte sie die Vorkommnisse, und Birgitta fragte, ob sie helfen könne. Claudia lehnte dankend ab und versprach, anzurufen, sobald sich die Situation beruhigt hätte. Sie legte auf und sah im Keller nach der Heizung. Die Aussicht auf ein heißes Bad trieb sie förmlich zum Brenner. Sie hatte inzwischen Übung und konnte das Problem rasch lösen. Torben, der im Garten auf sie gewartet hatte, starrte auf die verbrannte Rasenfläche, als sie neben ihn trat.

»Ich werde das hier abtragen und dort, wo die Erde ganz verbrannt ist, einen kleinen Teich anlegen. Wenn du das magst.«

Er legte den Arm um sie.

»Ja, vielleicht, irgendwann später«, gab sie ihm zur Antwort. Pläne waren etwas, das aus einer anderen Zeit stammte.

»Außerdem streiche ich dir das Wohnzimmer«, gab Torben nicht so schnell auf.

Magnus erwähnte er mit keinem Wort, aber Claudia wusste, dass er sich, gemeinsam mit einem befreundeten Rechtsanwalt und dem langjährigen Hausarzt der Familie, noch in der Nacht um einen Therapieplatz für seinen Bruder gekümmert hatte. Die Suchtklinik hatte im Laufe des Vormittags angerufen, weil man die Krankenkassendaten benötigte.

***

Loose hatte Claudia zum Flughafen begleitet. Während der Fahrt hatte sie einsilbig im Fond gesessen, und es schien ihm manchmal so, als ob sie eingeschlafen wäre, zumindest aber apathisch war. Noch nicht einmal auf seine Tipps gegen ihre Flugangst hatte sie reagiert, und nachdem sie sich kaum von ihm verabschiedet hatte, erinnerte er sich daran, dass die chemische Industrie, neben der Branche, in der er selbst arbeitete, die größten Konzerne stellte. Obwohl der Problemfall Robert Feldwehr mit ihrer Abreise keineswegs ad acta gelegt werden konnte, war er letztlich erleichtert. Loose wollte noch einen Abstecher zum Galtispouda machen und danach Birgitta besuchen.

Vor wenigen Tagen war er mit Claudia Feldwehr hier gewesen, nun genoss er es, für sich zu sein. Arjeplog leuchtete in der riesigen, schwarzweißen Fläche, die der zugefrorene Hornavan mit seinen vereinzelten Inseln in die Landschaft zeichnete, gelb unter den Wolken, die weiteren Schnee bringen würden. Er wollte seinen Blick in die Zukunft richten. Seit über einer Woche skypte er täglich mit Yelda. Die virtuelle Nähe bei der gleichzeitig vorhandenen realen Distanz schaffte eine Intimität, die es zwischen ihnen bisher nicht gegeben hatte. Yelda war nahbarer als je zuvor und signalisierte ihm unverkennbar ihre Bereitschaft, eine Hälfte des Jahres in Schweden, die andere in Yakeshi verbringen zu wollen. Er wiederum deutete an, seinen Arbeitsplatz während der Sommermonate in das mongolische Testzentrum zu verlegen. Waren solche Planungen anfangs scherzhaft geäußert worden, gewannen sie schnell an Kontur und Kraft. Doch noch fehlte das letzte, entscheidende Quäntchen, ob Glück oder Mut, wie sollte er das wissen.

Nachdenklich betrachtete er *sein* Norrland. Der Schnee, der jeden Morgen von den Eismachern zur Seite geschafft wurde, häufte sich an den Rändern des Hornavan zu hohen Türmen auf. Trotz der Entfernung konnte er das gelbe Gebäude ausmachen, in dem das Silbermuseum untergebracht war. Daneben lag der Parkplatz mit den kleinen Holzhütten, die an wenigen Markttagen zu Verkaufsständen wurden. Hatte er da nicht den vorzüglichen Lachs gekauft? Auch die Einkaufsstraße mit Friseur, Bank und dem Blumengeschäft sowie der Redaktion der Arjeplog Times wusste er hier. Und im Vordergrund spannte sich die Brücke, die er so oft überquert hatte, über dunkelblaues, an dieser Stelle eisfreies Wasser.

Er erinnerte sich, dass er vor Jahren einen Vertreter des samischen Parlaments zu einem Vortrag eingeladen hatte. Im Verlaufe der Ausführungen hatte er erfahren, dass dieses Volk nie eine eigene Staatlichkeit besaß, was es, besonders in früheren Zeiten, angreifbar und verletzlich gemacht hatte. Die Unterdrückung ihrer Kultur und Religion teilten sie mit vielen Ursprungsvölkern, und ihr politisches Schicksal war, bis vor noch nicht allzu langer Zeit, selbst im liberalen Schweden ein heikles Thema. Er hatte dem Abgeordneten damals aufmerksam zugehört und vieles erfahren, was ihm in Verhandlungen mit ortsansässigen Grundbesitzern bis zum heutigen Tag zum Vorteil gereichte. Die Einheimischen sprachen von sich als einem Volk der Sonne und des Windes, überlegte er lächelnd, vielleicht würden deren Kräfte die Angelegenheit mit Yelda forcieren. Schaden konnten ihm die heidnischen Gottheiten sicher nicht.

Kurz nach der Einladung des Abgeordneten war er an einem Spätsommertag ebenfalls den Galtispouda hochgefahren und hatte auf einem der großen flachen Steine – von denen er damals nicht wusste, dass sie aus Granit bestanden – die Moose und Flechten betrachtet, die in allen Farben leuchteten. Aus dem Boden war die Wärme des Tages aufgestiegen, und es schien, als flimmere die Luft bis über den Gipfel. Plötzlich war der dumpfe Klang einer Trommel zu hören gewesen, und er hatte sich sofort an die Ausführungen des Politikers erinnert. In einer Randnotiz der Rede war von Schamanen berichtet worden, die mit ihren Instrumenten zum Galtispouda kämen, um auf dem heiligen Berg mit dem Göttlichen in Kontakt zu treten.

Aufmerksam hatte er die ganze Umgebung abgesucht, aber niemanden entdecken können. Unsicher geworden, war er sogar zu seinem Wagen zurückgegangen und hatte nachgesehen, ob eventuell das Autoradio angeschaltet wäre. Und obwohl er die Schallquelle nirgends entdecken konnte, waren die Trommelklänge klagender geworden und viel deutlicher zu vernehmen gewesen als zuvor. Aus einer Laune heraus hatte er sich auf einen der bemoosten Steine gesetzt, die Augen geschlossen und getan, was Birgitta ihn bei einem der gemeinsamen Besuche an diesem Ort gelehrt hatte: er rief sich die himmlische, die irdische und die unterirdische Sphäre ins Gedächtnis, die mit den drei Seelen des Menschen in Verbindung standen. Plötzlich wurde der Stein, auf dem er saß, zum Kraftzentrum und das Gebiet um ihn herum gewann eine fast greifbare Religiosität.

Das Brummen einer dicken Hummel hatte ihn aus seiner

Versenkung geholt. Mit einem Schmunzeln über sich selbst war er ins Auto gestiegen. Geblieben aber war der Respekt vor diesem Ort. Heute vernahm er die magischen Klänge der Trommel nicht, aber erstaunt stellte er fest, dass er Yelda gerne zeigen würde, wie im Frühjahr der Schnee links und rechts der kleinen Straße alterte und nach und nach seine weiße Jugend verlor.

Birgitta stand schon in der Haustür. Sie begrüßte ihn, und Loose erschrak über ihre eiskalten Hände. Warum sie nicht drinnen gewartet habe, wollte er wissen. Aber sie winkte ab. Es würde wieder Schnee geben, sagte sie, statt seine Frage zu beantworten. Und dass sie noch nichts von Claudia gehört habe, obwohl sie unzählige Male versucht hätte, sie anzurufen. Er dagegen war von Frau Sauter darüber informiert worden, dass das Paket gut gelandet sei, und konnte Birgitta – mit etwas anderer Wortwahl – augenblicklich beruhigen.

»Lassen wir Claudia heute in Ruhe. Sicher hat sie viel mit ihren Söhnen zu besprechen und ist einfach noch nicht dazu gekommen, sich zu melden.«

Da das Essen noch einen Moment dauere, bat ihn Birgitta, am Kamin Platz zu nehmen. Sie hatte bereits einen kleinen Tisch zwischen die Chairs gestellt und Kaffee vorbereitet. Ihr gesamter Habitus deutete an, dass es offensichtlich ein Problem gab, und Loose sah sie besorgt an. Sie aber wich seinem Blick aus und legte im Kamin geschäftig Holz nach. Als sie sich endlich hinsetzte, beugte sie sich zu ihm herüber und nahm seine Hände für einen kurzen Moment in ihre.

»Ich habe dir etwas zu sagen, was mir einigen Kummer bereitet.«

Erst jetzt bemerkte Loose, dass neben ihr auf dem Boden ein kleiner Karton lag, der nicht viel größer als ein DIN-A-4-Umschlag war.

»Vor einem halben Jahr ging ich zu einer Untersuchung ins Krankenhaus, weil ich hin und wieder unter Schwindelgefühlen und starken Kopfschmerzen litt. Mein erster Gedanke galt meinem hohen Blutdruck, ich dachte, er sei durch meinen exzessiven Kaffeekonsum aus dem Ruder gelaufen. Aber ich hatte nur leichte Verspannungen an der Halswirbelsäule und bin ansonsten gesund. Im Krankenhaus begegnete ich Maggi, deren Ärzte, wie sie mir stockend erzählte, nicht lockerließen. Du kennst sie ja und weißt, wie brummig und kantig sie ist. Ich habe nicht viel von ihr erfahren, auch weil sie selbst nicht recht wusste, was mit ihr los war, und weil ich eine gewisse Verantwortung für sie habe, begleitete ich sie zu verschiedenen Untersuchungen. Bei der Abschlussbesprechung wurde ihr mitgeteilt, dass sie unter einem Gehirntumor leidet. Stufe zwei, was bedeutet, dass er gutartig ist, was sich aber ändern kann. Die Geschwulst ist inoperabel, weil sie sich in der unmittelbaren Nähe des Atemzentrums angesiedelt hat. Man entließ Maggi mit dem Hinweis, es würde eine Therapie ausgearbeitet und sie solle in Kürze wiederkommen. Ich habe Maggi ein zweites Mal in der Klinik getroffen, das war, als ich mit Claudia bei meinem Gesundheits-Check war. Dabei gab sie mir die Unterlagen hier«, sie deutete auf den Karton am Boden, »der Tumor ist gewachsen, aber noch immer gutartig, steht drin.«

Birgitta unterbrach sich, schaute zur Uhr und bat Loose zu Tisch. Das Essen sei fertig, und das hier dauere wohl doch noch etwas länger. Als die Teller gefüllt waren, fuhr sie fort:

»Keiner der Ärzte kann Maggi mit Sicherheit sagen, wie sich der Tumor entwickeln wird, wohin sein Wachstum geht und welche Funktionen beeinträchtigt werden. Ist es das Atemzentrum, wird es schnell vorbei sein. Schnappt er sich andere Regionen, das Sprachzentrum zum Beispiel oder das Nervensystem, besteht die Gefahr des Sprachverlusts oder einer teilweisen oder vollständigen Lähmung. Du siehst, die Palette ist da, nur die Farben sind noch nicht gemischt. Sie hat mir gestanden, dass sie lange mit ihrem Schicksal gehadert und mit keinem über ihren Zustand gesprochen hat. Nach vielen schlaflosen Nächten aber fasste sie den Entschluss, was auch immer auf sie zukäme, sie wolle in Würde und zu Hause sterben. Mehr als um sich selbst, das kannst du dir vorstellen, macht sie sich um Knut Sorgen. Was wird aus ihm, wenn sie nicht mehr lebt?«

»Aber ...!«, wollte sie Loose unterbrechen, doch sie wehrte mit einer Handbewegung ab.

»Frau Møller wäre eine Alternative«, fuhr sie fort, »doch deren Verpflichtungen im Sommer lassen eine Betreuung vor Ort nicht zu, und Knut mitzunehmen, das wird wohl ebenso wenig gehen. Ich werde Maggi raten müssen, Knut in ein Heim zu geben.«

Sie erhob sich und stellte die leeren Teller zur Seite. Loose bot sich an, das Geschirr abzuwaschen, bekam jedoch zur Antwort, Frau Møller habe sich für den nächsten Morgen angekündigt. Birgitta tischte Cognac auf, aber er schüttelte den Kopf. Das Gästezimmer sei frei, bot ihm Birgitta an. Er überlegte einen Moment und stimmte zu, auch weil er den Eindruck hatte, dass nicht der Cognac, sondern Birgittas Problem ihn zum Bleiben überredet hatte.

»Und ein Irrtum ist ausgeschlossen? Kann sie nicht nach Stockholm oder Malmö ...?«, fragte er behutsam. Birgitta bejahte.

»Die Ärzte hier sind gut, und ich vertraue ihnen, aber unabhängig voneinander sprechen sie sich für eine Gamma-Knife-Behandlung aus, die am Karolinska in Stockholm durchgeführt werden muss.«

Loose erkundigte sich nach der Therapie, und Birgitta erklärte, dass es sich dabei um eine punktgenaue und hochdosierte Strahlenbehandlung handle.

»Maggi und ich waren in unserer Kindheit wie ein einziger, prachtvoller Baum. Sie stellte – obwohl sie ein wenig jünger ist als ich – den Stamm mit seinen tiefen, kräftigen Wurzeln, ich bildete die Zweige, und unsere überbordende Phantasie ließ zahlreiche Blätter und Früchte aus ihnen wachsen. So war es gewesen, von klein an. Die Freundschaft war innig und liebevoll, sie überstand all die kleinen Zwistigkeiten, selbst den kalten Sprung ins junge Erwachsenenleben. Sie ging bei uns ein und aus, so wie ich auch ihr stets willkommen war. Bis zu dem Tag, als Carl Gustav ihr Avancen machte. Während sie sich Hals über Kopf in ihn verliebte und sogar von einer gemeinsamen Zukunft sprach, ging die Beziehung für ihn nicht über eine Affäre hinaus. Eine von vielen. Ich kannte doch Maggis Stolz, und ich befürchtete das Schlimmste.«

Birgitta hielt einen Moment inne, schaute auf ihre Hände, die sie fest ineinander verschlungen hatte.

»Das Schlimmste. Ja, das trat wirklich ein. Eines Samstagabends kam sie, offenbar in der Absicht, Carl Gustav zur Rede zu stellen, zu unserem Haus. Wir saßen zu diesem Zeitpunkt beim Abendessen, da erschien ihr Gesicht unvermittelt hinter der Scheibe. Kurz darauf hämmerte sie gegen die Tür und schrie, der Kerl solle rauskommen. Zunächst wagte es keiner von uns, sich zu rühren. Carl Gustav stand als Erster auf, allerdings nur, um in den Keller und ihr damit aus dem Weg zu gehen. Dann erhob sich mein Vater, und erst jetzt reagierte ich, flehte ihn an, Maggi nicht hart anzupacken. Ich würde mich um sie kümmern. Was ich tat. Ich ging vor das Haus, sprach auf sie ein, erklärte ihr, wie sehr sie uns erschreckt habe, und bat um unserer Freundschaft willen, sie solle doch vernünftig sein und solche Aktionen unterlassen. Maggi weinte, schien sich aber zu beruhigen. Plötzlich jedoch hatte sie ein Messer in der Hand und schnitt sich die Pulsader auf. Danach warf sie das Messer zu Boden und versuchte davonzulaufen.«

Loose sah sie entsetzt an.

»Ich hob das Messer auf, lief ihr hinterher und holte sie schließlich ein. Sie hatte Blut verloren, aber es gelang mir, sie zu versorgen und zu einem Arzt zu bringen.«

»Gab das ein Nachspiel?«

»Nein, nicht direkt, wenn du an eine Anzeige denkst. Der Arzt hielt dicht, und die ganze Angelegenheit wurde von uns unter den Teppich gekehrt und auch nicht mehr angesprochen. Carl Gustav hat den Vorfall eigentlich gar nicht mitbekommen, vielleicht auch, weil meine Mutter den Vorplatz schnell mit viel Wasser gereinigt hat. Ich behauptete am nächsten Tag steif und fest, Maggie habe aus der Nase geblutet, und sie alle wollten mir das glauben. Maggi aber betrat das gelbe Haus nie wieder.

Unser Baum wuchs dennoch weiter, auch ohne unser Zutun. Den konnte offenbar keiner zerstören.«

Birgitta senkte den Kopf.

»Und nun ist sie schwerkrank. Das ist nicht fair.«

Sie stand auf, um nochmals Kaffee zu kochen, obwohl es spät geworden war. Die Cognacflasche stellte sie auf den antiken Bartisch zurück. Loose hatte die kurze Unterbrechung genutzt, um den Raum zu lüften. Schnee drängte wie ein verirrter Vogelschwarm ins Zimmer und bildete auf dem Steinboden Pfützen. Als Birgitta mit dem Tablett hereinkam, schloss er schnell die Terrassentür.

»Und dann fehlt mir Claudia. Kannst du nicht erreichen, dass sie wieder hierher kommt?«, fragte sie bittend.

»Sie ist doch heute erst abgereist, und schon vermisst du sie. Bist du verliebt?«, versuchte er Birgitta aufzuheitern. Sie aber blieb ernst.

»Als du mir mit der Bitte kamst, einen Gast aufzunehmen, ausnahmsweise, weil du keinen besseren, vielleicht auch nur keinen anderen Weg gesehen hattest, stimmte ich zu. Dir eine Bitte abzuschlagen war mir ja noch nie möglich.«

Sie griff nach ihrem leeren Glas und hob es in die Höhe.

»So kam Claudia zu mir, und ich mochte sie vom ersten Augenblick an. Jetzt vermisse ich sie einfach. Das ist alles! Und ich werde sie wohl kaum mehr zu Gesicht bekom-

men, wo doch inzwischen klar ist, dass ihr Mann nicht wiederkommt.«
Loose sah Birgitta mit einem Mal durchdringend an.
»Was heißt das? Gibt es etwas, das du mir vorenthältst? Birgitta!«
Sie starrte in das Feuer, das gefräßig am letzten Birkenscheit nagte.
»Nein, natürlich nicht! Wie kommst du darauf?«, fragte sie nach kurzem Zögern.
»Ja, wie komme ich darauf, wie nur komme ich darauf? Du erzählst mir stundenlang von Maggis Schicksal, klopfst mich damit weich wie ein Rentiersteak, und ganz nebenbei erwähnst du, dass Robert Feldwehr nicht wiederkommt? Glaubst du tatsächlich, ich weiß nicht, dass es hier am Ort, nein, was sage ich, in der gesamten Region, ein geheimes Informationssystem gibt, und jeder Friseur, Tankwart oder jede Kassiererin im Supermarkt mehr weiß als die gesamte Führungsriege des Testzentrums oder gar Kostkola. Ich meine das nicht böse, Birgitta, schließlich ist Verschwiegenheit stets die sicherste Methode gewesen, sich gegen die Obrigkeit zur Wehr zur setzen. Ich bin zwar nicht die Polizei, aber ich arbeite in diesem Fall doch eng mit ihr zusammen. Also, dass du mir etwas verschweigst, das ist eine Sache, aber als dein Freund wäre ich zutiefst enttäuscht, wenn ich hier von dir vorgeführt werden sollte!«
Loose war erstaunlich laut geworden und entschuldigte sich sofort dafür. Es tue ihm aufrichtig leid, schließlich hätte sie andere Sorgen ... aber sie solle ihm doch vertrauen, nein, sie muss ihm vertrauen, in dieser und in je-

der anderen Situation, das wisse sie doch. Birgitta nickte, antwortete, sie wisse das, stand auf und wünschte ihm eine angenehme Nacht. Im Gästezimmer sei alles vorbereitet, wie immer, sagte sie, lächelte ihn müde an und ging in ihre Räume.

Birgitta schlief noch, aber als er am nächsten Morgen nach unten kam, stand Kaffee bereit, und der Kamin war gereinigt und neu angefeuert worden. Frau Møller war nicht überrascht, Loose zu begegnen, schon oft hatten ihn Wetterkapriolen dazu genötigt, im gelben Haus zu übernachten. Sie fragte, ob er zum Frühstück bleibe, aber Loose verneinte bedauernd. Ihr Mann war inzwischen draußen tätig gewesen, hatte Schnee geräumt, und auch Looses BMW stand wie aus dem Ei gepellt vor der Garageneinfahrt. Er muss den Lack trockengerieben haben, dachte Loose und wollte sich dafür bei Møller bedanken. Der Hausmeister hatte ihm einmal gestanden, Schnee zu hassen. Mit finsterem Gesichtsausdruck, der den Ernst seiner Aussage unterstreichen sollte, war er noch konkreter geworden und hatte gebrummelt, Schnee sei sein höchstpersönlicher Feind. Als Loose zu bedenken gab, dass Lappland dann vielleicht nicht der richtige Platz zum Leben für ihn wäre, hatte Møller ihn verschlossen angesehen und war in sein typisches Schweigen verfallen. Selbst Bäume sind gesprächiger, war damals Looses Gedanke gewesen. Vermutlich wütet er in der Zwischenzeit vor dem Gästehaus, sagte er sich. Møller jedenfalls war nirgendwo zu entdecken.

Loose musste in die Firma, denn zum Ende der Winter-

erprobung gab es viel zu organisieren. Er hätte sich zuvor gern bei Birgitta dafür entschuldigt, dass er sie mit seinen Verdächtigungen belastet hatte, aber sie wollte einfach nicht auftauchen. Außerdem war ein hämmernder Kopfschmerz das Resultat seines außerplanmäßigen Cognacgenusses. Im Spiegelschrank des Gästebades hatte er keine Kopfschmerztablette gefunden, und so entschied er sich, das Medikament im Zentrum Arjeplogs zu besorgen. Nicht einmal von Frau Møller konnte er sich verabschieden. Auch sie war mit einem Mal verschwunden.
In der Apotheke bat er um Wasser, um das Paracetamol sofort einnehmen zu können, und fühlte sich, im Büro angekommen, bereits besser. Da er Ende April beim Saisonabschluss nicht da sein würde, stand schon jetzt ein Termin mit den Abteilungsleitern auf dem Plan. Fahrzeuge, Soft- und Hardware mussten über die kommenden Wochen transportfähig gemacht, die Abreise der Belegschaft organisiert und die Saisonarbeitskräfte versorgt werden. Obwohl er die Aufgaben delegierte, war sein Zeitaufwand gewaltig. Er stand unter Hochdruck, und es war nicht verwunderlich, dass seine Gedanken sich weder um Birgitta noch um Robert Feldwehr drehten.

***

Claudia hatte sich durch das unglaubliche Chaos gearbeitet, das Magnus verursacht hatte. Eigentlich, aber das hätte sie nicht zugegeben, war sie ihm dankbar, dass er es geschafft hatte, sie auf andere Gedanken zu bringen. Sie telefonierte oft mit Birgitta oder Torben und versuchte ansonsten, sich in ihrer Situation einzurichten. Doch jedes Läuten des Telefons machte deutlich, dass ihr dies nicht gelang. Einmal war Hegers Frau mit einem selbstgebackenen Marmorkuchen vorbeigekommen. Schon während Claudia den kleinen Tisch in der Küche deckte, musste sie sich Klagen über eine Lehrerin im Speziellen und das Kollegium im Allgemeinen anhören. »Sie können sich glücklich schätzen, dass Ihre Söhne schon erwachsen sind! Was heutzutage von den Kindern gefordert wird, lässt sich ja mit früher gar nicht mehr vergleichen ...«

Claudia hörte gar nicht zu. Sie sah einen Mund, der sich öffnete und schloss und dazwischen schrille Töne von sich gab. Wie nur hielt Heger diese Frau aus, kein Wunder, dass sein abendlicher Terminplan ständig aus allen Nähten platzte. Sie vergaß sie, kaum dass sie hinter ihr die Haustür geschlossen hatte, versuchte vergeblich zu lesen und entschied sich, um an diesem Tag nicht nochmals erreichbar zu sein, zu einem langen Spaziergang.

Nicht weit entfernt lagen an den Hängen ihres Dorfes ausgedehnte Weinberge. Noch sah sie an den Reben keine Triebe, das Holz schien über den Winter gestorben zu sein, doch schon bald würde sich das ändern, *die Augen aufbrechen*, wie die Weinbauern den Austrieb nannten. Claudia hatte ihre alten Wanderschuhe hervorgeholt und war einfach drauflosgegangen. Hinter Wildschlehen, dichten und wehrhaften Brombeerhecken, die nicht zu durchschauen waren, lagen die uralten Trockenmauern, die die Weinstöcke von den Wegen abgrenzten. Das Konglomerat aus Fleiß, Arbeit und Ordnung, dass sie dort vorfand, flößte ihr ein schlechtes Gewissen ein. In manchen Situationen machte sich das Schaffige, mit dem sie aufgewachsen war, nachhaltiger bemerkbar als sonst. Obwohl sie die großflächige Kulturlandschaft mochte, wuchs in ihr die Sehnsucht nach der Wildheit Lapplands. Wie gern hätte sie den Frühling in Schweden erlebt, schon allein der vielen Seen wegen, die sich unter dickem Eis versteckt gehalten hatten.

Im Laufe der folgenden Wochen hatte sie Haus und Garten wieder so weit, dass es ihren Ansprüchen genügte. Nur das Wohnzimmer hatte sie so belassen, wie es sich nach Torbens Anstrich gezeigt hatte. Kahl, groß und leer. Das Einrichten wollte sie mit Robert besprechen, wenn er irgendwann zurückkäme. Ihr genügten die übrigen Räume. Torben kam nur noch selten vorbei. Er arbeitete unablässig. Als er im Frühsommer an einem gewöhnlichen Wochentag anrief, um sie zum Essen einzuladen, wollte sie den Grund dafür wissen. Er aber gab zur Antwort, dass es sich um eine Überraschung handle. Sie könnten zuvor Magnus in der Klinik besuchen, sofern er sie sehen wolle, was er bisher strikt abgelehnt hatte und es auch an diesem Tag tat.

»Habe ich die Pest?«

Claudia legte abrupt ihr Besteck auf den Teller, als Torben ihr eröffnete, in die Staaten zu übersiedeln. Er folge seinem Professor, der nach Berkeley gerufen wurde. Und anstatt ihn so entsetzt anzuschauen, solle sie lieber stolz auf ihn sein!

»Einem Ruf an *die* Universität Kaliforniens zu folgen ist doch selbstverständlich. Das kann ich mir nicht entgehen lassen«, fuhr er voller Enthusiasmus fort.

Schon im nächsten Monat stehe die Ausreise an.
»Was ist gut an Amerika?«
Ihre Frage war rhetorisch, und Torben wusste das. Mit viel Resignation in der Stimme gratulierte sie ihm, meinte es dabei aufrichtig, und doch:
»Ich kann dich nicht verstehen!«
Als sie es sagte, gab er zur lapidaren Antwort, es sei, wie es ist, das Leben ginge schließlich weiter.
Robert, Magnus und nun Torben. Ihre Familie hatte sich nicht entwickelt, sie hatte sich in ein hohles Gespinst verwandelt, dachte sie bitter. Ein Prozess, der so schleichend vonstattengegangen ist, dass ich ihn erst bemerke, wenn die Fakten unveränderbar vor mir liegen. Dabei hatten wir guten Kontakt zueinander gehabt, damals, als die beiden noch kleine Kinder waren. Obwohl ein Jahr auseinander, waren die Jungs kaum zu unterscheiden gewesen, wenn sie wie Ritter nach gewonnener Schlacht aufrecht und stolz am Ende der Straße auftauchten. Klein und unzertrennlich! Dass die beiden in ihrem Erwachsenenleben so gut wie nie mit Robert und ihr geredet hatten, war ihr ein ständiges Rätsel geblieben. Sie alle entfernten sich voneinander wie die Flugzeuge, die über das Haus flogen.
»Meine Wohnung habe ich bereits einem Kollegen versprochen, der übernimmt auch das Inventar«, berichtete Torben geschäftig und vermied ihren Blick.
»Das Auto ist auch schon verkauft. Du musst dich also um nichts kümmern.«
Ganz verborgen keimte so etwas wie Stolz in Claudia auf. Aber es war ein bitterer Tausch. Ihr Stolz gegen die weitere Vereinsamung.

Vier Wochen später brachte Claudia Torben zum Flughafen. Zum Abschied schenkte sie ihm einen Gedichtband von Goethe.
Am Abend rief sie Birgitta an. Was Claudia denn jetzt noch davon abhalte, sie in Schweden zu besuchen?
»Pack deine Koffer und komm! Meinetwegen auch mit dem Schiff. Ich lasse dir das Gästehaus herrichten!«
Das Angebot klinge verlockend, freute sich Claudia, aber solange Magnus in der Klinik sei, wolle sie nicht weg. Außerdem müsse das Haus versorgt werden.
»Verkauf es!«, schlug Birgitta vor, obwohl sie wusste, dass dieser Schritt nicht möglich war, ohne Robert für tot erklären zu lassen. Sie ging jedoch nicht weiter darauf ein und fragte stattdessen nach Magnus. Als Claudia wortkarg auf ihre Einschätzung reagierte, dass sich dieses Problem früher oder später von alleine löse, lenkte sie das Gespräch geschickt nach Arjeplog zurück. Sie berichtete, dass der Hornavan langsam aufbreche und sich das Eis am Ufer schon zurückgezogen habe. Es sei nicht mehr lange hin, bis Lappland blühe, als feiere es ein Fest.

Zumindest, was Magnus anging, sollte Birgitta recht behalten. Torben vermeldete aus Berkeley, er habe den Kontakt zu Magnus gesucht und ihn überreden können, für drei Monate in die USA zu kommen. Sein Bruder werde bei ihm wohnen, und alles Weitere würde sich ergeben. Allerdings habe er zur Bedingung gemacht, dass sich Magnus vor der Abreise mit ihr in Verbindung setze. Und nicht einmal zwei Tage später stand er vor ihrer Tür.
Magnus war mit einem Taxi gekommen, braungebrannt,

als käme er geradewegs aus dem Urlaub. Zunächst stockend, dann selbstsicher, berichtete er über die vergangenen Monate. Er sei viel im Freien unterwegs gewesen, hätte dabei Wanderungen, Gartenarbeit, Malkurse und Gesprächstherapien absolviert. Im Wald habe er den Genuss des reinen Wassers lieben gelernt, bemerkte er grinsend. Und das Ärzteteam hätte übereinstimmen festgestellt, dass sein Ausraster auf ein explodierendes Trauma zurückzuführen sei.

»Ich soll Vater unbewusst den Tod gewünscht und meine Schuldgefühle auf dich projiziert haben. Find ich einleuchtend! Und weil ich grundsätzlich nicht zum Alkoholismus neige, kann ich mit meiner Trinkerei umgehen, bestätigt mir die Psychologin. Eine Phase, die dieser Form nicht wiederkommt. Dennoch riet sie mir, abstinent zu leben. Allerdings muss ich es damit nicht übertreiben!«

Sie saßen sich in der Küche gegenüber, und Claudia hatte einmal versucht, ihre Hand auf die seine zu legen, was er jedoch nicht zuließ.

Bis zu seiner Abreise bemühte sich Magnus insbesondere darum, Informationen zu sammeln, die seinen Vater betrafen. Er hatte das wenige, das Claudia berichten konnte, minutiös aufgezeichnet, Frau Sauter kontaktiert und sogar Kostkola angerufen. Obwohl seine Versuche wenig erfolgreich waren, blieb zumindest als Ergebnis, dass die abschmelzenden Schneemassen weder Roberts Körper noch das Auto freigegeben hatten. So gab er sich Claudia gegenüber optimistisch und erklärte trotzig, sie müssten eben

die Zeit für sich arbeiten lassen, die bringe alles ans Tageslicht.
Als er ihr am Flughafen die Hand zum Abschied gab, dachte sie für einen Moment, dass sie eher Robert wiedersehen würde als ihn. Doch dann ging Magnus auf sie zu und drückte ihr einen Kuss auf die Stirn. Es war ein Schlüssel oder ein Code, oder was auch immer sich zum Aufschließen eignete, jedenfalls folgte eine lange Umarmung, und Claudia vergaß den vorherigen Gedanken so schnell, wie er gekommen war.
»Kannst du mir verzeihen? Bitte!«, fragte er und hatte seinen Wunsch doch in einer Art betont, dass Claudia hellhörig wurde.
Wie viele Möglichkeiten es doch gibt, das Wort *Bitte* auszusprechen, ging ihr durch den Kopf. Es kann als Befehl daherkommen, als Schmeichelei oder wütende Anklage, als lapidare Floskel, als aufrichtiges Begehren oder spitzfindige Aufforderung. Magnus' *Bitte* war ein intensives Flehen, ohne weitere Notwendigkeit, noch etwas hinzuzufügen. Sie antwortete mit einem schlichten *Ja* und wünschte sich nichts sehnlicher, als dass seine Bitte um Verzeihung aufrichtig gewesen war.

Auf dem Weg vom Flughafen nach Hause wurde sie, trotz der Konzentration auf das Straßengeschehen, urplötzlich von dem Gefühl übermannt, nicht allein im Auto zu sitzen. Ihr kam es vor, als würde sie Robert vom Fond des Wagens aus missbilligend beobachten. Nach dem ersten Schrecken ließ sie diese seltsame Empfindung zu. Als könne sie sich mit ihm auseinandersetzen, zwang sie ihn zu bleiben. Sie begann Robert die übermächtige Verzweiflung über sein Verschwinden zu schildern, die in ihr aufkeimende Wut über seinen Verrat, die Verachtung und der oft unvermittelt auftauchende Hass, den sie darüber empfand. Erschrocken ließ sie es zu, dass er von ihr Liebe und sogar Mitleid einforderte. Als könne Robert die destruktive Aufzählung nicht hinnehmen, wehrte er sich gegen ihre Tiraden aus Selbstmitleid und Anschuldigungen.

»Es ist eben mein Weg, mit deinem Verschwinden fertigzuwerden.«

Robert aber tadelte sie heftig. Was, wenn er seinem Leben ein Ende gesetzt hatte? Wo stehe sie denn dann?

»Das kann ich nicht denken, das würde alles übersteigen, was ich imstande wäre, zu ertragen!«

»Du willst die Schuld nicht haben, das ist alles!«, konterte er. Nach diesem Gedanken hielt Claudia abrupt den Wagen an und stieg aus. Sie ließ den Schlüssel stecken und lief davon, rannte mehr, als sie ging. Dann bildete sie sich ein, Robert rufen zu hören. »Rennst du wieder einmal davon? Feigling!«

Augenblicklich machte sie kehrt und fuhr den Wagen bis vor die Garage. Robert aber war nicht mehr da. Sie musste endlich lernen, ein Leben ohne ihn zu akzeptieren.

»Bis du in Erfahrung bringen kannst, was mit deinem Mann geschehen ist, halte die Zeit an!«, hatte ihr Johan Anders jr. geraten.

»Und wenn das den Rest meines Lebens in Anspruch nimmt?«, hatte sie gefragt. Anstatt zu antworten, hatte er resigniert die Schultern gehoben. Ich habe Schuld, dachte sie, als sie die Haustür öffnete. Was immer mir Freude gemacht hat, das Lesen, die Tiere und Blumen des Gartens, die Musik, die Diskussionen mit Heger, ist grundsätzlich aus sicherem Unterstand heraus erfolgt. Sie suchte nach einem passenden Bild für sich und fand keines. Nur negativ konnte sie beschreiben, dass sie nie bereit gewesen war, für eine dieser Freuden auch Opfer zu bringen.

»Du hast dich in dir selbst breitgemacht, und ich bin nur ein Mantel, der dich wärmt!«, hatte Robert ihr einmal vorgeworfen. Nun war der Mantel verschwunden und der Rest mit ihm. Robert hatte alles mitgenommen, vorsätzlich oder nicht. War ihr Haus bislang ein steinerner Hort gewesen, wuchs das leere Zimmer unaufhaltsam über alle Stockwerke hinaus bis unter die Wipfel der Bäume. Und was wie eine Mauer zwischen ihr und Robert gestanden hatte, war fort, da es nichts mehr abzugrenzen gab. Denn Selbstlosigkeit, davon war sie überzeugt, gab es nicht. Altruismus ist nur das, was im Kaufmännischen der Wechsel genannt wird. Irgendwann muss einer zurückzahlen, was er bekommen hat. Und sie war gezwungen, ihre Schuld in einer Summe zu begleichen. Dass sich diese Forderung durch den Schock von Roberts Verschwinden verdoppelt hatte, bestürzte sie dennoch. Sie hatte an eine gemeinsame Zukunft mit viel Gleichmaß – vielleicht auch Gleichgültigkeit gedacht, aber nicht an eine Katastrophe solchen Ausmaßes. Roberts Tage glichen in der Summe ihren eigenen: Sie waren vorüber. Wie konnte diese Erkenntnis ihre Haltung ändern, dachte sie, ließ die Frage jedoch unbeantwortet.

Aufgewühlt ging sie in den Garten, um die Vögel zu füttern. Weiße Narzissen hatten sich ebenso wenig davon abhalten lassen, aus dem Boden zu sprießen, wie die Schusternägelchen und Gänseblümchen. Die Forsythie an der äußeren Grundstückbegrenzung leuchtete mit den Terrassenpflanzen um die Wette, und der Kirschbaum war kurz davor zu erblühen. Nur hatte Claudia verlernt, sich daran zu freuen. Magnus hatte ihr Sorgen bereitet, aber jetzt, wo auch er abgeflogen war, lief ihr die Einsamkeit wie ein kaltes Rinnsal über Kopf und Rücken. Sie ging in die Küche, machte sich ein Brot und kochte Teewasser auf. Heger kam fast gar nicht mehr zu ihr. Seit Robert verschwunden war, so hatte er es vorsichtig angedeutet, könne seine Frau schlecht damit umgehen, dass er sie besuche. Erschreckt stellte sie fest, dass sie weder Freunde noch ein soziales Umfeld hatte. Sie hatte Rückzug mit Einsamkeit verwechselt. Die Idee, Birgittas Angebot anzunehmen und nach Schweden zu ziehen, blühte auf und verschwand, wiederkehrend wie die gleichmütigen Tage bis zum Sommer.

An warmen Abenden saß sie auf der Terrasse. Der Duft des Jasmins war betörend. Er stand in einem großen Blumenkübel über der Brandstelle, und seine weißen Blüten hoben sich wie kleine Elfen von der Dunkelheit ab. Solche Momente taten ihr gut, denn ihre Tage verbrachte sie damit, Überflüssiges aus dem Haus zu schaffen und es als Sperrmüll abholen zu lassen. Dazu gehörten neben abgetragenen Kleidungsstücken auch die Möbel der Kinderzimmer. Besonders die Regale der beiden Jungs zu leeren nahm viel Zeit in Anspruch. Sie verlor sich ganze Nachmittage in den Kinderbüchern, bewunderte die Illustrationen und las ganze Passagen aus ihnen. Schließlich kam sie zu der Einsicht, kein einziges Buch wegzugeben. Vielleicht konnte der Schatz an Worten und Bildern sich nochmals öffnen, wenn die Jungs selbst zu Vätern geworden waren. So stapelte sie die Bücher zwar in Kisten, schrieb jedoch in großen Lettern *Wertsachen* darauf und lagerte sie im Keller ein. Ohne dass ihr das anfänglich bewusst geworden war, hatte sie das Haus gesichtet, geräumt und damit nach und nach ihren Abschied vorbereitet. Birgitta, die sie über den jeweiligen Stand der Arbeiten unterrichtet hatte, unterstützte Claudias Entscheidung, einen neuen Lebensabschnitt zu beginnen.

»Wenn du nicht weißt, wohin, mir bist du immer willkommen!«

Ende August dann signalisierte Claudia, sie könne sich vorstellen, nach Amerika oder aber nach Schweden zu übersiedeln. Die Reaktion Birgittas auf diese vage Äußerung war überwältigend. Ein herzlicheres Willkommen konnte es gar nicht geben. Umso überraschter war Claudia, als sie zwei Tage später von Johan Anders jr. angerufen wurde. Er habe von seiner Schwester erfahren, dass sie daran denke, Deutschland zu verlassen. Grundsätzlich, und sie solle ihn da nicht falsch verstehen, begrüße er natürlich diese Idee. Und entscheide sie sich für Arjeplog, wäre er darüber hinaus ganz glücklich. Er denke dabei besonders an Birgitta, die ja nun leider nicht mehr die Jüngste sei. Die Sicherheit, eine liebe Bekannte in ihrer Nähe zu haben, wäre eine große Entlastung für seine Schwester und auch für ihn.

»Ich darf mich doch als deinen Freund bezeichnen, Claudia, nicht wahr? Und als dieser möchte ich dich dennoch bitten, einen Entschluss von solcher Tragweite nicht zu überstürzen. Was dich nicht an einem herzlichen Willkommen bei uns zweifeln lassen darf. Mir geht es ausschließlich um dich. Brich nicht gleich alle Zelte ab, warte einen Winter und einen Sommer, ehe du endgültig entscheidest, hier für immer zu leben. Und um dir bis dahin ein Zuhause zu geben: Meine Brüder und ich, und vor allem natürlich Birgitta, bieten dir an, bei uns im Gästehaus zu wohnen. Da kannst du in Ruhe ausprobieren, ob du mit Norrland zurechtkommst. Denn die Wintermonate sind lang und dunkel, der Sommer hingegen viel zu kurz. Lass dir aber auch deshalb Zeit mit deiner Entscheidung, weil wir Schweden Patrioten sind, zumindest die meisten von uns, und man Zeit braucht, um mit unseren Sitten und Gebräuchen warmzuwerden. Verzeih mir, aber ich will dir das alles sagen, weil ich bei so vielen Neuankömmlingen erlebt habe, wie schwer es in der Realität ist, die eigenen Wurzeln zu verlassen. Alle, mit denen ich je gesprochen habe, wollen in ihrem tiefsten Inneren eigentlich ständig nur dorthin zurück, von wo sie hergekommen sind. Und sei es letztlich im Sarg. Einsamkeit zu spüren ist das eine, sie darüber hinaus in einem fremden Land zu durchleiden ist nicht dasselbe. Und glaube mir, ich weiß, von was ich rede.«

Claudia war ganz ruhig geworden. Kurze Zeit hatte es für sie ausgesehen, als wolle Johan Anders jr. ihre unausgereiften Pläne durchkreuzen. Seine aufrichtige Sorge aber wirkte in ihr nach, und je länger sie ihm zugehört hatte, desto mehr musste sie ihm recht geben. Und sein Vorschlag, für ein Jahr im Gästehaus zu leben, kam ihr entgegen. Ein Besuch, zugegebenermaßen ein ziemlich langer, war fürs Erste sicher die beste Lösung. Also im September. Jetzt war es ausgesprochen und abgemacht. Im September wird sie ihre Reise antreten.

An einem strahlenden Tag war Claudia mit ihrem vollgepackten Auto auf dem Weg nach Kiel. Sie hatte eine Agentur beauftragt, sich während ihrer Abwesenheit um Haus und Garten zu kümmern und auch Heger einen Hausschlüssel überlassen. Er sei ihr Feuerwehrmann, hatte er versichert, und Tag und Nacht zu erreichen.
Den ersten Teil der Strecke aber kam sie nicht dazu, sich mit Katastrophenszenarien auseinanderzusetzen. Das Verkehrsaufkommen war hoch, und dennoch rasten die meisten Fahrzeuge, als wäre der Teufel hinter ihnen her. Claudia versuchte, sich nicht vom Geschwindigkeitsrausch anstecken zu lassen, was schwierig war, wollte sie nicht von der Straße geschoben werden. Es dauerte eine Stunde, dann fuhr sie mit im Strom, eine weitere, und sie gehörte zu den Jägern und nicht mehr zu den Gejagten. Als ihre Benzinanzeige in den roten Bereich abzufallen drohte, fuhr sie die nächste Tank- und Rastanlage an und parkte ihren Wagen nach dem Betanken neben dem Audi einer Familie mit drei Kindern. Claudia grüßte in die bunte Ansammlung hinein.
Beim Betreten des hell und freundlich gestalteten Innenraums der Raststätte hatte sie diese Gedanken wieder vergessen. Sie stellte sich in die Reihe der Wartenden,

entnahm der Kühltheke ein Wasser und wählte einen doppelten Espresso. Ihr kurzes Zaudern wurde mit einem Murren quittiert. Sie bezahlte eilig.
Da trotz der frühen Stunde alle Tische belegt waren, setzte sie sich nach kurzem Zögern zu einem jungen Mann. Er hatte auf ihre Frage, ob der Platz noch frei wäre, nur abwesend genickt und kaum Notiz von ihr genommen. Als wolle er fliehen, hatte er die Schlaufen seines Rucksacks fest im Griff, und mehrmals sah es so aus, als setze er zum Spurt an. Dann schien er resigniert zu haben und stellte den Rucksack auf den Boden ab. Ob sie einen Blick darauf werfen könne, bat er unvermittelt. Claudia, die eigentlich aufbrechen wollte, akzeptierte seinen Wunsch nach kurzem Blickkontakt. Er war schnell zurück, bedankte sich bei ihr und sagte, dass er sich jetzt wieder auf die Suche nach einer Mitfahrgelegenheit mache. Für ein nettes Wort übersehe mancher LKW-Fahrer das Verbot, Anhalter mitzunehmen, die Erfahrung habe er schon gemacht.
»Aber das kann dauern«, gab er so ernst zu bedenken, dass leicht der Eindruck entstehen konnte, als stecke er in schwierigsten Geschäftsverhandlungen fest.
Claudia – in dieser Hinsicht ist man heutzutage ja gut erzogen – wollte ihr Geschirr abräumen, als er ihr zu verstehen gab, dass sie ihre Tasse stehen lassen sollte, er mache das.
»Kein Problem«, meinte er lächelnd und wünschte ihr eine gute Fahrt.
Am Eingang musste Claudia einen Moment warten. Die Parkplatzfamilie drängte herein und stürmte im Pulk in Richtung der Toiletten. Als sie aus den Augenwinkeln

wahrnahm, dass der junge Mann ihr Gedeck abtrug, hielt sie inne. Seine unaufdringliche Freundlichkeit in dieser anonymen Umgebung hatte ihr gefallen. Entschlossen ging sie zurück und fragte, ob sie ihn auf ihrer Fahrt nach Flensburg ein Stück weit mitnehmen könne.

Er wollte nach Hamburg und nahm das Angebot mit einem strahlenden Gesicht an. Noch bevor er einstieg, stellte er sich vor:

»Ich bin Donald Wagner, ursprünglich aus Lettland. Und bitte, duzen Sie mich.«

»Claudia Feldwehr, noch aus Deutschland.«

Bis sie sich erneut an das hohe Tempo gewöhnt hatte, dauerte es eine Weile, dann erst animierte sie Donald, von sich zu erzählen.

»Ich war elf, als ich mit meinem Vater nach Deutschland kam«, begann er. »Meine Großmutter war der Meinung, dass in Lettland nichts aus mir werden könne. Außerdem wollte sie mich unbedingt als Kaufmann sehen. Irgendeine alte Familiengeschichte«, lachte er.

»Und, bist du Kaufmann geworden?«

»Nicht annähernd«, antwortete er Claudia. »Eigentlich bin ich noch gar nichts. Ich habe eben erst die Schule beendet.«

»Wie alt bist du?«, wollte Claudia wissen.

»Neunzehn geworden, im Frühjahr, während der Abitur-Prüfungen. Aber das hat den Noten nichts genutzt, sie sind dadurch nicht besser geworden.«

Donald holte einen Apfel aus dem Rucksack und bot ihn ihr an. Sie lehnte dankend ab, worauf er ihn mitsamt dem Kerngehäuse verzehrte. Nach der Schule habe er einige

Monate gejobbt, um die Reise nach Lettland zu finanzieren. Jetzt werde er studieren.

»Geschichte oder Kunstgeschichte«, beantwortete er Claudias Frage, setzte aber einschränkend hinzu, dass seine Freundin Karin ihm von diesen Disziplinen abgeraten hatte und er deshalb noch am Überlegen sei.

»Will sie lieber einen Ingenieur zu Hause haben?«, fragte Claudia und dachte an sich und Robert.

»Oh, sie ist keine Freundin wie ... eher eine Bekannte oder eigentlich meine Nachhilfelehrerin.«

Donald verstummte, schien an etwas zu denken, woran er Claudia nicht teilhaben lassen wollte. Dann war er wieder da, lebhaft und offen. Vielleicht werde er Medizin studieren. In Lettland sei das trotz seines Abiturdurchschnitts möglich.

»Karin hat das recherchiert.«

Was ihn dann bewogen habe, sich ursprünglich Kunstgeschichte oder Geschichte auszusuchen? Sein Traum, das Bernsteinzimmer zu finden.

»Nichts ist für immer verloren. Das gilt besonders für den Zweiten Weltkrieg. Eine Generation versteckt, die nächste findet, sagt meine Großmutter immer. Und ich will die Lösung finden.«

»Was würde es dir bringen?«, fragte Claudia provokant.

Donald stutzte einen Moment, grinste dann und meinte, zum einen gebe es reichlich Finderlohn, zum anderen einen Eintrag bei Wikipedia. Zu diesem Zeitpunkt des Gesprächs befanden sie sich schon weit hinter Hannover, und Claudia schlug vor, einen Rastplatz anzufahren, um dort einen Kaffee zu trinken.

Donald setzte sich nicht damit durch, die Rechnung zu übernehmen, aber während sie bezahlte, hatte er sämtliche Scheiben des Wagens gereinigt. Kurz vor Hamburg sah Claudia zur Uhr. Ihr Zeitplan bot genügend Spiel, und sie konnte es sich sogar erlauben, von der Autobahn zu fahren, Donald am Stadtrand abzusetzen, von wo er mit öffentlichen Verkehrsmitteln den Hauptbahnhof und im Anschluss daran den Fährhafen Travemünde erreichen würde. Als er ihr bei der Verabschiedung einen Euroschein geben wollte, schob sie seine Hand weg. Er solle ihr schreiben, wenn er das Bernsteinzimmer gefunden habe, oder sich auch sonst mal bei ihr melden. Er nickte, zog einen Notizblock aus dem Rucksack und notierte sich sorgfältig die E-Mail-Adresse. Dann drehte er sich noch einmal um, winkte lässig und verschwand.

In Flensburg hatte Claudia ein Motel gebucht und wollte am nächsten Morgen frühzeitig nach Hirtshals aufbrechen. Eine Fähre würde sie von dem dänischen Hafen aus ins norwegische Bergen bringen, von wo ein Schiff der Hurtigruten nach Bodø weiterfuhr. Sie hatte Übernachtung und Überfahrten per Internet gebucht und war erleichtert, dass vor Ort bislang alles so problemlos funktioniert hatte. Nachdem sie mehrmals den Weg erfragt hatte, ging sie in ihre Außenkabine. Diesen Luxus hatte sie sich gegönnt, wenn es schon eine Kabinenpflicht gab.

Die Zeit an Bord verbrachte sie, soweit das möglich war, abseits der anderen Gäste und sah, ohne einen konkreten Gedanken zu verfolgen, stundenlang dem Spiel der Wel-

len zu. Aber die meditative Kraft des Meeres versiegte am Morgen des nächsten Tages. Schon in einem fremden Bahnhof in den Anschlusszug umzusteigen machte sie nervös, den Tausch der Fähren jedoch empfand sie als echtes Risiko. Die Gefahr, sich mit dem Auto in den Hafenanlagen von Bergen zu verirren, war bei ihrer Unerfahrenheit nun auch wirklich nicht von der Hand zu weisen.
Ein Steward konnte sie beruhigen. Er machte Claudia mit einem Ehepaar aus München bekannt, das eine ähnliche Reiseroute hatte wie sie selbst. Die Münchner lotsten sie sicher auf das neue Schiff, und Claudia konnte die Fahrt entlang der Küste endlich genießen. Am Nachmittag des zweiten Tages aber setzte heftiger Sturm ein, und die Küstenlandschaft, die sie bisher so freundlich willkommen geheißen hatte, verschwand hinter einer grauen Regenwand. Trotzdem nahmen die meisten Passagiere an den Landgängen teil, die während der verschiedenen Anlaufstellen des Postschiffs angeboten wurden. Claudia geriet noch nicht einmal in Versuchung, von Bord zu gehen. Sie nutzte die stille Zeit, um sich auf das einzustellen, was vor ihr lag.

Als wollte Bodø sie dafür belohnen, die stürmische See so klaglos ertragen zu haben, empfing sie die Stadt am Vormittag des vierten Reisetages mit Sonnenschein.
Claudia programmierte noch an Bord ihr Navigationsgerät, das serienmäßig im Fahrzeug eingebaut war, verabschiedete das Münchner Ehepaar und machte sich daran, den Weg, den sie schon einmal mit Loose gefahren war, alleine zu bewältigen.
Statt der Schneefelder säumten diesmal grüne Wiesen die

Straße, und sie erkannte nicht einen Streckenabschnitt wieder. Dafür schien ganz Skandinavien unterwegs zu sein. Vor allem Gespanne, die ihre Hänger mit Brennholz beladen hatten, verlangsamten Claudias Fahrt. Zu überholen getraute sie sich zumeist nicht, nutzte aber die langsame Geschwindigkeit für kurze Blicke auf den Vestfjord, der, wie Loose damals erklärt hatte, die Lofoten vom norwegischen Festland trennt. Auf dem Wasser war viel zu entdecken, und sie konnte Windsurfer, kleine und große Segelschiffe und sogar ein Ausflugsschiff ausmachen.

Ihr elektronischer Lotse leitete sie von der Küstenstraße ins Landesinnere. Sie verließ Norwegen, und bald führte die Straße über den Pass, der in einzelnen Senken schon wieder Schneefelder zeigte. In dieser Höhe bestand die Vegetation zumeist aus Flechten, Moosen und Gräsern, und ihr schoss durch den Kopf, dass dieses üppige Nahrungsangebot für Elche interessant sein müsste. Als hätte sie sie mit dieser Überlegung herbeigerufen, trabte eines dieser hochbeinigen Tiere über die Fahrbahn. Die Nase war der eines Seeelefanten nicht unähnlich, aber die Elchkuh machte sich offensichtlich weder Gedanken über ihr unvorteilhaftes Profil noch über die Gefahr, die von den Autos ausging. Sie überquerte die Straße aufreizend langsam und bestimmte mit dieser Geste äußerst lässig ihr Revier. Das Gespann aber, das vor Claudia angehalten hatte, fuhr noch immer nicht weiter, obwohl die Elchkuh längst hinter der Kuppe verschwunden war. Und richtig, kurz darauf trabten zwei Jungtiere über die Straße, die offensichtlich getrödelt hatten. Claudia sandte dem besonnenen Fahrzeuglenker vor ihr einen stummen Dank zu.

Weiter ging es an zerzausten Büschen und einzelnen Birken mit mageren, niedrigen Stämmen vorbei, die täglich ums Überleben kämpften. Sie wehrten sich, und das imponierte ihr. Erst weit südlich des Polarzirkels erhoben sich, dicht aneinandergereiht, die stolzen Nadelbäume der riesigen Wälder Schwedens. Inmitten kleiner Rodungen tauchten an den Seen unvermittelt einsame Gehöfte auf. Meist umgaben mehrere kleine Hütten, von denen hölzerne Stege ans Wasser führten, ein rot-weißes Haupthaus. Und doch hatte Claudia auf der ganzen Fahrt keine einzige Gelegenheit entdeckt, einzukehren oder gar zu übernachten. Dass sie das freundliche Fährpersonal zum Abschied mit genügend Proviant versorgt hatte, nahm sie nun dankbarer an, als sie es an Bord getan hatte. Allerdings konnte die generöse Freizügigkeit bei dem Überangebot an Nahrungsmitteln auch kein Problem gewesen sein. Das Buffet auf dem Schiff von Bergen nach Bodø hätte eine Kleinstadt versorgen können. Und das mehrmals am Tag. Sie steuerte einen Parkplatz an und genoss die Ruhe und eine mit Meerrettich und Kaviar garnierte Lachsschnitte. Etwa dreißig Kilometer vor Arjeplog wählte sie den Anschluss im gelben Haus.
Birgitta musste das Telefon in der Hand gehalten haben, so rasch meldete sie sich. Als Claudia ihr die Zeit nannte, die das Navigationsgerät anzeigte, blieb Birgitta die Sprache weg: »14 Uhr schon?« Schließlich kam das Vertraute: »Du weißt, wie ich mich freue!«

Arjeplog vor der Autosaison, ein früher Nachmittag, und die Sonne schien. Claudia wollte Blumen kaufen, stellte ihr Auto neben der rosafarbenen Kirche ab und stieg aus. Behäbig plätschernd schob das Wasser kleine Wellen ans Ufer. Von der emsigen Betriebsamkeit der Wintererprobung war nichts zu sehen, die mehr als dreitausend Gäste noch nicht zurückgekehrt, und Arjeplog gehörte ganz den Einheimischen. Die Bewohner, die den Winter bei Verwandten oder im Wohnwagen überbrückt hatten, waren fleißig gewesen und hatten ihre Häuser und Straßen auf Hochglanz gebracht. Ein paar Jugendliche am Steg machten sich an einem Boot zu schaffen. Claudia sah den jungen Leuten eine Weile zu, die ganz und gar bei der Sache waren und für diese gemeinsame Tätigkeit augenscheinlich vergessen hatten, den Irokesenkamm aufzustellen. Das Interesse an der Wirklichkeit hatte gegen ihre Eitelkeit gesiegt.

Birgitta wartete vor dem Haus, und Claudia kam mit einem Strauß Rosen auf sie zu. In einem weiten hellblauen Kleid war ihre Gastgeberin schön wie immer. Ihre Freude war so herzlich, dass Claudia augenblicklich die Strapaze der langen Reise abstreifte. Noch bevor sie etwas sagen konnte, wurde sie energisch in Richtung Gästehaus gezogen, das erleuchtet war, obwohl die Sonne hell vom Himmel schien. Die Tür war mit Blumen geschmückt, und die Møllers, die Tage zuvor ihre Arbeit bei Birgitta wieder aufgenommen hatten, übergaben Claudia einen wüsten Troll, der sie beschützen und das Böse von ihr fernhalten solle. Zumindest deutete Claudia mit ihren spärlichen Sprachkenntnissen das Gemurmel in diese Richtung. Das Ehepaar zog sich gleich zurück und überließ es Birgitta, Claudia ihr neues Heim zu zeigen.

Der sechseckige Grundriss des Gästehauses ließ den Eindruck entstehen, als handle es sich um einen überdimensionierten Pavillon. Sämtliche Außenwände waren verglast, nach vorne lag der Freisitz, von dem aus sich Claudia ein phantastischer Seeblick bot. Die Terrassentür war weit geöffnet, doch schützte ein feinmaschiges Mückengitter vor blutsaugenden Insekten. Im unteren Geschoss befanden sich das Wohnzimmer sowie eine offene Küche mit Essplatz. Über eine Wendeltreppe gelangte sie in die Schlafzimmer, das Bad und einen weiteren Raum, der für Gäste gedacht war. Die Möblierung der Wohnung war spärlich, aber auserlesen. Wie auch im Haupthaus bildete Weiß die dominierende Farbe der modernen Sitz- und Essplätze. Einzig der dänische Kamin bot als dunkles Element einen Kontrast.

»Arne Jacobsens Egg Chair«, beantwortete Birgitta Claudias stumme Frage nach einem wunderbaren Ruhemöbel und holte eine Karaffe mit Wasser aus der Küche, die sie auf einem kleinen Tisch abstellte.

»Du wirst sehr müde sein, ich werde jetzt gehen. Zu essen und weitere Getränke findest du im Kühlschrank. Und morgen früh kommst du, wenn du Lust hast, zum Dickmilchfrühstück zu mir!«

Beide lachten jetzt, was die Befangenheit nahm und es Claudia ermöglichte, Birgittas Angebot bedenkenlos anzunehmen. Im Windfang stand bereits ihr gesamtes Gepäck, und ihr Autoschlüssel lag auf der Kommode. Claudia stellte sich lange Zeit unter die Dusche, nahm ihr Lunchpaket und setzte sich auf die Terrasse. Der See glitzerte hell und silbern, und trotz der einsetzenden Däm-

merung waren noch immer Details im Umfeld auszumachen. Blätter, die wie kleine Boote im Kreis tanzten, Zweige, die auf dem Weg zum anderen Ende des Sees waren. Claudia war während ihres Winteraufenthalts nur selten bis zum Ufer gekommen, und sie konnte den Zauber des Platzes erst jetzt richtig erkennen.
Nachdem sie die leichte Mahlzeit zu sich genommen hatte, ging sie ins Bett und schlief sofort ein, obwohl sie befürchtet hatte, dass jetzt, da dieser dritte Abschnitt ihres Lebens begann, eine Welle aus Ängsten und Zweifeln über sie hinwegrollen und sie nicht zur Ruhe kommen würde.

Die beiden Frauen nahmen das gemeinsame Leben wieder auf, als hätte es nie eine Unterbrechung gegeben. Über Robert sprachen sie nur selten, dafür umso mehr über Maggi, Torben und Magnus. Claudia, die regelmäßig Nachrichten aus den Staaten bekam, hatte nur Gutes zu berichten. Magnus schien sich gefangen zu haben und konnte den Aufenthalt mit Hilfe von Torbens Chef um drei Monate verlängern, in denen er sich um eine Green Card bemühen wollte. Obwohl er momentan nur als Hilfskraft an der Universität angestellt war und nicht mehr als ein stattliches Taschengeld verdiente, habe er sein El Dorado gefunden, äußerte er sich überzeugt am Telefon. Da Torben gut entlohnt wurde, kamen die Söhne bestens zurecht, und zu ihrer eigenen Überraschung traf diese Aussage auch auf sie selbst zu. Sie bedauerte ihre Entscheidung bislang an keinem Tag. Dafür sorgte neben Birgitta auch die ungewöhnlich schöne Umgebung. Am Morgen nahm Claudia nach der Sauna ein kurzes Bad im See. Den Ein-

kauf erledigten sie am späten Vormittag und unternahmen Stippvisiten in die nähere Umgebung, die mit all dem Wasser und den Wäldern genügend Ziele bot. Claudia hatte gelernt, das Motorboot zu steuern, was den Radius der Ausflüge vergrößerte. Sie fuhren mit der kleinen Jacht selbst ins Zentrum, der Anleger befand sich nahe der Kirche.
Claudia regte während eines Einkaufs an, auch Maggie und Knut mit Lebensmitteln zu versorgen. Der Abstecher zum gegenüberliegenden Ufer des Sees wäre doch schnell erledigt, aber Birgitta lehnte den Vorschlag harsch ab, Maggi brauche Ruhe und habe schon vor ihrer Krankheit keine Überraschungsbesuche geschätzt. Auch sie schaue seit einiger Zeit nur noch selten dort vorbei.
Im Zentrum trafen sie dann zufällig auf die beiden Alten. Aber, wie schon im Krankenhaus, beschleunigte Maggi ihren Schritt und zog Knut energisch hinter sich her.
»Hat sie etwas gegen mich?«, fragte Claudia, aber Birgitta antwortete nur mit einem Schulterzucken.
Der Tag hielt dann aber doch noch eine Überraschung parat. Sie hatten gerade das Boot am Steg vertäut, als Loose ihnen zuwinkte. Schnell kam er auf sie zu, und nachdem er Birgitta in die Arme genommen hatte, trug er die Tüten und Taschen des Einkaufs. Er machte Komplimente, beide sähen wunderbar aus, gebräunt und erholt, so wie sich das in Schweden gehöre. Dann stellte er Yelda, die auf der Terrasse des gelben Hauses gewartet hatte, als seine Frau vor. Da Birgitta nicht ein einziges Wort über seine Heirat verloren hatte, war die Mitteilung für Claudia eine echte Neuigkeit.

Während Loose zu kochen begann, gab sich Birgitta Mühe, seine Frau in ein Gespräch zu verwickeln. Yelda jedoch antwortete einsilbig. Claudia deckte den Tisch und versuchte, so viel wie möglich zur stockenden Konversation beizutragen. Yelda blieb höflich, aber schweigsam, und die Deutsche führte dieses Verhalten auf die Schüchternheit der Asiatin zurück.

An Loose ging die spröde Konversation ungehört vorbei. Er summte über den Kochtöpfen und hatte in Windeseile eine indische Spezialität zubereitet, die noch besser schmeckte, als ihr Name verhieß. Während des Essens bestritt er die Unterhaltung weitestgehend allein und gab vor allem Einblicke in das Nomadenleben seiner Schwiegereltern. In Claudias Augen genoss er die neue Rolle als Ehemann sichtlich. Aller Schweigsamkeit der jungen Ehefrau zum Trotz wurde es ein unterhaltsamer Abend. Aber es blieb in den nächsten Wochen der einzige in dieser Besetzung. Birgittas Kommentar, kaum dass die beiden das Haus verlassen hatten, war ernüchternd: »Sie ist nett«, sagte sie in neutralem Ton.

Mitte Oktober kamen Birgittas Brüder zur Jagd. Claudia war dankbar, dass Herr Møller das erlegte Wild häuten, zerteilen und portionieren würde. Ihr graute vor dem Gedanken, ihm dabei helfen zu müssen. Das sei schon immer seine Aufgabe gewesen, sie müsse sich keine Sorgen machen, beruhigte sie Birgitta. Andererseits, die Jagd gehöre zu Schweden wie das Mittsommerfest, fügte sie achselzuckend hinzu.

Møller war längst in seinem Element. Er putzte und ölte

die Waffen, die in einem Stahlschrank im Keller aufbewahrt wurden und die er als Jagdhelfer zu betreuen hatte. Die plötzliche Unruhe trieb Claudia ins Gästehaus. Sie saß eingemummelt auf ihrer Terrasse, als das Telefon klingelte. Überrascht suchte sie den Apparat und nahm den Hörer ab. Am anderen Ende der Leitung meldete sich Torben, der sichtlich aufgeregt mitteilte, dass sein Professor den Nobelpreis für Chemie erhalten werde, sie solle sich das mal vorstellen, nein, das könne sie sich nicht vorstellen, alle seien aus dem Häuschen. Mit schwerem Zungenschlag flüsterte er, man habe ihm schon zu verstehen gegeben, dass sein Vertrag locker auf zehn Jahre verlängert würde, und was sie dazu sage. Aber Claudia fragte nur: »Kommst du nach Stockholm?«

An diesem Abend musste sie allein sein. Sie entschied, den anderen erst am morgigen Tag von der Neuigkeit zu berichten und widerstand sogar der Versuchung, Heger anzurufen. Kaum dass sich ihre Aufregung gelegt hatte, verließ sie das Haus und lief in Richtung des Zentrums von Arjeplog.

Bis zur Kirche waren es gut und gerne drei Kilometer, aber nur von diesem Punkt aus würde sie das rostrote Haus finden, in dem Robert seine Wohnung gehabt hatte. Claudia weinte immer wieder, kümmerte sich aber nicht um die Tränen. Ihr Mann wäre stolz gewesen, vielleicht auch überrascht, und seit seinem Verschwinden hatte ihr Robert noch nie so sehr gefehlt wie an diesem Tag.

Verzweifelt suchte sie nach dem Gebäude mit den auffälligen Balkonen, glaubte einmal, es in einer Seitenstraße gefunden zu haben, irrte weiter, lief an einem kleinen Ge-

wässer vorbei und stand schließlich doch vor dem Gebäude.
Von der Straße aus starrte sie auf den Balkon, der zu Roberts Wohnung gehört hatte. Eine Bewohnerin des Souterrains lehnte sich aus dem Fenster und rief ihr etwas zu, was sie jedoch nicht übersetzten konnte. Panisch machte sie kehrt und ging mit schnellen Schritten ins Zentrum zurück. Aber die Türen der Kirche waren verschlossen. Eine Kerze anzuzünden, zu innerer Einkehr zu gelangen, an diesem Abend wäre sie dazu bereit gewesen. Enttäuscht trat sie den Heimweg an, und als leide Arjeplog mit ihr, war kein Auto mehr unterwegs, noch nicht einmal ein Traktor.

Gegen ihren ursprünglichen Vorsatz ging sie doch ins gelbe Haus. Aber Birgitta hatte sich bereits zurückgezogen, und Claudia traf lediglich drei ihrer Brüder an. Weil das Wohnzimmer einer Waffenkammer glich, wollte sie sich schnell wieder verabschieden. Auf der Terrasse des Gästehauses warte der vierte auf sie, rief ihr Carl Gustav zu, als sie schon am Gehen war. Johan Anders jr. müsse sie für eine Nacht belästigen.
»Das Hotel, wo wir sonst immer nächtigen, hat ein Problem mit den Wasserleitungen, und hier« er machte eine Kopfbewegung in Richtung oberes Stockwerk, »gibt es nur Platz für drei unserer Sorte. Du musst ihn jedoch nicht lange ertragen, morgen fahren wir in eine Blockhütte im Jagdgebiet und bleiben dort eine Woche lang. Bis dann wird der Schaden ja wohl behoben sein!«

»Hast du einige Minuten Zeit für mich?«, begann Johan Anders jr. das Gespräch, als Claudia sich zu ihm setzte. »Von deinem Mann gibt es nichts Neues ...?«
Als Claudia verneinte, fuhr er mit leiser Stimme fort.
»Ich habe gehört, dass du über Maggi informiert bist. Ein Tumor, das ist schlimm, für Maggi, aber auch für Birgitta. In Maggis Krankheit muss sie ihre eigene Sterblichkeit erkennen. Wusstest du, dass die beiden einmal unzertrennlich waren?«
Er machte eine Pause und hob eine Weinflasche in die Höhe, die Claudia erst in diesem Moment entdeckte.
»Ob wir nicht einen Schluck trinken könnten?«
Claudia besorgte Gläser, die Johan Anders jr. je zur Hälfte füllte. Seine Hände waren schmal und feingliedrig, und man sah ihnen an, dass sie nie schwere Arbeiten verrichten mussten. Er ist noch immer attraktiv, dachte Claudia, während er die Flasche abstellte. Ohne erkennbaren Zusammenhang wechselte er das Thema und sprach davon, dass sie nach der Jagd eine kleine Feier geplant hätten.
»Ich hoffe, dass wir dann noch vollzählig sind. Im gegenteiligen Fall wird vermutlich mein ältester Bruder verantwortlich sein. Er trifft schon mal daneben, kurzsichtig, wie er ist«, bemerkte er lachend.
»Birkhühner, Auerhähne, Hasen, vielleicht ein Elch, die Wälder sind voller Wild«, schwärmte er jetzt.
Claudia hielt sich aus Gastfreundschaft mit Kommentaren zurück und hörte ihm schweigend zu. Wenn sie zum reinen Zeitvertreib ausgeführt wurde, fehlte ihr jedes Verständnis für die Jagd. Mit Schrecken war ihr bewusst geworden, dass sich das Verhalten der Brüder in dem Mo-

ment verändert hatte, als sie begannen, mit den Waffen zu hantieren. Selbst die Stimmlage und der Sprachduktus war ein anderer geworden. Harsch. In Befehlsformen. Militärisch knapp. Sie bedankte sich für den Wein, in Wahrheit aber bekam ihr eilig zusammengeschustertes Zukunftshaus erste Risse.

Birgitta konnte sie nichts vormachen. Kaum waren die Männer in ihrer Jagdkleidung aus dem Haus, wurde sie von ihr in den Arm genommen. Auf ihre Frage, was denn geschehen sei, berichtete Claudia voller Stolz von der Entscheidung des Nobelpreiskomitees.

»Die erste gute Nachricht seit langer Zeit«, freute sich Birgitta mit ihr. »Und wird Torben dich besuchen? Dann könnte ich endlich auch jemanden aus deiner Familie kennenlernen!«

Claudia musste einräumen, dass sie es noch nicht wisse, aber sehr darauf hoffe, ihren Sohn bald zu sehen.

Die wunderbare Stimmung hielt die nächsten Tage an, selbst als die Brüder mit den Jagdtrophäen zurückkehrten. Es hatte keine Zwischenfälle gegeben, und sie waren vollzählig geblieben, verkündete Johan Anders jr. stolz, als er Claudia begrüßte. Die Kühltruhen wurden gefüllt, und am darauffolgenden Abend gab es die angekündigte Feier, an der auch Loose und Yelda teilnahmen. Claudia genoss den Abend, wenngleich sie der Gedanke erschreckte, wie schnell die Normalität ins gelbe Haus zurückgekehrt war. Robert fand immer weniger Platz darin. Als wäre er ein ungebetener Gast geworden.

Am nächsten Morgen war die Jagdgesellschaft nach Luleå abgereist, und schon wirbelte ein anderer Gast durch Haus und Garten. Gwendolyn, acht Jahre alt, war Lilly und Gunnar Møllers Nichte und würde so lange bei ihnen bleiben, wie die Mutter der Kleinen beruflich im benachbarten Norwegen zu tun hatte. Wann immer sich die Gelegenheit bot, schlüpfte das Kind ins gelbe Haus.
Birgitta blühte richtiggehend auf, brachte das Mädchen sogar zur Schule und betreute es auch bei den Hausaufgaben. Da das Lesen nicht zu Gwendolyns Stärke gehörte, hielt ihr Birgitta manchmal die Zeitung vor die Nase und ließ sie die Texte üben. Insbesondere wenn sie dem Kind politische Artikel vorlegte, kam es zu unfreiwillig komischen Wortneuschöpfungen. Allen dagegen fiel das außergewöhnliche Zeichentalent der Kleinen auf. Detailgetreu skizzierte Gwendolyn mit wenigen Strichen den Garten und die Hügel rund um den See. Aber auch Feen, Einhörner und Zwerge bevölkerten ihre Landschaftsbilder in ausreichender Zahl. Claudia erinnerte der Stolz der jungen Künstlerin an die Empfindungen, die sie selbst hatte, als sie für ihren Vater schmiedeeiserne Tore entwerfen durfte. Kurz entschlossen bestellte sie im Internet Staffelei, Papier, Pinsel und Farben.
Als Gwendolyn nach über einem Monat wieder nach Hause geholt wurde, begann Claudia selbst, mit Formen und Farben zu experimentieren. Nach einigen misslungenen Versuchen gelang es ihr, die Sicherheit vergangener Tage zurückzugewinnen. Zunächst waren es nur verschiedene Ornamente der Schmiedeeisenkunst, wie Blätter, geschwungene Kronen oder kunstvoll gestaltete Bögen, die

sie zu Papier brachte. Doch bald wagte sie sich an Aquarelle und Stillleben in Öl. Wann immer die Zeit es ihr ermöglichte, arbeitete sie an ihren Bildern und fand in diesen Momenten inneren Frieden.

Längst waren die Kamine eingeheizt worden. Das Licht in den Räumen, auf den Vorplätzen und Häusern brannte den ganzen Tag.

»Die Sonne ist nach einem Sommer ohne Schlaf müde geworden«, erklärte Frau Møller poetisch, denn schon am frühen Nachmittag zog die Dunkelheit auf. Auf dem Galtispouda und den umliegenden Hügeln lag Schnee, der bis zum Mai des nächsten Jahres nicht mehr weichen würde.

Nach längerer Abwesenheit kam Loose und erkundigte sich nach Claudias Befinden. Er bedauerte sehr, ihr mitteilen zu müssen, dass es rechtlich erforderlich geworden war, das Arbeitsverhältnis Roberts aufzukündigen, was nicht nur ihm schwergefallen sei. Die Rechtsabteilung habe bereits den Kontakt zu den deutschen Behörden gesucht und bemühe sich, sie finanziell abzusichern. Selbstverständlich stünde die Firma nach wie vor in engem Kontakt mit der Polizei und hoffe noch immer auf Ermittlungsergebnisse. Kommissar Kostkola solle keiner unterschätzen.

Unmerklich häuften sich seine Besuche, und irgendwann brachte er Yelda wieder mit. Zu Claudias Erstaunen hatte sich das Verhältnis zwischen Birgitta und Looses Frau entspannt, und sie wusste nicht so genau zu sagen, was das

Eis zwischen den beiden gebrochen hatte. Aber, davon war sie ebenso überzeugt wie Frau Møller, es musste viele Sonnen dazu gebraucht haben.

An einem beißend kalten Tag im November hatte sich Birgitta nach dem Mittagessen nicht, wie sie es sonst tat, in ihr Zimmer zurückgezogen, sondern beschäftigte sich ausgiebig mit dem Befeuern des Kamins. Als wollte sie für den ganzen Winter einheizen, warf sie Holzscheit um Holzscheit in die Glut. Aus noch nördlicheren Regionen war, nach einigen milden Tagen, eine Kaltfront hereingebrochen, die erst den Schnee, danach einen eisigen Wind gebracht hatte, der mit dem frischen weißen Belag spielte und ihn gegen alles schob, was im Weg stand. Obwohl das gelbe Haus gut gerüstet war, spürte man die wütenden Angriffe des Sturms bis unters Dach. Birgitta, die nicht zuließ, dass in ihrem Haus gefroren wurde, hielt mit Unmengen von Brennholz dagegen, und Claudia sah zu, wie Birgitta fortwährend Scheite ins Feuer legte. Das Spiel der Flammen beruhigte Claudia, und sie dachte daran, wie ihre Heizung völlig unspektakulär mit einem Knopfdruck in Gang gesetzt werden konnte. Sie verglich es mit dem feurigen Theaterstück, das sich im Kamin abspielte, aber bevor sie intensiver darüber nachdenken konnte, läutete das Telefon. Birgitta legte den Schürhaken zur Seite, griff nach dem Hörer und reichte den Anrufer nach einigen Begrüßungsworten an Claudia weiter. Loose meldete sich. Wenn Claudia noch daran interessiert sei, wolle er sie vor Beginn der Wintererprobung zu der lange versprochenen Testfahrt auf dem Hornavan einladen.

»Das Eis ist bereits wunderbar präpariert, wurde mir gesagt, und außerdem, noch gibt es freie Termine. Das könnten wir nutzen!«

Claudia war an die Terrassentür getreten. Wie um alles in der Welt kam er auf die Idee, bei diesem Sturm aufs Eis zu wollen und wie selbstverständlich anzunehmen, dass ihr das Spaß machen würde. Vermutlich, dachte sie, hat Yeldas Abreise mit dem Vorschlag zu tun. Er suchte nach Ablenkung.

»Sind Sie noch dran, Claudia?«

»Natürlich«, gab sie zur Antwort, »ich überlege nur, ob das bei diesem Wetter eine gute Idee ist.«

»Selbstverständlich erst an einem der nächsten Tage. Bis dahin wird sich der Sturm gelegt haben«, sagte er überzeugt.

Sie sollte sich das Erlebnis, um nicht zu sagen, den Nervenkitzel, nicht entgehen lassen. In bester Stimmung verabschiedete er sich mit den Worten, dass er sich bald melde, und legte auf.

Birgitta ermunterte Claudia, das Angebot anzunehmen, machte aber deutlich, dass sie noch immer nicht gewillt war, sich an der Fahrt zu beteiligen.

»Den Höllenritt einmal zu erleben war interessant, aber das reicht mir durchaus. Apropos Autos, da gibt es Neuigkeiten.«

Ohne die übliche Zurückhaltung, die sie sonst bei geschäftlichen Aktivitäten der Familie walten ließ, erzählte sie, dass ihre Brüder neben dem noch offenen Stiftungsprojekt eine neue Idee zur Regionalentwicklung ins Auge gefasst hatten. In diesem Winter sei probehalber ein zweites Renn- und Testgelände bereitgestellt worden, das ausschließlich zahlungskräftigen Amateurfahrern zur Verfügung stünde.

»Nach werbewirksamer Einweisung durch ehemalige Formel-1-Piloten können sich die Gäste auf dem unfallsicheren Parcours austoben. Und nach anfänglicher Zurückhaltung ist inzwischen fast so etwas wie ein Boom abzusehen, der natürlich nicht unumstritten ist!«

Auf den fragenden Blick von Claudia berichtete Birgitta von wachsender Kritik der Umweltschutzverbände, aber auch von unzufriedenen Anwohnern. Selbst sie sei skeptisch, aber es gebe sehr wohl Argumente, denen man nur schwer widersprechen könne.

»Das hat Robert auch immer behauptet, wenn er von seiner Arbeit sprach!«, entgegnete Claudia. »Er bezeichnete sie stets als unverzichtbare Pioniertat, für die eben Opfer gebracht werden müssten.

Roberts Tests seien notwendig, um unzähligen Menschen, und letztlich auch Tieren, das Leben zu retten. Außerdem würden alle Firmen die strengen Umweltauflagen freiwillig erfüllen, um Verschmutzungen erst gar nicht oder in eben möglichst geringem Maß auftreten zu lassen. Nur dadurch könne man jedem Ärger aus dem Weg gehen. Und jeder Autofahrer, der einmal auf Schnee oder einem Schmutzfilm ins Schleudern geraten sei, würde den Sinn seiner Arbeit sofort einsehen. Und die Verkehrsopfer sowieso ...« Claudia brach erschrocken ab. Birgitta ließ ihr die Zeit, die sie brauchte, zurückzufinden, und knüpfte erst dann an Claudias Ausführungen an.

»Im Großen und Ganzen vertreten die Leute hier denselben Standpunkt. Von den ökonomischen Vorteilen einmal ganz abgesehen. Früher konnten wir in Norrland vom Ertrag der Rentierhaltung leben, aber weißt du was, Claudia, es gibt inzwischen zu viele von uns. Und, wie das Sprichwort sagt: niemand wird so alt, dass er nicht glaubt, noch etwas länger leben zu können. Also, mache die Testfahrt, ohne ein schlechtes Gewissen zu haben.«

Claudia schwieg jetzt. Als sähe sie Robert dozierend vor sich, konnte sie auch Birgittas Aussagen nichts entgegenhalten, zumindest nicht so, wie sie es gern gewollt hätte. Pragmatik ließ sie meist hilflos zurück, aber wenn sie aufrichtig war, fehlten ihr auch die wirklich guten Ideen, mit denen sie hätte kontern können. Sie starrte in die Glut, bis die Augen schmerzten, und während die Holzscheite immer mehr in sich zusammenfielen, türmten sich ihre Gedanken zu chaotischen und unkontrollierbaren Gebilden auf.

Bereits am nächsten Morgen zeigte sich, dass Loose recht behalten hatte. Der Sturm war weitergezogen, und schon früh fand sich auf Claudias Mobiltelefon die Nachricht, dass er sie gegen zehn Uhr abholen würde und sie sich auf ein Abenteuer freuen könne. Außer einer Tasse Kaffee nahm sie an diesem Morgen vorsichtshalber nichts zu sich.

Loose war pünktlich und stand in der freigeräumten Auffahrt. Wie Møller das geschafft hatte, war Claudia unerklärlich. Wenn Schnee sein erklärter Feind war, hatte er ihn zumindest im Griff. Sie schmunzelte über den spontanen Gedanken, dass der Hausmeister in der Garagenauffahrt eine Bodenheizung verlegt haben könnte. Dagegen sprach allerdings, dass er im Moment mit grimmiger Miene auf dem kleinen Traktor hockte und das verklumpte Nass mit aufbrausendem Motor vom Weg des Gästehauses in Richtung See schob. Sie selbst war noch wie der Storch im Salat zum gelben Haus marschiert, und allein die wetterfeste Kleidung hatte verhütet, dass die Nässe bis zur Haut durchgedrungen war.

Nach Vaithoudden, von wo aus die Fahrt über den zugefrorenen See starten würde, fuhr Loose extrem langsam, da der viele Neuschnee es fast unmöglich machte, den Straßenverlauf zu erkennen. Zwar ging es meist geradeaus, aber Looses Wagen war ein Verkehrshindernis, und Claudia fragte nach einer gewissen Zeit vorsichtig an, mit wem sie die Testfahrt zurücklegen würde. Er lachte auf.

»Nicht mit mir! Das steht fest.«

Er habe einen Profi engagiert, einen, der das Driften seit Jahren beherrsche. Sie solle sich einfach fallenlassen und das Ganze genießen. Und, fügte er hinzu, während der Fahrt nicht reden oder gar Fragen stellen. Das, betonte er ausdrücklich, möge der Herr überhaupt nicht.

Die Schranke zum Gelände ging hoch, und Claudia erkannte die Pförtnerin wieder, die ihr vor langer Zeit, so kam es ihr vor, ausgesprochen freundlich gegenübergetreten war. Loose fuhr zum rückwärtigen Teil des Gebäudekomplexes, wo an einer Tankstelle bereits ein Auto und der dazugehörende Pilot auf sie warteten. Loose setzte seinen BMW zurück und war, nachdem er Claudia an ihn verwiesen hatte, wie von Zauberhand verschwunden.

Der Fahrer hatte etwa dasselbe Alter wie sie selbst und stellte sich als Jochen vor. Er riss die hintere Seitentür des bereitgestellten Testwagens auf, bugsierte sie in den Fond des stattlichen Audis, beugte sich vor und zog den Sicherheitsgurt so fest, dass ihr fast der Atem wegblieb. Anschließend warf er die Tür mit Schwung zu und überprüfte, ob sie fest verschlossen war. Claudia wagte kaum, sich zu bewegen. Sie beobachtete, wie Jochen den Reißverschluss seiner Winterjacke, die deutlich sichtbar das Firmen-Logo trug, bis zum Kragen schloss. Dann streifte er schwarze Lederhandschuhe über, zog den Zapfhahn aus der Tanksäule und füllte den Kraftstoff ein. Während er sich auf diese Tätigkeit konzentrierte, sah sich Claudia im Testfahrzeug um. Der Beifahrersitz war ausgebaut, und im ganzen Fußraum standen oder lagen Messgeräte, um die sich unzählige Kabelverbindungen ringelten. Nachdem ihr Pilot entschlossen den Vorgang des Tankens beendete hatte, umrundete er das Auto, trat mit kräftigem Stoß gegen die Räder und stieg schließlich ein. »Hier«, Jochen zeigte auf einen Laptop, »werden die Messdaten der dynamischen Bremsregelsysteme an die verschiedenen Automodelle angepasst.«
Claudia nickte nur, aber Jochen war überraschend umgänglich. Er wies auf die weiße Fläche vor ihnen und machte sie auf die Gestaltung des Parcours aufmerksam. Es gebe Verkehrszeichen, und alle Fahrer müssten sich an die Straßenverordnung halten.
»Es ist wie im richtigen Leben, nur der Straßenbelag unterscheidet sich. Teile unserer Piste sind in der Regel aus purem Eis, manche aus Schotter, andere wieder sind eine

Mischung aus beidem. Sorgen müssen Sie sich aber keine machen, die Eisdecke ist fast so dick, wie das Auto hoch ist. Das wird jeden Morgen vom Eisspezialisten kontrolliert. Bereit?«, wollte er wissen, aber ohne die Antwort abzuwarten, startete er den Wagen. Noch bevor er auf der ausgewiesenen Strecke angelangt war, machte er sich am Armaturenbrett zu schaffen, und bald erklang aus den Bord-Lautsprechern der *Danse macabre* von Camille Saint-Saëns.

Ihr Fahrer hatte das Stück mit Bedacht gewählt, wie Claudia bereits nach den ersten Fahrmanövern sicher wusste. Nur ignorierte Jochen fast augenblicklich das vom Komponisten vorgegebene Tempo und gelangte ohne Rücksicht auf die musikalische Vorlage sofort zum Prestissimo. Der makabre Tanz begann, und scheinbar ohne dass Jochen eingriff, drehte sich das Auto bereits zu Beginn mehrmals. Die Begrenzungen missachtend, driftete es schlitternd über die gesamte Breite des Sees. Claudia schrie auf, was ihren Chauffeur nur dazu veranlasste, den Ton der Musikanlage noch lauter zu stellen. Fast sekündlich änderte er die Fahrtrichtung, nahm Geschwindigkeit auf, übersteuerte ohne Vorwarnung und wiederholte die Drehungen ein ums andere Mal. Die chaotischen Manöver folgten jedoch präzise der Choreografie der Musik, wie Claudia anerkennend feststellte. Zu diesem Zeitpunkt hatte sie es längst aufgegeben, sich gegen die einwirkenden Kräfte zu wehren, und sich, ohne die geringste Körperanspannung aufzubauen, ganz dem Tanz ausgeliefert. Ihr Blick blieb unterdessen auf die Bäume am Ufer des Sees gerichtet, die ihr eine Orientierung boten. Als das Stück endete, *grazioso*, kam das Auto in derselben Weise unbeschadet am Ausgangspunkt zum Stehen. Jochen sprang aus dem Wagen, half ihr, den Gurt zu öffnen, und hielt sie so lange fest, bis sich ihr Gleichgewichtsinn wieder stabilisiert hatte. Wortlos begleitete er sie zur Pforte und verschwand nach einem stummen Händedruck. Ungläubig beobachtete sie von der Besuchercouch eines Aufenthaltsraums, dass er erneut die Strecke ansteuerte, um nun erst seine eigentliche Testfahrt durchzuführen.

Zum ersten Mal bereute sie es, nicht schon früher nach Arjeplog gekommen zu sein. Aber als sie von Robert eingeladen worden war, hatte sie rundherum abgelehnt, ihn in Schweden zu besuchen. Vielleicht wäre er dann bei ihr geblieben? Sie wagte nicht, den Gedanken weiterzuverfolgen, eines aber wäre anders gewesen: Sie hätte seinem beruflichen Tun die Aufmerksamkeit geschenkt, die es verdiente.

Ihr fiel der hilflose Versuch ihres Mannes ein, sie für den Begriff *Erlkönige* zu interessieren. Geschickt hatte er die Literatur bemüht, doch sie kannte ihren Goethe und wusste, dass der Stoff aus dem Dänischen entlehnt war und dort als *Ellenkonge*, als Elfenkönig, bekannt ist. Sie hatte abwehrend reagiert, als Robert vom Chefredakteur einer Autozeitung berichtete, dessen Magazin Abbildungen der geheim gehaltenen Prototypen veröffentlichen wollte. Seine journalistische Idee war, mit Hilfe der Poesie die Provokation gegenüber der Automobilindustrie so gering wie möglich zu halten. Einer Eingebung folgend bat er die Redaktion, in Anlehnung an Goethes Gedicht, jedem Foto einen gereimten Achtzeiler zur Seite zu stellen, und hatte damit Erfolg. Der *Erlkönig* ging von der Dichtung in den allgemeinen Sprachgebrauch über. Jochens Tatkraft aber war wirksamer als Roberts idealistische Phrasen, um mich von der Notwendigkeit der Testfahrten zu überzeugen, dachte sie jetzt.

Der 10. Dezember und mit ihm die Nobelpreisverleihung rückte näher. Obwohl sie dem Termin entgegenfieberte, gab sich Claudia alle erdenkliche Mühe, die Nervosität nicht nach außen dringen zu lassen. An Abenden, die schon am Nachmittag begannen, saß sie mit Birgitta zusammen oder las englische Bücher aus der umfangreichen Bibliothek, die sich im obersten Geschoss des Hauses befand. Birgitta liebte Abenteuer- und Pioniergeschichten, am liebsten die über Roald Amundsen. Was sie über den Entdecker und Polarforscher nicht wusste, reimte sie sich zusammen, wobei ihre Spekulationen zum Teil groteske Züge annahmen. An manchen Tagen reiste sie mit ihm zu den Polargebieten, und nichts und niemand konnte sie in ihrer Euphorie bremsen. Claudias Anspruch an Literatur war ein anderer. Dennoch hatte sie sich nie einer Frau so nahe gefühlt. Daran änderte auch das Zwischenspiel nichts, das sich an einem anthrazitfarbenen Novembernachmittag zutrug. Wie so oft hatte Claudia Birgittas Rücken nach einem Saunagang eingecremt, als Birgitta sich plötzlich aufsetzte, umwandte und Claudia zu sich heranzog.

»Was meinst du«, flüsterte sie kaum hörbar, »wir wären doch ein wunderbares Paar.«

Claudia hielt ganz still, war verwirrt, wusste nicht, was sie erwidern sollte, und gab der kleinen Begebenheit nicht wirklich eine Bedeutung; ließ sie verflüchtigen wie eine Fata Morgana.

»Was schaust du so entgeistert, Liebes, das war doch nur ein Scherz!«, manövrierte die Freundin sie beide aus dieser Situation, stupste Claudia auf die Nase und prustete los.

Claudia stimmte nur zögernd in das Lachen ein, und es verging geraume Zeit, bis sie wieder gelöst war. Aber das vor allem konnte sie von Birgitta lernen: Niederlagen und Widersprüche zu akzeptieren, ohne zu schmollen. Sie wechselten unbefangen das Thema, besprachen Claudias Reise nach Stockholm, auf der sie Torben treffen würde, während Magnus nicht mitkam. Ihr Ältester war nach Deutschland zurückgekehrt, wollte einige Angelegenheiten klären, um dann endgültig in die USA überzusiedeln.

Birgitta würde Claudias Flug vom Büro ihrer Brüder aus buchen lassen. Loose hatte darauf bestanden, dass Dennis sie zum Airport nach Arvidsjaur brachte, von wo aus sie abflog. Den Staffelstab am Flughafen in der Hauptstadt zu übernehmen war dann Torbens Aufgabe. Er würde sie dann auch zu ihrem Hotelzimmer im zentral gelegenen Sheraton bringen.

Rundum behütet trat Claudia am 8. Dezember die Reise an. Erst im Flugzeug fiel ihr ein, dass sie vergessen hatte, sich Tabletten zu besorgen. Zu ihrer eigenen Überraschung ging es auch ohne die Tranquilizer, nur der Start und die Landung waren eine Herausforderung, die sie viel Kraft kostete. Und die Frau neben ihr, die kreideweiß in der Lehne hing, war auch keine Hilfe gewesen.

Das Erste, was Claudia in der Stockholmer Innenstadt auffiel, war, dass vor allem die jüngeren Einwohner riesig groß waren. Torben wurde mit seinen 185 Zentimetern sogar von Frauen überragt. Da es in Strömen regnete und der Ostwind dafür sorgte, dass die Tropfen waagrecht herangepeitscht wurden, trugen alle Daunenjacken oder -mäntel und versteckten ihre Gesichter hinter tief nach unten gezogenen Kapuzen.
Mutter und Sohn legten die gut zweihundert Meter von der Metrostation bis zum Hotel im Eiltempo zurück. Nachdem sich Claudia getrocknet und umgezogen hatte, klopfte Torben irgendwann an ihre Zimmertür und begann fast ohne Unterbrechung über die vergangenen Monate und das kommende Ereignis zu schwärmen.
»Zur Preisverleihung wirst du mich leider nicht begleiten können, da jeder Preisträger nur sechzehn Personen benennen darf, die Zugang zum Festsaal erhalten. Beim anschließenden Bankett bin nicht einmal ich selbst geladen. Die Teilnehmerzahl ist so ungefähr auf 1300 Gäste begrenzt, und auch einige meiner Kollegen sind nicht dabei. Das macht aber nichts, weil wir dann die Stockholmer Nacht genießen werden. Und es ist Usus, dass die Nobelpreisgewinner zwischen den Terminen einen öffentlichen Vortrag halten, bei dem meine Anwesenheit ebenso erwünscht ist wie beim schwedischen Winterfrühstück. Am Morgen des 13. Dezember bitten die Heilige Lucia und ihre Begleiterinnen die Preisträger zu Kaffee und Gebäck. Die Kinder tragen brennende Kerzenkronen auf dem Kopf und singen unaufhörlich *Santa Lucia*. Du siehst, mir wird wenig Zeit für dich bleiben. Sorry, Mama.«

Claudia musste über seine wort- und gestenreichen Schilderungen dennoch schmunzeln. Allein dafür, ihn zu sehen und so nahe bei sich zu haben, hatte sich ihre Reise gelohnt. Sie sagte ihm dies auch, und er erklärte strahlend, dass er sich den ganzen heutigen Abend für sie freigehalten habe und ihr ein richtig tolles Abendessen vorschlage. Er rief bei der Rezeption an und erkundigte er sich nach einem guten Restaurant.

»Hier sind alle gut«, betonte der Concierge, und bis sie herunterkämen, werde er eine Adresse auf einen Block schreiben und ein Taxi rufen.

Der Fahrer setzte sie vor einem hell erleuchteten Haus am Mälarsee ab. Sie hatten nicht damit gerechnet, in Stockholm in ein indisches Restaurant geschickt zu werden, aber es passte alles zusammen. Das Essen war wunderbar, das Personal aufmerksam und freundlich, und selbst die Kosten hielten sich in Grenzen. Claudia berichtete von Arjeplog, ihrem sechseckigen Pavillon mit See-Sicht, den vier Brüdern und betonte immer wieder, sich bei Birgitta wohlzufühlen. Sie werde über den Winter bleiben, was das neue Jahr bringe, werde sie sehen.

»Ich denke nur noch in Wochen oder Tagen ... Und derzeit in Stunden«, fügte sie lächelnd hinzu.

Wie traumhaft schön Stockholm war, sah Claudia, als sich am anderen Morgen die dunklen Wolken verzogen hatten. Von ihrem Hotelzimmer aus hatte sie das Rathaus im Blick, das für die Preisverleihung festlich mit Blumen, Kerzen und Fackeln geschmückt war. Wie in jedem Jahr hatte die italienische Stadt San Remo, in der Alfred Nobel 1896 gestorben war, die bunten Gebinde gespendet. Sie

wusste es vom Concierge. Dennoch rückten die Stadt und das prachtvolle Ambiente der einzelnen Gebäude in den Hintergrund, je mehr sie an ihr geheimes Vorhaben dachte, sich mit dem heutigen Tag von Robert zu verabschieden. Ob der Galtispouda, der Hornavan, das Gästehaus, diese anmutige Wasserstadt zu ihren Füßen, das Meer an Blumen oder auch nur der zartblättrige Ahorn in ihrem Garten, alles, was sie in den vergangenen Monaten betrachtet oder auch nur zufällig aufgenommen hatte, verlor unter seinem Schatten an Farbe und Zauber. Es gab keine andere Möglichkeit mehr, und das warf sie ihm im Stillen vor. Er hatte ihr die Freiheit genommen und nicht einmal die Chance gelassen, um ihn trauern zu können. Schon allein deshalb würde sie die Gelegenheit nutzen und sich aus diesem Gefängnis zu befreien versuchen.
Sie zog sich ins Innere des Zimmers zurück, um den Stadtplan zu studieren. Aber ohne eine Route gewählt zu haben, packte sie ihn in ihren Rucksack. Bis zum Defilee blieb noch genügend Zeit, sie würde hinausgehen und sich durch die Straßen treiben lassen. Mehr konnte sie im Moment nicht tun.
Wieder waren Regenwolken aufgezogen. Wie schnell das in Stockholm doch ging. Als sie müde geworden war, fand sie zwischen sündhaft teuren Designerläden ein kleines Bistro, in dem sie einen Imbiss zu sich nahm und Kaffee um Kaffee bestellte, weil sie ihren Fensterplatz nicht aufgeben wollte. Der Nachmittag fand kein Ende, und sie sah immer wieder zum TV-Gerät, das über dem Tresen an der Wand hing. Es war stummgeschaltet, aber die Bilder zeigten, dass sich die Stadt für das große Ereignis des Abends

schick machte. Die Preisträger wurden der Reihe nach vorgestellt, und Kurzreportagen präsentierten Rat- und Konzerthaus, das Schloss und die Universität, in der erste Vorträge gehalten wurden, in bestem Licht.
Es war Abend geworden, und Claudia verließ das Bistro, um zum Hötorget zu gelangen. An jenem Platz befand sich das Konzerthaus, in dem die wichtigste Aktion der Festtage stattfinden würde: die Übergabe der Nobelpreise. Obwohl es ununterbrochen regnete, stand eine große Zahl von Zaungästen hinter den Absperrungen, um die Honoratioren zu begrüßen. Eine dunkle Limousine nach der anderen fuhr auf den Platz, aber so sehr sie sich auch streckte, ihr gelang es nicht, die Gesichter der Prominenten zu erkennen. Wobei es Claudia auch nicht darauf ankam, nur dass sie Torben nicht entdeckte, enttäuschte sie ein wenig.
Gegen ihren Willen suchte sie unter den Schaulustigen nach Roberts Gesicht.
Die letzten Limousinen waren verschwunden, die Tür zum Konzerthaus hatte sich geschlossen, und die Menschen strömten in alle Richtungen davon. Sie war froh, bald ins Hotel zu gelangen. Zwar hatte der Regen nachgelassen, doch ein aggressiver, nasser Wind schüttelte sie durch. Sie fror jämmerlich, verlief sich dann noch in den Straßen, fragte schließlich eine Passantin und sah endlich die hell erleuchtete Fassade ihres Hotels vor sich. Die letzten Meter rannte sie fast, so sehr zog es sie ins Warme.
Die helle Glastür im Blick, nahm sie im Dunkeln des Eingangsbereiches eine Bewegung wahr und schaute auf. Zwei Männer traten aus dem Schatten hervor und kamen

mit tief ins Gesicht gezogenen Kapuzen auf sie zu. Als hätten sie sich im letzten Moment anders entschieden, drehten sie ab, und der Größere bugsierte seinen Begleiter ins Innere eines dunkelblauen Wagens.
Claudia hatte der Szene zugeschaut, als handle es sich um einen Film, der ihr jeden Moment neue Bilder anbieten würde. Erst als sich der Wagen von ihr entfernte, glaubte sie Per Kostkola am Steuer des Autos zu erkennen. Tiefe Furchen hatten sich in seine Wangen eingegraben, und, ob es nun am Licht lag oder nicht, seine Augenränder waren dunkel, fast schwarz. Oder hatte sie sich getäuscht? Erst als andere Hotelgäste ankamen, folgte sie ihnen ins Innere, ging auf ihr Zimmer und warf sich, völlig angezogen, auf das Bett. Ist es denn noch immer nicht vorbei? Sie war schon so lange zwischen Verzweiflung und Hoffen hin- und hergerissen worden, dass – obschon der Gedanke grausam war – die Nachricht von Roberts Tod einem Trost gleichgekommen wäre. Das Nichtwissen, die trügerischen Hoffnungen, die hinterhältigen Zweifel, alles zehrte so sehr an ihr, dass sie manchmal glaubte, verrückt zu werden. Und nun musste sie erleben, dass Kostkola sie überwachte: Er schien sich sicher zu sein, dass Robert, falls er in Kontakt mit der Familie stand, an einem solchen Tag in Stockholm sein würde. Aber Robert war nicht erschienen. Und so, als verweigere ihr Bewusstsein, das eben Durchdachte zu Ende zu denken, schlief sie sofort ein.
Am späten Vormittag riss Torben sie aus dem Schlaf. Claudia hatte ihm geöffnet und war gleich darauf wieder ins Bett gekrochen. Er sah sofort, dass sie Fieber hatte,

und schlug vor, einen Arzt zu rufen. Da sie den Kopf heftig schüttelte, ließ er es schließlich bleiben. Schlussendlich fiel ihm ein, was seine Mutter im umgekehrten Fall getan hatte, hüllte ihre Füße in Socken, bestellte zwei Kannen Kräutertee und eine Terrine mit heißer Hühnerbrühe. Dann ließ er kaltes Wasser über Handtücher laufen und machte ihr Wadenwickel. Er wartete auf den Zimmerservice, sorgte dafür, dass Claudia trank und wenigstens einen Löffel Suppe zu sich nahm, und verließ erst danach das Krankenbett. Er wollte in der nächstliegenden Apotheke nach geeigneten Medikamenten fragen.

In der Lobby begrüßte ihn ein Mann, der sich mit Johan Anders Wilhelmsson Junior vorstellte. Ein Umstand, der Torben verwirrte. Er hatte von Birgittas Brüdern gehört, aber einen von ihnen in Stockholm zu treffen, war so unerwartet, dass er sich verhaspelte. Seine Mutter ... krank, sei krank, stotterte er, aber er werde Bescheid geben, dass ein Freund da sei.

»Es geht ihr hoffentlich bald besser, vielleicht kann sie das Bett morgen schon wieder verlassen«, äußerte er sich sichtlich gefasster. »Ich muss in zwei Tagen in die Staaten zurück und hoffe sehr, dass ich meine Mutter bis dahin alleine lassen kann.«

Johan Anders versicherte ihm, sein Rückflug sei nicht in Gefahr. Er selbst werde für Claudia ... Frau Feldwehr ... sorgen.

Bevor Johan Anders das Hotel verließ, machte er einen Abstecher in die Hotelbar. Der Barkeeper sah ihn kurz an und fragte lächelnd:

»Einen Doppelten?« Johan Anders nickte nur, ihn interessierte noch nicht einmal, von was er das Doppelte bekommen würde.

Zwei Tage später wurde Claudia in Arjeplog in den Arm genommen.
»Geht es dir wieder besser?«, galt Birgittas Sorge Claudias angeschlagener Gesundheit.
Sie erhole sich am besten, wenn sie sich gesundschlafe. Birgitta griff nach ihrer Hand, hielt sie fest, und die heftige Reaktion berührte Claudia. War sie angekommen, zu Hause angekommen? Bislang hatte sie dieses Wort vermieden, jetzt aber, müde und noch immer von der Erkältung geschwächt, ließ sie es zu.
Als sie am übernächsten Tag gut erholt im gelben Haus erschien, empfing sie Birgitta mit der Nachricht, dass Maggie gestorben sei.
»Und Knut?«, war Claudias erste Reaktion. »Er ist von den Behörden in eine Klinik nach Arvidsjaur gebracht worden. Weitere Informationen habe ich bisher nicht. Eine Tragödie!«

***

Wäre es nach Per Kostkola gegangen, hätte er die Bartovic einbestellt, um sie zu befragen, wie er es für richtig hielt: von Angesicht zu Angesicht. Aber dafür würde er keine Kostenübernahme erhalten. Eine Videokonferenz wäre akzeptabel gewesen, aber da es sich nur um eine formelle Befragung handelte, fehlte dazu die rechtliche Grundlage. Also blieb nichts übrig, als mit ihr zu skypen.

Den Zeitpunkt des Gesprächs hatten sie so gewählt, dass Frau Bartovic, bei der es durch die Zeitverschiebung fünf Stunden später war, bereits zu Hause war. Kurz vor 14 Uhr begab sich Kostkola in den Vernehmungsraum und setzte sich seufzend vor seinen Laptop. Der technische Aufwand, der betrieben werden musste, hatte ihn gehörig genervt, auch weil er gezwungen war, seine Kollegen um Mithilfe zu bitten. Nun aber stand die Leitung nach Yakeshi, und seine Gesprächspartnerin war deutlich zu sehen. Bild und Ton liefen nicht immer synchron, wie er schon bei der förmlichen Begrüßung und Vorstellung verärgert feststellen musste. Bartovic hatte dem Gespräch freiwillig zugestimmt, was Kostkola zu Beginn dankend hervorhob, obwohl ihm das schwerfiel; wer sich als Geliebte behauptet, dachte er, ist mit allen Wassern gewaschen. Und tatsächlich beschwerte sie sich sofort. Es sei nicht zu verstehen, was die Unterredung bringen solle, da sie doch schon seit längerem keinen Kontakt mehr zu Herrn Feldwehr habe, stellte sie entschieden klar und kam mit dem Gesicht ganz nahe vor die Kamera.

»Mag sein, mag sein«, gab Kostkola zur Antwort und senkte den Blick in seine Unterlagen. »Aber ich ... wir sind in einer schwierigen Lage und benötigen jede Hilfe. Sie als seine Vertraute – oder darf ich sagen, Geliebte – könnten vielleicht Licht in diesen Fall bringen.«

Bartovic reagierte nicht, was Kostkola für einen Moment verunsicherte. Schließlich forderte sie ihn auf, seine Fragen zu stellen, sie habe nicht unbegrenzt Zeit.

»Natürlich, natürlich. Entschuldigen Sie.« Dennoch fixierte er weiter seine Unterlagen. Als er den Blick endlich hob, sah er, dass sich seine Gesprächspartnerin eine Zigarette angezündet hatte. Kostkola roch den Rauch, was ihn äußerst irritierte. Wie konnte das möglich sein? Endlich riss er sich zusammen und versuchte, die Befragung in Gang zu bringen.

»Seit wann kennen Sie Robert Feldwehr?«

»So genau weiß ich das nicht mehr, vielleicht ein paar Jahre.«

»Geht das nicht genauer?«

»Etwas über vier Jahre, denke ich.«

»Und so lange bestand auch Ihr Verhältnis?«

»Vielleicht, keine Ahnung, ich habe nicht mitgezählt!«

»*Vielleicht* ist ein schlampiges Ja! Ich bräuchte es schon etwas konkreter.«

Aber Mila Bartovic zuckte nur mit den Schultern.

»Dann versuchen wir es anders: Sie arbeiteten in seiner Abteilung. Ist das korrekt?«

»Ja, natürlich, das wissen Sie doch!«

»Und zuvor waren Sie bei der Konkurrenz tätig?«

»Was hat das eine mit dem anderen zu tun?«

»Bitte beantworten Sie die Frage.«

»Ja, aber nur für kurze Zeit.«

»Warum hatten Sie gekündigt?«

»Robert Feldwehr machte mir ein besseres Angebot. Außerdem verstanden wir uns vom ersten Moment an gut ...«

»Warum trennten Sie sich dann von ihm und gingen nach China?«

»Muss ich darauf antworten?«

»Gegenfrage: Warum haben Sie damit ein Problem?«

»Ich finde, das ist zu privat. Es geht Sie nichts an!«

»In einem Kriminalfall gibt es nichts Privates. Aber lassen wir das ... Wie kam sein Kontakt zu Maggi und Knut Rosén zustande? Sie kannten die beiden doch auch, nicht wahr?«
Kostkola sah, dass sie die Zigarette ausdrückte, und atmete auf. Mila Bartovic hatte sich weit in ihrem Stuhl zurückgelehnt.
»Was um alles in der Welt haben die Roséns mit Roberts Verschwinden zu tun?«
»Wir müssen jeder Spur nachgehen. Und dazu gehören eben auch die Kontaktpersonen, mit denen Herr Feldwehr umgegangen ist. Das verstehen Sie doch? Und nun scheint es fast, dass Sie die Einzige sind, die noch helfen kann. Herrn Feldwehrs Verschwinden hat von Anfang an Turbulenzen ausgelöst, und mir haben sie auferlegt, sie zu stoppen. Wie soll ich das nur machen, ohne Hilfe?«
»Sind Sie Finne?«
»Nein, wieso? Ich bin Schwede, meine Großeltern sind eingewandert.«
»Ähnlich wie bei mir. Ich bin Schweizerin, aber meine Eltern stammen aus Ex-Jugoslawien.«
»So etwas dachte ich mir schon. Sehen Sie, schon deshalb sollten wir zusammenhalten!« Jetzt lächelte auch Kostkola.
Sie verschwand einen Moment, zog eine Schublade auf und nahm einen Kalender oder ein Tagebuch an sich. Kostkola konnte es nicht genau erkennen, fragte auch nicht nach, denn Bartovic setzte sich und begann zu reden.
»Robert und ich waren nach Adolfström unterwegs. Auf der Fahrt mussten wir einem LKW ausweichen und lan-

deten im Tiefschnee. Maggi Rosén kam zufällig auf ihrem Traktor vorbei und zog uns heraus.«

»Wie lange ist das her?«

»Zwei Jahre!«

Kostkola nickte und machte eine Handbewegung, sie solle fortfahren.

»Am Wochenende fuhren wir zu den Roséns, um uns zu bedanken. Daran erinnere ich mich, das dürfen Sie mir glauben. Sie empfing uns mit einer Schrotflinte im Anschlag und fragte in Englisch, ob wir zu den guten Deutschen gehörten. *If not, piss off!* Robert antwortete gelassen, dass es doch nur noch gute Deutsche gebe. Wer sind dann die Glatzköpfe, die sich mit den Skinheads aus der Gegend Motorradrennen liefern und im Wald rumballerten?, fragte sie ihn provozierend und zielte mit der Waffe wieder in unsere Richtung. Die Pickel am Hintern eines Landes, antwortete Robert grinsend, worauf Frau Rosén uns hereinbat: Dass sich bloß kein Ekzem daraus entwickelt, nicht wahr, sagte sie völlig ernst, als ich ihr die mitgebrachten Blumen übergab.«

Bartovic griff nach der Zigarettenpackung, spielte damit, legte sie aber wieder beiseite.

»Und Herr Rosén. War der auch anwesend?«

»Irgendwann stieß er zu uns. *Der versteckt sich immer so lange, bis ich die Situation im Griff habe.* So hat sie ihn uns vorgestellt. Er ist gleich wieder verschwunden.«

»Können Sie sich daran erinnern, ob Frau Rosén etwas über ihren Mann gesagt hat?«, fragte Kostkola und rückte unmerklich an den Bildschirm heran. Sofort ließ sich seine Gesprächspartnerin in ihre Stuhllehne fallen.

»Er habe sich den Verstand versoffen oder sei dement. Sie sei sich da nicht so sicher.«

»Und was ist Ihre Meinung zu Herrn Rosén?«

»Ich kann nur Roberts Einschätzung wiedergeben. Er erzählte mir, dass es um Knuts Geisteszustand nicht so schlecht bestellt ist, wie er tut. Manchmal hätte er helle Momente, und es sei mehr als auffällig, dass Frau Rosén bei keinem seiner präzisen Statements anwesend sei. Ich persönlich glaube, Knut managt seine Bequemlichkeit perfide auf ihrem Rücken. Aber wie ich Frau Rosén einschätzte, hat sie ihren Mann eh längst durchschaut. Und meine Meinung dazu ist, dass die beiden ihre Möglichkeit gefunden haben, miteinander leben zu können.«

»Im Gegensatz zu Ihnen und Herrn Feldwehr?«

»Ja! Robert wollte zwei Leben führen. Eines in Schweden und eines in Deutschland. Ich wollte das nicht! Deshalb bin ich weg aus Arjeplog.«

»So einfach ist das?«

»Die Geschichte ist so alt wie Rom. Sie wird nicht anders, wenn man sie genauer erzählt!«

»Wie hat Robert Feldwehr darauf reagiert?«

»Er hat es akzeptiert. Vielleicht war er auch erleichtert. Nach anfänglichem Beleidigtsein sind wir jedenfalls in Kontakt geblieben. Über Skype, so wie wir jetzt.«

»Hat er von etwas erzählt, das für mich hilfreich sein könnte?«, fragte Kostkola nun direkt.

»Wir haben nur noch ganz allgemein geredet. Dass er seine Wochenenden ab und zu bei den Roséns verbracht hat. Es ist wohl ein freundschaftliches Verhältnis entstanden.«

»Von dem keiner gewusst hat?«

»Maggie hat es nicht an die große Glocke gehängt. Keine Ahnung, warum sie so ein Geheimnis daraus machte.«
»Das hilft nicht wirklich weiter ...«
»Robert hat gern von seinen Spaziergängen erzählt. Er hatte sich extra Schneeschuhe angeschafft, die er voller Stolz in die Kamera hielt.«
»Gab es ein bestimmtes Ziel? Vielleicht eine Hütte?«
»Nicht dass ich wüsste. Er sprach mitunter von einem zugefrorenen Weiher. Und von einem hässlichen Hund, der ihm nachlief. Ein halbverhungertes Vieh, das offenbar zu keinem gehörte.«
»Mich interessiert noch, wie sein Verhältnis zu seiner Ehefrau war. Wusste sie von Ihrer Beziehung?«
»Glaube ich nicht. Jedenfalls war das nie ein Thema zwischen uns. Wie ich schon sagte, auf seine Art war er ihr treu.«
»Bis dass der Tod euch scheidet?«
»Sie sind unsensibel, Kostkola.«
»Sorry, mit der Zeit treten meine Schwächen ans Tageslicht. Bitte fahren Sie fort.«
»Sind wir danach fertig? Ich habe heute noch etwas vor.«
»Ich gehe davon aus, dass es sich nicht um ein Rendezvous mit dem verschwundenen Feldwehr handelt?«
»Suchen Sie ihn in Schweden oder Korea oder auf den Fidschi-Inseln. Ich hoffe, Sie finden ihn. Jedenfalls ist er nicht bei mir, falls Sie das andeuten wollten.«
»Hat er jemals von Suizid gesprochen?«
Kostkola sah, wie Mila Bartovic jetzt doch eine Zigarette aus der Packung zog und anzündete. Den Rauch blies sie in Richtung der Kamera, so dass sie für kurze Zeit unsichtbar wurde.

Als sie wieder zu sehen war, schien ihr Gesicht wie zuvor gänzlich ungerührt.
»Robert und Suizid? Nein, niemals. Er ist nicht der Typ dafür.«
Obwohl ihm sehr wohl aufgefallen war, wie lange sie die Antwort hinausgezögert hatte, beließ Kostkola es dabei und verabschiedete sich.
»Frau Bartovic, vielen Dank für Ihre Offenheit. Bitte erlauben Sie mir nur noch eine Bemerkung: Sie wirken vom Verschwinden Ihres Geliebten wenig betroffen. Ich muss zugeben, das irritiert mich!«
»Ob ich betroffen bin, das können Sie nun wirklich nicht beurteilen. Sie kennen mich nicht, und dabei sollten wir es auch belassen.«
Unmittelbar darauf war der Bildschirm schwarz. Mila Bartovic hatte die Verbindung unterbrochen. Auch gut, dachte Kostkola, das erspart mir, ihr von den aktuellen Ereignissen zu berichten.

***

Birgitta hatte gerade ein Buch von Tomas Tranströmer aus dem Regal genommen und Claudia erklärt, dass er der Lieblingsautor von Johan Anders jr. sei, als es an der Haustür klopfte. Sie drückte Claudia das Buch mit den Worten in die Hand, Carl Gustav hingegen könne mit Lyrik nichts anfangen, was sicher an seinem früheren Literaturlehrer liege, der ihn stundenlang Balladen oder Gedichte auswendig lernen ließ, um seinen Vortrag dann doch jedes Mal schlecht zu bewerten. Die Zeilen aber, die sie lesen solle, hätten ihren Weg selbst in Carl Gustavs Herz gefunden, rief sie Claudia noch aus dem Flur zu, und, schon kaum mehr vernehmbar, dass Johan Anders jr. viel weiter sei und beim Vorlesen der Verse oft und viel heule.

Claudia las die Verse. ... *Meine Schritte hierher waren Explosionen im Boden, die das Schweigen übermalt, übermalt*

Mehr als je zuvor fühlte sie sich von diesen Worten getroffen und regelrecht erschüttert. Das Verschwinden ihres Mannes hatte sie hierher geführt, und diese Zeilen konnten einfach kein Zufall sein. Sie ließ sich erschöpft gegen die Lehne fallen und vermeinte in den Fügungen, die sie in dieses Haus und auf dieses Sofa geführt hatten, einen geheimen Plan des Schicksals zu erkennen. Augenblicklich opferte sie Robert dieser Überzeugung, und er verschwand so unspektakulär wie eines dieser verlorenen Birkenblätter vor ihrem Fenster. Ohnehin war er in der vergangenen Woche nur noch einmal das Thema eines Gesprächs gewesen und dann aus ihrem Alltag verbannt worden. Claudia hatte darauf bestanden. Rückschläge werde es noch früh genug geben, dann wäre noch immer Zeit genug, damit umzugehen, hatte sie Birgitta angefleht, ihre Entscheidung zu respektieren. Nun aber konnte ihre Freundin das gegebene Versprechen nicht einlösen, denn in ihrem Schlepptau traten Kommissar Kostkola und Loose ins Zimmer. Als Claudia in die ernsten Gesichter der Männer sah, schloss sie den Gedichtband und legte ihn geräuschlos auf den Tisch. Die Geschichte Roberts würde heute zu ihrem Ende kommen, die einsetzende Ruhe machte ihr das deutlich.

Der Kommissar trug eine Uniform und hatte, anders als

sonst, die Schuhe nicht ausgezogen, was den offiziellen Anlass seines Kommens unterstrich. Er durchmaß mit seinem Blick den Raum, bevor er ihn auf Claudia richtete.

»Wie geht es Ihnen, Frau Feldwehr?«

Ohne die Frage auch nur zu beachten, sprang sie auf, schritt auf Kostkola zu, und – so jedenfalls nahm es Birgitta wahr – fast sah es aus, als wollte sie ihn schütteln. Doch dann fielen ihre Arme herunter, und so abrupt, wie der Gefühlsausbruch begonnen hatte, ebbte er ab. Sie hatte in seine Augen gesehen und verstanden, er würde keine gute Nachricht überbringen. Kostkola räusperte sich, schwieg noch einen Moment und bat sie dann, wieder Platz zu nehmen. Er zog einen Sessel nach vorn und setzte sich Claudia direkt gegenüber. Umständlich holte er ein Notizbuch aus der Tasche seiner Jacke und begann in seinem Singsang leise und nachdrücklich zu reden. Loose und Birgitta, die inzwischen am Kamin Platz genommen hatten, warfen sich verstohlene Blicke zu.

»Frau Feldwehr, wie Sie ja wissen, ist vorgestern Frau Rosén tot aufgefunden worden. Weil sie ein paar Tage nicht zum Einkaufen kam, wollte der örtliche Polizist nach ihr sehen und fand sie leblos in der Küche vor. Sie ist, wie ein hinzugerufener Arzt angab, ihrer schweren Krankheit erlegen. Knut Rosén, ihr Mann, kniete apathisch vor ihr und stammelte immerzu: *Alle sind tot, alle sind tot.* Der Kollege vor Ort schilderte mir, dass ein verwahrloster, einäugiger Hund im Haus herumschlich, den Knut zuvor vergeblich zu vertreiben versuchte. Er warf mit allem nach dem Tier, was griffbereit herumlag. Da Knut nicht beruhigt werden konnte, hat der Arzt die sofortige Unterbringung in eine

Klinik veranlasst. Wir werden sehen, was aus ihm wird. Ich habe diesen Hund erwähnt, weil der Kollege wieder abgezogen wäre, ohne sich genauer umzusehen. Es gab ja zu diesem Zeitpunkt keinen Anlass, das Gehöft zu durchsuchen. Der Hund aber bellte unaufhörlich und rannte aufgeregt zwischen einem Anbau und dem Haupthaus hin und her. Schließlich folgte ihm der Kollege, öffnete jenes Nebengebäude und fand, unter einer Plane versteckt, einen Wagen, der sich als das verschollene Firmenfahrzeug Ihres Mannes identifizieren ließ.«

Claudia führte bei dieser Nachricht unbewusst die Hand vor den Mund und roch zwischen ihren Fingern den Duft, den zerriebene Blätter ausströmen. Sie konnte dieses Aroma wahrnehmen, wann immer sie wollte. Wie leicht, dachte sie, lassen sich Ereignisse schildern, wenn man nicht beteiligt ist. Noch weigerte sie sich, das Gesagte wirklich aufzunehmen. Kostkola hätte genauso gut davon sprechen können, ihr das Tadsch Mahal zu schenken, die Wirkung wäre dieselbe gewesen.

»Das Navigationsgerät war von der Stromversorgung getrennt worden, so dass wir nicht in der Lage gewesen waren, das Auto zu orten ...«

»Was ist mit dem Hund geschehen?«, fragte sie unmotiviert, und Kostkola schaute sie irritiert an.

Er sei ebenso überraschend verschwunden, wie er aufgetaucht sei. Der Kommissar versuchte sich zu sammeln.

»Der Wagen Ihres Mannes ist nicht das von uns gesuchte Unfallfahrzeug. Die Front weist keinerlei Beschädigungen auf, die auf eine Kollision hindeuten. Aber im Kofferraum des Wagens haben wir DNS-Spuren des verunglückten

Fotografen gefunden! Wir nehmen mit Sicherheit an, dass Alan Steward in dem Wagen Ihres Mannes zu der Haltebucht gebracht worden ist, wo wir ihn aufgefunden haben. Über das, was zuvor geschehen ist, können wir allerdings nur spekulieren.«

Kostkola behielt seinen sachlichen Ton bei.

»Auf dem Beifahrersitz fanden wir ein Prepaid-Handy Ihres Mannes, das uns schließlich entscheidende Hinweise geliefert hat. Bei der Überprüfung der Daten stießen wir auf seinen engen Kontakt zu den Roséns und zu Frau Bartovic. Gestern habe ich via Skype mit ihr gesprochen. Sie stand mit Ihrem Mann in ... kollegialem Verhältnis.«

Kostkola suchte Looses Blick, der keine Reaktion zeigte.

»Frau Bartovic bestätigte uns, dass Ihr Mann in freundschaftlicher Beziehung zu den Roséns gestanden hat.«

»Wie meinen Sie das«, fragte Claudia, wieder aufmerksamer geworden. »Robert kannte Maggie?«

»Ja, und zwar sehr gut. Er hat die beiden Alten öfters besucht!«

»Davon habe ich nichts gewusst, das musst du mir glauben!« Birgitta war aufgesprungen und wollte offenbar auf Claudia zugehen, aber Loose hielt sie davon ab. »Keiner hat davon gewusst, keiner in der Firma, keiner in der Stadt«, bekräftigte Loose Birgittas Worte, und Kostkola nickte in einer Art, dass daran nicht zu zweifeln war. Claudia sackte dennoch in sich zusammen. Spielte man Katz und Maus mit ihr, oder wurde sie langsam verrückt? Und wer war Mila Bartovic? Sie hatte diesen Namen noch nie gehört, und was für einen Unsinn erzählte ihr Kostkola über Robert, Maggi und Knut.

»Wer ist Mila Bartovic?«, fragte sie dann auch mit schrillem Ton.

Kostkola winkte ab. »Eine Kollegin, eine Bekannte, eine Freundin … suchen Sie sich etwas aus.«

Einen Moment lang dachte der Kommissar daran, weitere Ausführungen zu unterlassen, da ihm Claudia kurz vor einem Zusammenbruch schien. Als würde sie frieren, begann sie am ganzen Leib zu zittern. Kostkola spürte, sie hatte sich weit von ihm entfernt, und berührte intuitiv ihren Arm. Sie kam zurück, er sah es an ihrer Haltung. Schließlich setzte sie sich auf, schob seine Hand zur Seite und bat ihn, fortzufahren, was der Kommissar nach kurzem Zögern auch tat.

»Zurück zu dem, was wir wissen! Der Fotograf Alan Steward wurde durch den Traktor der Roséns tödlich verletzt. Wir gehen nach wie vor davon aus, dass es ein Unfall war, aber mit letzter Sicherheit wissen wir das nicht. Die Konturen der Schneeschaufel des Traktors stimmten jedenfalls mit den stumpfen Verletzungen überein, die Steward sich zugezogen hat, bevor er überrollt wurde. Für die Spurensicherung hat sich damit nebenbei ein Rätsel gelöst«, richtete er seine Worte an Loose. »Die Kriminaltechniker konnten den Hergang des Unfalls bisher nicht wirklich nachvollziehen, was vor allem daran lag, dass Stewards Oberbekleidung fehlte.«

»Aber Robert! Wo ist er? Wo ist mein Mann?« Claudia war wieder aufgestanden und trommelte mit den Händen verzweifelt gegen die Scheibe der Terrassentür. Kostkola bat sie eindringlich, wieder Platz zu nehmen. Er sehe sich ansonsten gezwungen, mit seinen Ausführungen zu einem späteren Zeitpunkt und in seinem Büro fortzufahren. Und das wolle sie doch sicher nicht, fügte er nachhaltig hinzu.

»Oder?«

Im Raum war es so still geworden, als hätte der Schnee einen Weg ins Zimmer gefunden und alles unter sich begraben. Aber es war wirklich kalt geworden. Unkonzentriert versuchte Birgitta den Kamin anzufachen, indem sie kleine Scheite über einen letzten Funken Glut schichtete. Sie schien sich ganz in dieser Tätigkeit zu verlieren. Claudia dagegen drehte den Kopf und sah Kostkola auffordernd an.

»Ich habe Knut Rosén im Krankenhaus aufgesucht«, fuhr er fort, »und fand ihn in einem jämmerlichen Zustand vor. Trotzdem, aus dem wenigen, das er von sich gab, nimmt der wahrscheinliche Ablauf der Geschehnisse Form an.«

***

Knut Rosén saß im Bett. Sein Rücken wurde von mehreren Kissen gestützt, aber das Plumeau hing über einem Stuhl, der nahe am Fenster stand. Per Kostkola registrierte dankbar, dass er allein im Zimmer lag. Schon während der Kommissar auf ihn zuging, schlug sich der alte Mann unaufhörlich auf seine dürren Schenkel. Kostkola zog einen Stuhl heran, setzte sich zu ihm ans Bett und begrüßte ihn freundlich. Knut verharrte einen Augenblick, schrie dann, sich noch heftiger schlagend, nach Maggi.

»Wo ist mein Weib! Soll herkommen. Sofort.«

Von dem Geschrei alarmiert, öffnete ein Pfleger die Tür und kam nach wenigen Minuten mit einer milchigen Lösung zurück. Knut schluckte sie ohne Widerspruch und beruhigte sich danach fast augenblicklich. Erstaunt starrte er Kostkola an.
»Wer bist du?«, fragte er überrascht, als hätte er ihn nie zuvor gesehen. Kostkola nannte erneut seinen Namen und wollte wissen, was mit Robert Feldwehr passiert sei. Knut stierte lange Zeit apathisch auf seine Beine, schaute irgendwann mit einem listigen Gesichtsausdruck auf.
»Der ist hinüber. Tot.«
Als wollte er Kostkolas Reaktion abwarten, fuhr er nach einer kurzen Pause fort: »Wie der andere. Der war verrückt. Läuft mitten auf der Straße. War so dunkel! Wodka, verstehst du, Wodka! Maggi hat Wodka verboten! Wo ist Maggi?«
»Knut, du weißt, Maggi ist gestorben. Sie war sehr, sehr krank.«
»Du lügst, du verdammter Finne. Sie räumt auf und holt mich dann ab.«
»Knut, Maggi wird nicht mehr kommen, du musst ...«
Wie aus dem Nichts schoss Knut nach vorne und hielt dem Kommissar die Hand vor den Mund. Dann hob er den Zeigefinger der anderen an seine Lippen.
»Psst! Alle tot. Keinem was verraten!«
Er war ganz nahe an Kostkola herangekommen, der erschrocken den Oberkörper zurückgezogen hatte und erst nachhakte, als er sich gefasst hatte.
»Und du meinst wirklich Robert Feldwehr?«
»Wen denn sonst«, gab Knut zur Antwort. »Er war schlecht

für mich, hat Maggi gesagt. Hat Wodka gebracht! Wer nicht hören will, muss fühlen. Jetzt schreit er nicht mehr.«
Der Kommissar war ernst geworden:
»Knut, hast du ihn getötet?«
»Hast du ihn getötet, hast du ihn getötet«, äffte er Kostkola nach. »Was fragst du so dämlich. Das ist ein Geheimnis, sagt Maggi. Wo ist denn das Weib?! Hoffentlich bringt sie geräucherten Rentierschinken mit.«
Obwohl er ruhiger geworden war, hetzten seine Augen von einer Ecke des Zimmers in die andere. Dann fragte er Kostkola unvermittelt, was er in diesem Bett mache.
»Ich will nach Hause zu Maggi! Bringst du mich hin?«
Mit großer Kraftanstrengung schwang er seine dürren Beine auf den Boden, sackte aber schon beim ersten Schritt in sich zusammen. Per Kostkola hob ihn auf, und Knut, der fast nichts mehr wog, ließ sich ohne Protest ins Bett zurücklegen. Als hätte ihn die Aktion völlig erschöpft, schloss der Alte die Augen und reagierte auf nichts mehr. Kostkola saß noch eine Weile da, erkannte schließlich, dass es keinen Sinn hatte, auf ein beweiskräftiges Geständnis zu hoffen. Knut war eingeschlafen. Dass es für immer war, erfuhr Per Kostkola am anderen Tag, als er in der Klinik anrief, um sich nach Knut zu erkundigen.

***

»Robert ist tot!« Claudia sagte es entsetzt, und der Kommissar nickte.
»Er muss von Maggi telefonisch um Hilfe gebeten worden sein, wie der Abgleich der Gesprächszeiten der Roséns mit

denen des gefundenen Prepaid-Handys ergab. Ich nehme an, Ihr Mann fuhr sofort los und fand die Eheleute völlig aufgelöst in der Küche ihres Hauses. Maggi wird ihm den Hergang des Unfalls geschildert haben, und Robert hat sich wahrscheinlich geweigert, bei der Vertuschung zu helfen und den Toten fortzuschaffen. Vielleicht wollte er nicht in die Sache hineingezogen werden, war vielleicht sogar voller Sorge, man könne ihm eine Mitschuld an Knuts Alkoholfahrt unterstellen. Ich bin überzeugt, er wollte die Polizei rufen. Dann müssen die Dinge außer Kontrolle geraten sein, und dabei ist es zum Schlimmsten gekommen. Untersuchungen haben ergeben, dass sich auf den Holzdielen in der Küche noch immer Blut Ihres Mannes nachweisen lässt. Der Blutverlust muss extrem hoch gewesen sein, und Robert kann nach menschlichem Ermessen nicht überlebt haben.«

»Wer?«, fragte Claudia leise. »Wer von den beiden war es?«

»Ehrlich gesagt, Frau Feldwehr, wir wissen es nicht. Die Aussagen von Knut Rosén waren in diesem Punkt sehr verwirrend, und nun hat er das Geheimnis mit ins Grab genommen.«

Mit einem angedeuteten Schulterzucken beendete er seinen Bericht und klappte das Notizbuch zu. Zum ersten Mal ergriff Loose das Wort:

»Was geschieht nun, und was bedeutet das für Claudia?«

Kostkola stand auf und strich seine Uniformjacke glatt.

»Das bedeutet, dass wir die Suche fortsetzen. Eine Zeit lang jedenfalls. Wir gehen von der Ermordung des Vermissten aus. Vermutlich wird er von unseren Behörden

in Kürze für tot erklärt werden, und damit werden sich die Versorgungsansprüche von Frau Feldwehr regeln lassen.«
Er ging auf Claudia zu, nahm ihre Hand und sagte nach kurzem Zögern:
»Ich bin sicher, wir finden seine ... Wir finden ihn ... Irgendwann.«
Bei dieser letzten Bemerkung war er sichtlich verlegen, denn seine ansonsten blasse Gesichtsfarbe wurde von einer dunklen Röte abgelöst. Aber dafür hatte keiner der Anwesenden einen Blick.

Claudia lief wortlos aus dem Zimmer, aus dem Haus und über den geräumten Weg zum Pavillon. Birgittas versuchte nicht, sie aufzuhalten, sie wusste, Claudia wollte jetzt allein sein. Birgitta ging, nachdem die Haustür zugeschlagen war, zur Terrasse, sah ihre Freundin den Weg entlanggehen, sah sie im Gästehaus verschwinden und kurz darauf, wie im Fenster eine Kerze flackerte.
Das ist gut, dachte sie, das ist gut. Du hast mit dem Trauern begonnen.

Als Kostkola gehen wollte, fragte ihn Loose, wie viel von seinen Spekulationen haltbar wäre.
»Würde ich spekulieren, wäre ich in meinem Beruf fehl am Platz«, erwiderte Kostkola sichtlich verärgert. »Wir haben gründlich ermittelt und uns nichts vorzuwerfen! Denken Sie, ich würde den Fall sonst in dieser Klarheit präsentieren? Frau Feldwehr hat ein Recht auf Wahrheit, und auch wenn wir ihren Mann noch, ich betone, noch nicht gefun-

den haben, spricht alles für diesen Tathergang und nicht, wie Sie das nennen, für eine Spekulation!«
»Also eine Theorie, die der Wahrheit nahe ist?«, relativierte Loose.
»Eine Theorie, die den Fakten entspricht und damit der Wahrheit!«, beendete Kostkola seine Ausführungen.
Er nickte mehrmals und verließ das Haus, ohne sich zu verabschieden.

»Hast du davon gewusst?«, fragte Loose, nachdem Kostkola gegangen war.
»Nein«, antwortete sie nach langem Zögern. »Und wenn doch, hätte ich etwas tun können?«
Er wollte aufstehen, blieb dann aber sitzen. Beide vermieden es, sich anzusehen.
»Öffnen wir einen Champagner, oder muss ich mich mit Whisky betrinken?«, begann Birgitta nach langem Schweigen. Loose erhob sich und ging in den Keller, in dem die Getränke lagerten. In der Küche öffnete er vorsichtig die Flasche und füllte die hohen Gläser. »Erinnere deine Brüder, den Bestand wieder aufzufüllen«, rief er ins Wohnzimmer.
»Wann wollten sie kommen? War das nicht nächste Woche?«, fügte er hinzu.
»Nein, zu Weihnachten und über Silvester.« Aber bei denen wisse man das nie so genau, sie war da nicht nur einmal enttäuscht worden.
»Das unterscheidet dich sehr von ihnen, Birgitta.«
Er beugte sich zu ihr herab und drückte einen Kuss auf ihre Stirn.

»Was ist das nur für ein Band, das zwei Menschen wie Maggi und Knut zu einer solchen Tat verleitet?«, fragte er leise.
»Das ist kein Band, das ist ein Fluch«, lautete ihre Antwort. Loose stand auf, zog sie zu sich hoch und hielt sie fest. Als er wieder losließ, schaute er sie an. Sie erwiderte seinen Blick, zornig und fremd.

***

Sie hatte die Kerze angezündet, ohne nachzudenken, vielleicht nur, weil alles dafür bereitlag. Eine seltsame Stille umgab sie. Nicht die gewohnte Stille des Schnees, oder die Winterschwermutstille, wie Frau Møller das nannte, es war eine leblose Stille, die sich ins Haus geschlichen hatte. Sie machte ihr den sinnlosen Tod von Robert deutlich, wie sonst sollte sie ihn begreifen? Warum hatte er sich nicht gewehrt, warum hatte er das nicht kommen sehen? Robert, mein Gott, warum nicht? Claudia schrie es so laut, dass ihre Klage von den Wänden widerhallte.
Sie ging zum Kamin, warf mechanisch Scheit um Scheit auf die Glut, bemerkte nicht, dass sie damit das Feuer erstickte. Ihr fiel ein, sie musste ihre Söhne benachrichtigen. Aber sie griff nicht nach dem Hörer. An diesem Abend wollte sie mit Robert alleine sein. Sie ging zur Garderobe, kramte in ihrer Handtasche nach einem Foto, obwohl sie doch wusste, dass sie keines von ihm bei sich trug. Nicht einmal von ihren Söhnen. Alle Aufnahmen steckten in den Alben, die ein Raub der Flammen geworden waren. Magnus hatte gründlich mit der Familie aufgeräumt.

Es ist nur gerecht, dass ich völlig alleine in diesem Haus sitze, dachte sie und hielt die klamm gewordenen Finger so lange über die Kerze, bis der Schmerz übermächtig wurde. Claudia stöhnte auf. Robert war tot, auch wenn er nicht gefunden worden war. Sie wusste es und war wütend; auf ihn oder auf sich, in ihrem jetzigen Zustand konnte sie das nicht unterscheiden. Vergeblich suchte sie nach dem jungen Paar, das sie einmal gewesen waren. Die Zeit, in der er in Schweden gearbeitet hatte, drängte sich unaufhörlich zwischen ihre Erinnerungen. Seine Abwesenheit, vertiefte sie die Vorwürfe, hat uns nie ermöglicht, miteinander vertraut zu werden. Das waren Ausflüchte, revidierte sie die Gedanken gleich wieder, in Wahrheit trennte uns nicht die räumliche Distanz. Wir haben es einfach nicht geschafft, zum anderen vorzudringen. Wir waren zu verschieden. Und dass er, selbst im Tod, verschwunden blieb, begriff sie als weitere Unfähigkeit ihrer Verbindung.

Die Kerze war längst erloschen. Claudia schlich wie eine Diebin durch das dunkle Haus und legte sich ins Bett. Sie fuhr hoch, als sie einen lauten Knall vernahm, und lief erschrocken nach unten. Verwundert stellte sie fest, dass sich die Holzscheite im Kamin entzündet hatten und lichterloh brannten.

Robert, also doch, dachte sie und schlief sitzend im Sessel ein.

***

Entgegen Birgittas Befürchtung kamen die Brüder über die Feiertage. Sie protestierten heftig, als Claudia nicht an den gemeinsamen Essen teilnehmen wollte. Alle vier standen kurze Zeit später im Gästehaus, um sie zu geleiten, wie Carl Gustav es charmant ausdrückte. Widerspruch sei zwecklos, sie könne wirklich nicht so egoistisch sein und sich einer solch noblen Abordnung entziehen. Claudia gab schließlich nach und kam mit ihnen.
Im gelben Haus verzierte dezenter Weihnachtsschmuck die Zimmer, wobei Birgitta auf Claudias Trauer Rücksicht genommen hatte. In dunklen Vasen waren einige wenige Tannenzweige aufgestellt worden, und über dem Kamin hing ein handgeknüpfter Wandteppich mit weihnachtlichen Motiven. Abgesehen davon und dem festlich gedeckten Tisch deutete aber nichts darauf hin, dass Weihnachten war. Claudia, die nach Loose und Yelda gefragt hatte, erfuhr von Birgitta, dass die beiden zu ihrer verspäteten Hochzeitsreise aufgebrochen seien. In den drei Wochen wollten sie neben Kolkata auch seine Geburtsstadt Mumbai besuchen, was immerhin ein Anfang sei, wie Loose gemeint habe. Claudia verstand diese Andeutung Birgittas nicht, aber da sich alle auf den Ablauf des Abends konzentrierten, vergaß sie nachzufragen. Eine Bescherung war nicht vorgesehen, und sie wurde gleich ins Esszimmer geschickt, wo Frau Møller ein sehr ansprechend aussehendes Buffet, ein *Julbord*, aufgebaut hatte. Neben verschiedenen Fischgerichten, Kaviar und Krebsen lag auf einem silbernen Tablett ein riesiger Schinken. Salate mit reichlich Mayonnaise sowie Kartoffeln, die in einem Bett aus Öl und Rosmarin schwammen, komplettierten

das Festmahl. Vor dem Essen intonierten Carl Gustav und seine Geschwister traditionelle schwedische Weihnachtslieder, und zuletzt sangen sie in deutscher Sprache *Stille Nacht, heilige Nacht*.

Claudia hörte dem harmonischen Gesang aufmerksam zu und konnte schließlich ihre Tränen nicht zurückhalten. Wie so oft. Sie hatte festgestellt, dass ihre Wahrnehmung selektiv geworden war. Minutenlang konnte sie einen Baum anstarren oder einen Schneehaufen fokussieren, dann wieder einen vom Wind abgerissenen Zweig betrachten. Von überall her erhoffte sie sich ein Zeichen, einen Hinweis auf Roberts Grab. Birgitta, der das nicht entgangen war, versuchte sie damit zu trösten, dass sie im Frühjahr zu Maggis Gehöft gehen würden, um dort Blumen abzulegen.

»Im Frühjahr nicht ...«, wollte Claudia widersprechen, führte den Satz aber nicht zu Ende.

Woher sollte sie auch wissen, was im Frühjahr sein würde, wo sie doch nicht einmal einen Plan bis zum nächsten Tag besaß.

Schließlich ging sie zum Buffet. Birgittas Brüder blieben nicht untätig und häuften ihr derart viele Leckereien auf den Teller, dass ein sicherer Transport zum Tisch unmöglich wurde. Claudias kulinarischer Berg geriet ins Wanken, und ein Flusskrebs rutschte über den Tellerrand. Er landete auf Carl Gustavs Anzug und verschwand in einer der Seitentaschen. Danach gab es kein Halten mehr.

Trauer und Freude sitzen immer am gleichen Tisch, dachte Birgitta, die die Szene wehmütig beobachtete. Hatte das ihre Großmutter gesagt, oder war ihr das selbst eingefallen?

Die kleine Gwendolyn kam während der Weihnachtsferien. Sie hielt sich oft im Gästehaus auf, um zu malen. Claudia hatte ihr die Staffelei überlassen, während sie mit ihrem Skizzenblock an der Terrassentür saß. Meterhoher Schnee und das nicht enden wollende Dämmerlicht versperrten ihr den Blick auf den See. Einzig Spuren von hungrigen Waldtieren waren auszumachen. Irgendwann in die Stille hinein fragte das Mädchen, was sie denn malen wolle, worauf ihr Claudia die ehrliche Antwort gab, dass ihr nichts einfiele und sie auch keine Ideen mehr habe.
»Dann beginne mit der Sonne!«, schlug die Kleine vor. »Rechts oben im Bild.«
Die sei aber verschwunden, meinte Claudia nachdenklich.
»Das ist doch nicht schlimm«, strahlte Gwendolyn, »mal einfach den Himmel, der ist einfach immer und überall da!«

***

DANKE

Die Arbeit an diesem Buch hat mir wieder einmal gezeigt, wie wichtig es ist, Freunde zu haben, die mich mit Rat und Tat unterstützen. Ihnen gilt es, Danke zu sagen. Allen voran Kirsten Stelling aus Arktsjaur/Nordschweden. Sie hat die Lappland-Passagen überprüft und, wo es notwendig war, zurechtgerückt.
Dr. Alexander Rein hat mit seinem Fachwissen die medizinischen Fragen geklärt, und »meine« Markgröninger spornten mich unentwegt an, indem sie sich beharrlich nach dem neuen Buch erkundigten.
Wie immer konnte ich mich in jeder Hinsicht auf meinen Verleger Dr. Joachim Unseld verlassen. Ihm und seinem Team gebührt besonderer Dank.
Ebenso meinen Lieben, denen ich während der Schreibphasen viel zumutete.

ZITATE UND GEDICHTE

Seite 57	Stehe ich allein im Schnee …	Inger Christensen
Seite 65	Jeder Mensch denkt …	David Rohdes
Seite 91	Eine in die Fremde …	Mongolisches Sprichwort
Seite 91	Die Katze beweint …	Mongolisches Sprichwort
Seite 114	Jeder Traum …	David Rohdes
Seite 122	Das einzige Heilmittel …	Hannah Arendt
Seite 124	Die Frauen misstrauen …	Gustave Flaubert
Seite 148	Hier herrscht eine Trauer …	Tomas Tranströmer
Seite 236	Meine Schritte hierher …	Tomas Tranströmer

FSC
www.fsc.org
MIX
Papier aus verantwortungsvollen Quellen
FSC® C014496

1. Auflage

Herstellung und Umschlaggestaltung: Laura J Gerlach
Umschlagmotiv: © Gerhard Rießbeck, Haus mit gelbem Boot, 2012
Satz: psb, Berlin
Druck und Bindung: GGP Media GmbH, Pößneck
Printed in Germany
ISBN 978-3-627-00196-4